# 흑해

BLACK SEA

안채윤 장편소설

# 흑해
## BLACK SEA

**초판 1쇄 인쇄** 2022년 4월 1일
**초판 1쇄 발행** 2022년 4월 6일

**지은이**　　안채윤
**책임편집**　　안채윤
**디자인**　　이예슬_sllleye
**디자인 편집**　　이예지
**그림**　　안세

**펴낸곳**　　도서출판 안김
**출판사등록**　　제 566-2022-000002호
**이메일**　　annkim_books@naver.com
**인스타그램**　　@annkim_books

**ISBN**　　979-11-977609-0-7　　03810
Copyright ⓒ 안채윤 2022

# 흑해

## BLACK SEA

안채윤 장편소설

생각해보니

사랑은 죽음보다

죽음의 공포보다

더 강하다.

삶은 사랑에 의해서만

유지되고 움직인다.


– 이반 세르게예비치 투르게네프 〈참새〉中 –

# 차례

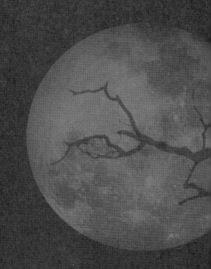

01

—

마흔여덟 번째 양치기

1) 마흔여덟 번째 양치기.

또 한 명의 양치기가 죽었다. 벌써 마흔일곱 명째다. 그간의 숱한 양치기들이 그러했듯, 이번에도 당연히 얼어 죽은 거라고 리바톤 마을 사람들은 확신했다. 이번에 죽은 양치기는 러시아 북부 지방에서 온 늙은 집시였는데, 이 목장에 고용된 지 고작 두 달 남짓이 지나갈 무렵이었다.

"추운 지방 출신이라고 기대했건만, 어떻게 나폴리에서 왔던 작자보다도 일찍 죽었담."

"그러게나 말이야. 적어도 그 자는 두 계절은 버텼던 것 같은데."

"이제 또 어디 가서 양치기를 구해오지?"

"오려는 사람이나 있겠나 어디. 마을마다 소문이 돌고 있다는데 누가 목숨 걸고 여길 오겠어."

"아무렴. 이 양치기도 겨우겨우 구한 사람이었거늘.."
"이젠 정말 포기해야 하나.."

늙은 집시는 목장의 작은 집 문가에 얼굴을 처박고 엎드린 자세로 죽어 있었다. 피를 흘린 자국이나 몸싸움과 같은 소동의 흔적은 딱히 보이지 않았다. 누군가로부터 머리 쪽을 세게 가격당해 고꾸라진 듯한 늙은 집시만 빼고 본다면, 집 안은 전혀 이상할 게 없는 풍경이었다.

죽은 집시를 처음 발견했던 마을 잡화점의 이반을 비롯해 털옷과 모포를 겹겹이 둘러 무장한 사내들은, 시린 입김을 폴폴 풍기며 그의 시신을 나무 수레로 옮겨 실었다. 시신이 얼음장처럼 차갑고 눈에 보이는 외상이 없다는 단지 그 이유만으로, 그들은 늙은 집시의 사인을 동사로 결론지었다. 심장마비라던가, 지병을 앓았다던가, 심각한 내상을 입었다던가, 하다못해 고령으로 인한 자연사 따위의 다양한 가능성에 대해선 생각조차 하지 못했다. 그들은 과학과 의학의 상식이 전무한 14세기 사람들이었으므로.

시신 처리 방식에 대한 논의는 따로 필요 없었다. 이반이 수레를 끌고 토비야스가 뒤에서 밀고 나머지 네 명의 사내가 각각 한 손엔 횃불을, 다른 한 손엔 저마다 준비한 무기를 바투 잡고 수레의 네 귀퉁이를 맡아 주변을 경계하며 따라붙는다. 이미 오랫동안 그렇게 손발을 맞춰온 듯 익숙한 모양새로.

한 구의 시체와 여섯 사내는 목장 울타리 끝과 경계가 맞닿아 있는 얼음 숲으로 향한다.

비교적 사계절이 뚜렷한 불가리아에서, 계절을 가리지 않고 사시사철 극한의 추위를 일으키는 미스터리한 숲. 보통의 인간은 좀처럼 견디기 힘든 혹한의 한파가 불어 닥치지만, 정작 그 숲을 이루고 있는 나무와 풀들은 더할 나위 없이 푸르고 울창하기 짝이 없는 그런 숲. 눈이 내리지도, 강력한 얼음막이 감싸고 있는 것도 아닌데 그 숲에 들어가기만 하면 사람의 심장이 얼어붙는다 하여 얼음 숲이라 불리는 그런 곳이었다.

몇십 년 전까지만 해도 감히 그 숲에 도전장을 내민 용감한 장정들이 있었다. 숲의 미스터리를 파헤쳐 보겠다며 호기롭게 들어갔다가 영원히 사라진 사람만, 한 무더기는 될 정도였다. 리바톤 마을의 성비가 남자 3에 여자 7인 것도 다 이러한 이유에서였다. 차마 돌아오지 못한 사내들이 만들어 낸 숱한 과부들. 하지만 그 중 유일하게 살아서 숲을 나온 이가 있었으니, 그 자가 바로 지금 수레를 끌고 있는 이반의 아버지 야콥이다.

리바톤 마을 역사상 가장 비대했던 사나이. 온몸이 지방으로 겹겹이 둘러싸여 한겨울에도 땀을 비오듯 흘릴 만큼 열이 많았던 그 사내만이, 얼음 숲의 살인적인 추위를 이기고 돌아온 유일한 생존자였다. 물론, 그의 생존도 그리 길지는 못했지만.

당시 예닐곱 살쯤을 지나고 있던 이반은 아버지의 마지막 얼굴을 지금까지도 잊을 수가 없다. 아버지에 대한 애틋함이나 그리움 때문이 아닌, 살면서 지금까지도 그토록 공포에 질린 사람의 얼굴은 본 적이 없었으므로.

야콥은 눈이 사백안이 된 상태로 숲에서 뛰쳐나와 양손을 바들바들

떨며 확장된 동공을 쉴 새 없이 굴려 댔었다. 도대체 숲에서 본 것이 무엇이었냐는 사람들의 물음에도 어버버거리며 말을 제대로 못하고 있었는데, 그것이 혓바닥이 얼어붙어서 였다는 걸 사람들은 그가 죽기 10분 전에서야 알 수 있었다.

침을 한 바가지나 쏟아내고 나서야 가까스로 혓바닥을 움직일 수 있었던 야콥이 남긴 말은,

"숲에 괴물이 있었어. 사람의 피를 빨아먹는 괴물이 있었어. 내가 봤어. 시체로 가득한 풀밭에서 사람의 목을 물어 피를 빨아먹고 있는 걸 내가 봤어. 눈동자가 빨간. 핏빛처럼 빨간. 그건 사람이 아니야. 사람이 아니야. 사람이 아니야."

그 말을 끝으로 그는 눈도 제대로 감지 못하고 그 상태 그대로 죽어 버렸다. 정말 끔찍한 것을. 차마 못 볼 것을 보고 경악을 금치 못하는 그런 얼굴로. 그가 얼음 숲을 빠져나오고 정확히 17분 만의 일이었다.

하지만 당시의 사람들은 그의 유언을 이해하지 못했었다. 도대체 피를 빨아먹는 괴물이 뭐지? 어떻게 생겼다는 거지? 사람이 아니라면 그것의 정체는 도대체 뭐지? 그것과 얼음 숲은 무슨 관련이 있다는 거지?

마을 사람들의 궁금증이 해소된 건 그로부터 세 번의 계절이 바뀌고 났을 때였다. 크로아티아와 헝가리 그리고 루마니아를 지나 불가리아에 도착한, 한 보따리장수가 리바톤에서 배를 기다리는 동안 피를 빨아먹고 산다는 그 괴물에 대한 이야기를 아주 상세히, 매우 그럴듯하게 들려준 것이었다.

보따리장수의 말에 따르면 피를 빨아먹고 사는 괴물, 즉 흡혈귀들은

인간의 모습을 하고는 있으나 인간이 아니고, 죽지 않고 영생을 하기에 귀신도 아닌 미지의 존재들이었다. 그들은 인간의 피를 먹고 살며, 송곳니가 바다코끼리처럼 턱 끝까지 자라 있는 매우 흉측한 형상을 하고 있다고 했다. 덧붙여 그들은 인간보다 훨씬 낮은 체온을 가지고 있기에, 손끝을 스치기만 해도 머리털이 쭈뼛쭈뼛 서고 심장이 얼어붙을 것 같은 추위와 공포가 함께 온다고.

그들의 영생을 끝낼 수 있는 방법은 단 한 가지. 그들의 목을 잘라내거나 심장에 큰 창을 찔러 넣어 단숨에 많은 피를 쏟게 하는 것뿐이라고. 그러면서 그는 여전히 의구심을 떨치지 못한 일부 사람들에게 쐐기의 한 방을 날려주고는 홀연히 부둣가를 떠났었다.

"내가 루마니아에서 직접 목격했다니까요? 거기 사람들은 그들을 뱀파이어라고 불렀어요."


늙은 집시의 시신을 얼음 숲으로 힘껏 내던지며 이반은 속으로 빌었다. 부디 이것을 먹고 우리 인간은 해치지 말아주세요.

시신을 처리하고 돌아서면서 여섯 사내는 양 목장을 포기하기로 결정했다. 이웃 마을에서 웃돈을 주고 다소 불합리하고 다소 억울하게 양의 부산물들을 사오는 한이 있더라도 더 이상 리바톤에서는 양을 키우지 않기로 말이다.

얼음 숲이 뿜어내는 기운으로 사시사철 손이 얼어붙고, 입김대로 코끝에 고드름이 맺힐 정도의 추위가 몰아치는 목장을 견딜 수 있는 사람은 물론이거니와, 뱀파이어라는 흡혈귀의 존재가 주는 공포를 이길 수 있는 용자는 리바톤에 더는 없었다. 그동안은 외부에서 부랑자나 거지로 살던 이들에게 먹을 것과 살 곳을 제공하겠다는 조건으로 목장을 맡겨왔었지만 그마저도 이웃 마을로 소문이 돌았으니, 결국 아무도 죽지 않고 살 수 있는 방법은 리바톤에서 양 목장을 포기하는 방법밖엔 없었다.

여섯 사내는 들판에 풀어져 있던 양들을 서툰 솜씨로 몰았다. 무리를 이탈해 도망가는 양들도 있었지만 일일이 잡으러 다닐 수는 없는 노릇이었다. 순종적인 양들은 자신들이 죽으러 가는 길목에서 해맑게 울었다. 양들을 집마다 나눠 갖고, 각자 마지막 만찬을 펼칠 요량으로 사내들은 군침을 삼킨다.

그들이 양을 삶아 먹을지 구워 먹을지 고민을 하고 있을 무렵, 이미 많이 멀어진 목장 안에서 또 하나의 가녀린 떨림이 울려오고 있었다. 마흔일곱 번째 양치기의 죽음에 정신이 팔린 이들이 미처 발견하지 못했던 한 보잘것없는 존재의 울림이.

하지만 여섯 사내 중 그 울음소리를 제대로 들은 이는 아무도 없었다. 길들여지지 않은 몇 마리의 양이 목장에 남았으니 그것들의 메아리려니 할뿐.

두 번 다신 오르지 않을 언덕길을 도망치듯 내려가고 있던 그들에게 목장은 이제 남의 일이었다. 그 미미한 울림이 바람 소리에 묻힐 즈음, 사내들의 이마와 등줄기로 서서히 땀이 흘러내린다. 그들은 겹겹이 껴입었던 외투와 모포들을 하나둘 벗어 던졌다. 그때의 리바톤은 한여름이었으므로.

그 여름날의 만찬을 끝으로 한동안 리바톤에서는 살아 있는 양을 볼 수 없었다. 양과 비슷한 형태를 가진, 하얀 털이 북실북실한 네 발 달린 동물은 아예 씨가 마른 것처럼 어렴풋한 울음소리조차 들리지 않았다. 운 좋게 양을 독점하게 된 이웃 마을의 횡포는 날이 갈수록 지독해졌고 양고기 한 점이 거의 말 한 필에 맞먹을 정도로 고가가 되니, 리바톤 사람들은 타의적 채식주의자가 될 수밖에 없었다.

리바톤에 다시 양이 나타난 건 그로부터 12년이 지난 어느 날이었다. 다시 양을 발견한 사람은 목공소를 운영하는 토비야스였다. 간만에 동틀 녘까지 술을 퍼마시고 집으로 휘청휘청 돌아가던 길에 그는, 마을 광장의 우물가 근처를 배회하는 한 마리의 무언가와 마주하게 된다. 네 발로 느릿느릿 걷는, 하얀 털이 북실북실하게 자란. 한때는 그들의 주식이었으며 그들 일상에 많은 것을 제공한, 우물 만큼이나 소중한 존재였던 양이라 불리는 그것과.

처음에 토비야스는 자신이 술기운에 헛것을 본 거라 생각했다. 머리끝부터 발끝까지 온 정신이 걸쭉해지도록 마셨으니 그럴 수밖에. 눈을 몇 번이나 비비고 다시 봤는지 모른다.

자신과 마주하고 있는 그것이 정말로 양이구나 확신하게 된 건, 내내 조용히 유령처럼 어슬렁거리던 그것이 가늘고 긴 울음소리를 내뱉었을 때였다.

그 울음소리가 온 마을로 울려 퍼지자 곳곳에서 불빛이 켜지고 이른 기상을 한 사람들이 촛불을 들고 하나둘 이 기이한 울음소리의 근원을 찾아 문을 열고 고개를 내밀기 시작했다. 그리고 토비야스는 소리쳤다.

"양이다. 양이다. 정말 양이로구나!" 마치 기적이라도 마주한 사람처럼.

마을 사람들은 도대체 이 양이 어디서 온 건지 알 수가 없었다. 양을 독점해 12년 동안 배를 불린 옆 마을로부터 왔다고 하기엔 거리가 너무 멀었다. 마차를 타고 족히 다섯 시간은 꼬박 달려야 겨우 닿을 수 있는 거리였으니까. 게다가 이 양은 털도 정돈되어 있었으며, 분명 누군가의 손길에 잘 길러진 것 같은 모양새를 풍기고 있었다. 향기마저 좋을 정도로. 필시 사람의 관리를 받고 잘 자란 그런 양임에 틀림이 없었다. 잠결에 눈도 채 못 뜨고 나온 사람들은 생각했다. "목장에 누군가가 있어!"

멀리서 본 그들의 행색은 마치 봉기를 일으키기 위해 모인 반란군들 같았다. 남녀노소 할 거 없이 저마다의 손에 들린 횃불하며, 굳게 다물어진 입술하며, 약간의 공포가 서린 눈동자까지.

리바톤 사람들은 손에 손을 잡고 다 함께 목장으로 향했다. 누군가에겐 12년 만에 오르는 길이었고 누군가에겐 생전 처음 오르는 길이었지만, 심경은 모두가 같았다. 큰 두려움과 공포, 그 속을 떠다니는 미미한 설렘까지.

이윽고 계절이 급격하게 바뀌는 느낌과 함께, 여기저기서 윗니 아랫니가 요란하게 부딪치는 소리가 들려왔고 동시에 양 떼의 울음소리도 들려오기 시작했다.

목장이었다. 그리고 마을 사람들은 보았다. 한 사람도 빠짐없이 모두가 보았다. 동이 터오르고 있는 광활한 목장 풀밭 위를 한가롭게 노니고 있는 수십 마리의 양 떼와 그 사이를 유유히 거닐고 있는 한 소녀를.

"넌 누구니?" 누가 먼저랄 것도 없이 물었고,

"나르바예요." 라는 대답이 돌아온다.

"나르바? 그게 네 이름이니?"

"네."

"여기 다른 사람은 없니? 부모님은 어디 계셔?"

"부모님 안 계시는데요?"

"안 계신다고? 아무도?"

"네. 여긴 저와 양들 뿐이에요."

"도대체 언제부터 여기 살았니?"

"처음부터요. 태어나서 지금까지 저는 이 목장을 떠난 적이 없는걸요?"

"너 올해 몇 살이니?"

"열두 살이요."

머리가 희끗희끗하게 센 중년의 아저씨가 되어 있는 이반과 토비야스 그리고 나머지 사내들은 도대체 자신들이 12년 전, 이 목장에서 무엇을 놓친 건지 혼란스러웠다. 이미 저세상 사람이 된 이바노프라면 알까?

마을 사람들은 자신을 나르바라고 말하고 있는 소녀를 둘러싸고 열띤 토론을 펼치기 시작했다.

이 아이는 죽은 집시가 낳은 아이일까? 아니다. 온 마을 사람들이 그 집시를 기억했다. 그녀는 임신을 한 적이 없었을뿐더러, 아이를 갖기엔 너무 늙은 몸이었다. 설령 임신이 아직 가능한 때였다고 해도 그녀는 이 목장에서 채 두 달도 안 돼 죽지 않았던가! 그렇다면 마을의 여인 중 누군가? 그 또한 불가능했다. 마을 사람이라고 해봐야 고작 백여 명 정도인 이 작은 마을에서, 서로의 집을 제집처럼 드나들며 한 가족인 양 지내는데 누군가 임신을 했다면 그걸 숨길 방법도 모를 재간도 없었다.

무엇보다도 놀라운 것은 나르바라는 이 열두 살짜리 소녀의 생김새였다. 슬라브족과 불가르족으로 구성된 리바톤 사람들은 대부분이 초록빛 계통의 눈동자에 갈색 또는 붉은색의 머리카락을 갖고 있는 반면, 이 소녀는 리바톤과 그 이웃 마을에서도 좀처럼 보기 힘든 숯처럼 까만 머리카락에 흑진주처럼 깊고 진하게 빛나는 검은 눈동자를 갖고 있었다. 꼭 누군가에게 교육을 받은 듯이 정확히 그들의 언어를 구사하고는 있었지만 눈을 말똥말똥 뜬 채 입을 열지 않고 있을 때면, 좀처럼 이족 사람이라고 가늠하기 어려울 정도로 이국적인 생김새였다. 분명 슬라브족도 아니고 불가르족도 아니고 두 민족의 혼혈도 아니고 하다못해 집시도 아닌. 그들은 한 번도 본 적 없는 인종의 분위기를 묘하게 풍기고 있는 소녀 나르바. 도대체 이 아이와 수십 마리의 양 떼는 어디서 온 것이며, 어째서 나르바는 이 극한의 추위를 아무렇지도 않게 견디고 있는 것일까.

하지만 나르바는 더 이상 사람들의 질문에 대답할 수 없었다. 자신의 이름 세 글자와 나이를 빼고는 나르바 본인도 자신의 과거에 대해 제대로 아는 것이 없었기 때문이다. 분명, 본인의 이름도 알겠고 나이도 알겠고 이 목장에서 양들과 함께 살았다는 것도 알겠지만, 그 이상의 기억은 일절 없다. 한마디로, 본인이 누구로부터 만들어진 사람인지 왜 혼자서 이 목장에서 양을 치고 아무도 시키지 않은 일을 하면서 살고 있었는지에 대한 상세한 히스토리에 대해서는 본인도 모르는 일이었다. 그냥 어쩌다 보니, 마치 양고기와 우유와 치즈를 먹지 못하고 타의적 채식주의자로 말라가는 리바톤 사람들을 구원하기 위해, 어느 날 갑자기 열두 살의 몸으로 이 목장에 뚝! 떨어져 살고 있는 사람처럼.

그렇게 나르바는 공식적으로 리바톤 마을의 마흔여덟 번째 양치기가 되었다.

마을 사람들은 정당한 대가를 주고 나르바로부터 양고기와 그 외의 것들을 공급받기로 했다. 담당은 이전처럼 잡화점의 이반이 다시 맡았다. 이반은 앞으로 일주일에서 열흘 간격으로 목장에 들를 것을 약속했다. 하지만 사람들은 하나같이 그 아이가 오래 살지 못할 거라고 생각했다. 미친 아이라고 생각하는 이들도 더러 있었다. 미치지 않고서야 저 추위를 느끼지 못하고, 자신의 과거도 알지 못할 리 없다고. 어디서 나타났는지는 몰라도 저러다 또 얼마 못 가 죽어 나갈 게 뻔하다고. 마치 높이 치솟은 파도가 금세 무너져 내리는 것처럼, 사람들은 목장 양치기의 목숨을 그 정도쯤으로 여기고 있었다. 그러니 저 아이가 살아 있는 동안만이라도 맘껏 우유와 치즈와 양고기를 누려 보자고. 오직 그 생각뿐이었다. 그들 중 어느 누구도 나르바를 진심으로 걱정하거나 자진해서 돌보겠다고 나서는 이는 없었다. 어떻게 봐도 본인들과는 다른 존재임이 분명하다는, 일종의 변질된 두려움이 그들의 이성을 앞서고 있었으므로.

02

리바톤

2〉 리바톤.




    불가리아 동북부 흑해 연안에 위치한 리바톤은 어느 집에서든 창문만 열면 흑해를 내려다 볼 수 있는 아름다운 마을이었다. 모두가 한 가족처럼 자급자족을 하며 욕심도 야망도 없는 나태한 삶을 영위하고 있는 평화로운 이곳을, 나르바는 사랑했다. 비록 자신을 찾아오는 사람이라곤 오직 이반뿐이고, 마을 축제에도 단 한 번 초대받은 적 없는 이 방인 같은 입장이었음에도, 나르바는 늘 리바톤을 자신의 고향이라 여기며 사랑해왔다.

  얼마 못 가 곧 죽을 거라던 마을 사람들의 우려와 편견을 깨고 나르바는 그 흔한 열병 한 번 앓지 않으며 무럭무럭 자라 어느덧 스무 해를 넘긴 처녀가 되어 있었다.

  어른이 된 나르바는 더더욱 묘하고 신비로운 아우라를 풍겼다. 가늘고

긴 팔다리에 얼굴을 꽉 채운 큼지막한 이목구비는 틀림없는 슬라브족의 그것이었으나, 검은 머리카락과 검은 눈동자 그리고 전체적인 조화와 풍겨오는 분위기는 영락없는 동양의 그것이었다. 서로 상충하는 두 유전자의 절묘한 조합이 세상에 두 번은 나오기 힘들 신비롭고 아름다운 피조물을 창조해 낸 것만 같았다.

"어떻게 된 게 갈수록 재주가 좋아지는구나! 지난번에 가져갔던 비누도 인기가 얼마나 좋았는지 몰라. 순식간에 다 팔려나갔어. 네 덕분에 이 마을에서 나만 떼돈을 버는구나 허허허. 그래, 이번엔 또 무엇이니?"

"저도 처음 만들어 본 거라 이름을 뭐라고 붙여야 할지 모르겠어요. 요즘 얼굴이 부쩍 건조해진 것 같아서 한번 만들어 봤거든요. 양젖을 거르고 남은 찌꺼기에 약초 몇 개를 섞은 거예요. 얼굴에 바르니 확실히 건조한 게 사라지고 좋더라고요."

이반은 나르바가 내민 그것을 만져 보았다. 양피지로 감싼 그것은 요거트처럼 불투명한 하얀색에 살짝 고소한 향이 나는 쫀득쫀득한 질감의 형태를 이루고 있었다.

"마치 크림을 만지는 것 같구나. 먹고 싶게 생겼어."

"드셔도 무해하지만 아마 맛은 없으실 거예요. 가져가서 한번 써보시고 괜찮으시면 말씀해 주세요. 더 만들어 볼게요."

"그래 알았다. 참! 이건 이번에 흑해를 건너온 상인에게서 얻은 것이다. 도통 뭐라고 적힌 건지 모르겠다만 왠지 너는 좋아할 것 같아 가지고 와 봤어."

이반은 파피루스지를 실로 엮은 두꺼운 책 한 권을 나르바에게 건넸다.

여간해선 활짝 웃는 법이 없던 나르바의 얼굴에 급격한 화색이 돈다.

"세상에! 탈무드네요! 정말 감사해요 아저씨!"

나르바는 한 치의 망설임도 없이 표지에 적힌 히브리어 문자를 읽어 냈다.

"그게 그렇게 읽는 거니? 나는 네가 참 신기하구나 나르바. 누구 하나 가르쳐 준 적 없는 외국 문자들을 이렇게 척척 읽어내는 거며, 이것저것 뚝딱뚝딱 만들어내는 거며, 이 추위를 무던히 견뎌내는 거며. 아무리 봐도 넌 보통의 인간들과는 다른 것 같아."

"에이- 아저씨도 참. 그럼 제가 뭐 인간이 아니기라도 할까봐요?"

나르바가 피식 웃으며 던진 농담에 이반은 순간적으로 등줄기가 갈라지는 듯한 아찔함을 느꼈다. 겉으로는 편견 없이 나르바를 대해왔대도 속으로는 늘 그녀의 정체에 의구심을 품고 있었던 자신의 본심이, 졸지에 살갗을 뚫고 튀어나온 것만 같았으니까.

그래. 왜 아니겠는가. 어느 날 갑자기 수십 마리의 양 떼들과 목장에 나타나 열두 살 이전의 기억은 하나도 없이, 그저 자신을 나르바라고만 말했던 매우 이국적인 생김새의 소녀. 모든 능력이 보통의 인간을 능가하지만, 그 능력이 어디서부터 온 건지는 전혀 알 수 없는 미스터리한 인물. 이반의 의구심은 합리적인 것이었다.

"나르바. 정말 과거에 대한 기억이 전혀 없는 거니? 아무것도?"

"또 그러신다. 아무것도 기억나지 않는다니까요. 뭔가가 머릿속을 싹 지우기라도 한 것처럼 정말 아무것도 기억 안 나요."

과거를 잃어버리고 사는 일쯤은 별거 아니라는 듯, 나르바는 그 부분에 대해서는 늘 이상할 정도로 의연했고 이반은 그 모습이 때론 감당하기 힘들 만큼 무서웠다. 가끔은 그녀가 뭔가를 숨기고 있거나 거짓말을 하고 있는 건 아닐까도 생각했었지만 그렇다고 그걸 알아낼 뾰족한 수가 있는 것도 아니었다.

"알고 싶지는 않니?"

이반이 조심스레 자신의 본심을 꺼내본다. 어쩌면 그는, 나르바 보다도 더 그녀의 과거가 궁금한 사람일지 몰랐다.

"글쎄요.. 안다고 뭐가 달라지는 것도 아닌걸요. 근데 최근 들어 부쩍 같은 꿈을 꿔요."

"무슨 꿈인데?"

"아주 드넓은 꽃밭이 있는데요. 목장의 수백 배는 될 것 같이 아주 드넓은 꽃밭이에요. 무슨 꽃인지는 모르겠는데 정말 예뻐요. 바이올렛 빛을 띠고 있는. 그 꽃밭 사이에 제가 서 있어요. 어떤 남자아이와 함께."

"남자?"

"네. 열두 살 정도로 보이는 남자아이예요."

"우리 마을 사람이니?"

"아니요. 본 적도 없는데 이상하게 친밀한 느낌이에요. 오랫동안 함께 해온 것 같은 그런 느낌이랄까.."

"그 애랑 뭘 하는데?"

"아무것도 안 해요. 그냥 서로 바라만 봐요. 근데 그 아이의 눈빛이 너무 애틋해서 꿈에서 깨고 나면 좀.. 슬퍼요. 그리워지고.. 기억 저편에 있는 아이일까 싶기도 하고.."

"혹시.. 그 아이의 생김새가 어떻든? 눈동자가 빨갛지는 않니? 핏빛처럼 말야."

"전혀요. 아주 깊고 진한 파란색이었어요. 흑해처럼요."

이반은 내심 다행이라고 생각했다. 그 꿈이 만약 나르바의 잃어버린 기억을 투영하는 꿈이라면 적어도 그녀가 뱀파이어와 관련이 있는 사람은 아닐 것이었다. 그가 알고 있는 뱀파이어는 핏빛의 눈동자에 바다코끼리의 송곳니를 가진 흉측한 괴물이었으니까.

"그렇구나. 어쨌든 그런 꿈을 꾸기 시작했다는 건 좋은 징조 같다. 과거에 대한 기억들이 너의 무의식 속에서 조금씩 깨어나고 있다는 뜻일 테니 말이다."

"하지만 별 의미 없이 그냥 꾸는 꿈일 수도 있잖아요?"

"별 의미 없는 꿈을 그렇게 반복적으로 꿀 순 없지 않겠니? 게다가 감정까지 느껴지는 꿈이라면 더더욱 말야."

"그럴까요..? 하지만 어느 날 갑자기 제 모든 과거가 떠오른대도 저는 리바톤을 떠나지 않을 거예요. 언제 어디서든 고개만 돌리면 흑해를 볼 수 있는 이곳이 저는 정말 좋거든요. 너무 아름답지 않아요? 세상 어디에도 이보다 아름다운 풍경은 없을 거예요 아마."

"암- 그렇고말고. 이보다 아름다운 곳은 어디에도 없지."


이반이 떠나고 목장엔 다시 고요가 찾아왔다. 나르바는 그 고요를 등지고 언덕 끝 넓적한 바윗돌 위에 앉아 흑해를 바라본다. 곧 석양이 질 시간이었다. 머지않아 눈앞에 마법 같은 순간이 펼쳐질 거란 뜻이었다.

나르바의 일상 중 가장 행복하고 의미 있는 순간이.

하루에 한 번. 흑해와 하늘 사이에 경계선이 사라지는 순간이 온다. 말 그대로 어디까지가 바다고 어디부터가 하늘인지 알 수 없는 순간이 오는 것인데, 리바톤 사람들은 그 찰나의 순간에 사랑하는 사람과 키스를 나누면 그 사랑이 영원할 거라 믿었다.

서서히 하늘과 바다가 서로의 색으로 스며든다. 언제봐도 경이로운 풍경이다. 나르바는 그 순간을 위해서라도 리바톤을 떠날 수가 없었다. 마치 그 순간을 위해 자신이 태어나기라도 한듯이, 나르바는 스스로 그 순간이 되어가고 있었다. 이 순간을 함께 바라볼 누군가만 곁에 있다면 얼마나 좋을까. 꿈속의 그 아이가 문득 스쳐 간다. 저 바다를 고스란히 담은 그 파란 눈동자가 반짝반짝 빛을 내며.

영원한 사랑까진 바라지도 않으니 그저 지금, 이 순간을 함께 나누며 대화를 할 수 있는 누구라도 옆에 있었으면 좋겠다고 나르바는 조용히 읊조렸다.

누구라도, 누구라도, 제발 누구라도.

이러한 외로움이 불현듯 찾아올 때마다 나르바는 자신이 어른이 되고 있음을 느꼈다.

03

울타리를 넘는 양

3〉 울타리를 넘는 양.




　　　언제부터인지 양들이 하나둘 사라지기 시작했다. 처음엔 한 마리였고, 다음엔 두 마리더니 급기야 하룻밤 사이에 네 마리가 한꺼번에 사라지는 일이 발생했다.

　나르바는 애가 탔다. 횃불을 들고 목장 주변을 돌며 수색도 해봤지만 어디서도 양들의 흔적은 찾을 수가 없었다. 정말 기이한 일이었다. 흡사, 먼저 사라진 양들이 밤사이 목장 우리를 열고 들어와 다른 양들을 꾀어내 함께 어딘가로 증발해버린 것처럼.

　"양들이 자꾸만 없어져요."

　그 말이 끝나기가 무섭게 쨍그랑하고 묵직한 와인병 하나가 깨졌다. 이반이 손에 들고 있다 놓친 것이었다. 와인은 마치 핏물처럼 목장 작은 집의 바닥과 벽을 물들였다. 이반은 여전히 두 손을 사시나무 떨듯이 부들부들 떨었다. 오래전, 숲에서 간신히 살아 나온 자신의 아버지가 그랬던 것처럼.

"아저씨, 괜찮으세요?"

낯빛마저 하얗게 질려가는 이반을 보며 놀란 건 오히려 나르바였다. 양들이 없어진다는 말이 이렇게나 무서운 말이었던가?

"어어어.. 언제부터?"

"며칠 됐어요. 제가 여기저기 수색도 해봤는데.."

"수색을 했다고????"

"네. 왜요?"

"서.. 설마.. 저 숲에도 들어갔던 건 아니지?"

"거긴 아직요. 왜 그러시는데요?"

"아.. 아니다.. 아무것도 아니야."

"아닌 게 아닌 것 같은데.. 대체 무슨 일인데 그러세요."

"글쎄 아무것도 아니라니깐."

"저한테 뭐 숨기는 거 있으세요 아저씨?"

"숨기는 거라니. 그런 거 없어."

"근데 왜 그러세요?"

"내가 뭘."

"계속 떨고 계시잖아요 아까부터."

"추.. 추워서 그래 추워서.."

"정말 이상하시네..? 저 숲에 뭐 있어요?"

"나르바야. 사라진 양들은 그냥 잊는 것이 어떻겠니? 그 몇 마리 좀 없어지면 어떠니, 여전히 많은걸. 괜히 위험한 짓 말고 그냥 있는 양이나 지키려무나. 수색은 하지 마 제발. 저 숲에도 들어가지 말고. 알겠니?"

"뭐가 위험한 짓인데요?"

이반은 나르바를 조금도 설득시키지 못하고 있었다. 그도 그럴 것이, 지금 이반이 보여주고 있는 불안한 행동과 공포에 질린 얼굴을 보고 있으면 없던 호기심도 생겨날 판이었다.

"아저씨. 지금 솔직하게 말씀해 주시지 않으면, 전 오늘 밤에 숲에 들어가 볼 거예요."

나르바는 최후의 통첩을 날렸고, 이반은 그만 주저앉아 버린다.

"나르바야 제발."

"그러니까 솔직하게 말씀을 해주세요. 그래야 제가 조심을 하든 말든 하죠. 안 그래요?"

이반은 잠시동안 고민했다. 도대체 이걸 어디서부터 어디까지 말을 해줘야 하는가. 그러니까 다시 말해, 어디까지 말을 해줘야 리바톤에서 다신 없을 이 유능한 양치기를 잃지 않을 수 있을 것인가.

"내가 모든 걸 말해줘도 리바톤을 떠나지 않을 거니?"

"물론이죠. 제가 여기 말고 어딜 가겠어요. 그러니까 안심하고 다 말씀 해보세요. 도대체 뭐가 이렇게 아저씨를 벌벌 떨게 만드는 건지."

이반은 호흡을 몇 번 가다듬고는 차분한 자세로 리바톤의 천기누설에 대해 입을 열기 시작했다. 이러저러 불필요한 형용사들을 제외한, 가장 담백한 단어만을 골라 최대한 간결하게. 호들갑 떨지 않고 평온을 유지하려 노력하면서, 목장이 사시사철 극한의 추위를 일으키게 된 원인인

저 얼음 숲과 그 안에서 자신의 아버지가 목격했던 끔찍한 존재, 그간 죽어 나갔던 마흔일곱 명의 양치기들까지.

"나는 말이다. 그동안 너에게 아무 일도 없길래 그들의 존재가 사라진 건 아닐까 생각했었단다. 네가 나타나기 전까지 12년 동안 목장도 비어 있었으니까. 그들도 먹이를 찾아 어딘가로 떠났을 거라고 나는 그렇게 생각했었지. 전에 비하면 이곳의 추위도 제법 견딜 만해졌고. 근데 그게 아니었던 거야. 사라진 양들은 분명 그들의 짓일 거다. 뱀파이어, 그들이 다시 움직이기 시작한 거야. 그러니 저 숲엔 절대로 들어가선 안 돼. 양들을 찾을 생각도 말고. 그 양들이 널 대신해 그들에게 바쳐진 거나 다름없으니까. 내 말 다 알아들었니?"

이반의 눈빛은 간절했다. '제발 알아들었다고 해 줘, 제발 저 숲엔 들어가지 않겠다고 해 줘.' 대답을 종용하는 그런 눈빛.

"네, 알겠어요. 저 숲엔 들어가지 않을게요. 사라진 양들도 더 이상 찾지 않을게요."

당장에라도 심장마비를 일으킬 듯이 불안에 떠는 그가 안쓰러웠던 나르바는, 그가 원하는 대로 대답을 해줬다.

"오- 고맙구나 나르바. 정말 고마워."

이반의 창백했던 낯빛은 그제야 비로소 본연의 혈색을 찾기 시작한다.


그가 마을로 내려가고 난 뒤, 나르바는 얼음 숲 입구 쪽으로 다가가 숲과 목장의 경계선에 놓인 낮은 울타리를 사이에 두고 숲을 가만히 응시했다. 울창하게 뻗은 나무들 사이로 어울리지 않는 세찬 바람이 몰아치고 있었다. 이 숲엔 절대로 들어오면 안 된다고 숲이 직접 경고라도 보내는 것 같았다. 눈의 결정체들이 얼굴로 따갑게 날아드는 기분이다. 정작 눈은 내리지도 않는데 말이다.

그러고 보면 정말 묘한 숲이다. 왜 지금까지 한 번도 저 숲을 들여다볼 생각을 하지 않았을까 싶을 정도로 신비롭고 기이한. 뱀파이어, 피를 먹고 산다는 흉측한 흡혈귀. 정말 그런 존재들이 저 안에서 살고 있는 걸까?

그때였다. 들판에서 유유히 풀을 뜯고 있던 한 마리의 양이 갑자기 울타리를 넘더니 숲속으로 훌렁 들어가 버리는 게 아닌가! 막을 새도 잡을 새도 없이, 눈 깜짝할 사이 벌어진 일이었다.

"안 돼!!"

놀란 나르바가 뒤늦게 외쳤지만 이미 양은 흔적도 없이 사라지고 난 뒤였다. 이를 어쩌지? 결국 이전에 사라졌던 일곱 마리의 양들도 모두 이런 식으로 사라졌던 걸까? 정말 이반 아저씨의 말이 신빙성이 있는 말이었나? 생각하던 찰나, 놀라운 일이 눈앞에서 펼쳐졌다. 방금 숲으로 들어갔던 한 마리의 양이 이전에 사라졌던 일곱 마리의 양들을 거느리고 숲에서 나오는 것이었다. 마치 집 나간 자식들을 찾아 집으로 함께 돌아오는 늠름한 어미처럼.

나르바는 돌아온 양들을 붙잡고 하나하나 면밀하게 살폈다. 숲에서 나온 양들은 피를 빨리기는커녕, 상처 하나 없이 오히려 포동포동하게 살이 올라 있었고 양털에선 탐스러운 윤기가 흘렀으며, 정체 모를 달큰한 향까지 풍기고 있었다. 분명, 나르바는 살면서 단 한 번도 맡아 본 적이 없는, 정체를 알 수 없는 향기였지만, 먼 기억 저편으로는 언젠가 맡았던 것 같기도 한 그런 향이었다. 그러니까 기억 속에는 없는 향이지만 본능 속에는 남아 있는 그런 향.

'정말, 저 숲에 뭔가가 있는 거야?'

나르바는 저 숲이 궁금해졌다. 더 이상 참을 수 없을 정도로.

04

ㅡ

얼음 숲

4) 얼음 숲.




       나르바는 옷장에서 온몸을 덮는 망토와 무릎까지 올라오는 긴 장화를 꺼냈다. 몇 해 전, 이반이 투르크 지역에서 온 상인에게 얻은 것으로, 비와 눈과 불까지 모두 막아 준다는 마피로 만든 것들이었다. 정말 견디기 힘든 추위가 오거든 사용하려던 것들이 오늘에서야 쓸모를 찾은 셈이었다.

  길이와 두께만큼이나 망토의 무게는 상당했다. 팔을 크게 휘둘러 겨우 망토를 걸치니 양쪽 어깨에 늙은 호박 하나씩을 얹은 듯한 묵직함이 느껴졌다. 그 무게감은 곧 안도감으로 이어진다. 그래, 이 정도라면 숲에 무엇이 있든, 무슨 일을 겪든, 사지육신은 지킬 수 있을 테지.

  헐거운 장화 안에 양털을 가득 넣어 사이즈를 맞추고 홰에 불을 붙인다. 심호흡을 크게 한 번, 풍성한 속눈썹이 촘촘히 박힌 커다란 눈을 꾸욱 한 번 감았다가 다시 뜬다. 준비는 끝났다.

 달빛이 유독 환하게 떠오른 밤이다. 나르바는 그 달빛의 안내를 받으며 울타리를 넘고 금기의 땅으로 서서히 발을 내딛는다. 살아있는 사람들 중엔 그 누구도 밟은 적이 없다는 땅에 첫 발자국을 새기고 길을 만들어가는 과정은 자못 짜릿했다. 발끝에서부터 그 짜릿함이 혈관을 타고 온몸으로 퍼져 나가는 기분이다. 나르바는 점점 이 모험이 흥미로워지고 있었다. 마치 달나라를 여행하는 듯, 설렘은 고취되어 갔다. 그녀는 어느 순간에도 헤매지 않았고 여러 번의 갈림길 앞에서도 단 한 번 고민의 과정없이 울창한 수풀을 헤치며 성큼성큼 나아갔다. 언젠가 와 본 적이 있었던 듯, 익숙한 걸음으로.

 숲은 지극히 평범했다. 여느 숲과 마찬가지로 아무렇게나 자라난 풀들과 이끼가 낀 바윗돌들, 그리고 봄 햇살을 받아 무성하게 뻗은 나무들이 그 숲의 전부였다. 물론, 목장에서와는 차원이 다른 추위가 끊임없이 나르바를 따라붙고 있었지만 몸이 으슬으슬 간헐적으로 떨리는 것만 무시한다면 그 또한 그럭저럭 견딜 만했다. 생김새가 요상한 식물이나 동물 따윈 그림자도 보이지 않았다. 이반이 내내 겁을 주며 강조했던 뱀파이어라는 존재들 역시 마찬가지였다. 그 숲 안에서 살아 움직이는 생명체라곤 오직 나르바, 자신밖에 없는 것 같았다.

 '그럼 그렇지. 뱀파이어는 무슨. 세상에 그런 존재가 어딨겠어.'라며 한층 가벼워진 손길로 자신의 눈앞을 가리고 있던 커다란 나뭇가지를 걷어내던 순간, 그녀는 횡격막이 튀어나올 듯한 외마디 비명을 내질렀다.

그곳엔 자신의 꿈속에 나왔던 그 바이올렛 빛의 꽃밭이 차마 한눈에는 다 담지도 못할 만큼 광활하게 펼쳐져 있었기 때문이다. 실로 믿지 못할 광경이었다. 너무너무 환상적이고 아름다운. 마법이 아니고서야 그토록 황홀할 순 없을 것 같았다.

나르바는 자신도 모르게 두 손을 입가에 다소곳이 모으고는 감탄에 감탄을 마지않으며 천천히 꽃밭으로 내려갔다. 꽃은 온통 바이올렛 빛을 띠고 있었다. 조금 옅은 바이올렛 이거나, 조금 진한 바이올렛 이거나.

라벤더나 라일락은 아니었다. 물망초나 루피너스도 아니었다. 목장 근처에는 피지도 않을뿐더러, 그 어떤 책에서도 보지 못한 꽃들이었다. 꿈에서만 보았던 그 꽃들. 마치 꿈속에 들어와 있는 듯한 착각을 일으키는 아름다운 꽃들.

그 이름 모를 꽃들에서 어딘지 익숙한 향기가 나고 있었다. 따뜻하고 포근하면서 꿀을 끓이는 듯 달콤한. 묘하게 안정감을 주는 그 향은 울타리를 넘었다가 다시 돌아온 양들에게서 나던 향기였다. 나르바는 확신했다. 양들이 이 숲에 머무는 동안 이 꽃을 먹은 거라고.

나르바는 당장에 그 꽃들을 목장 주변으로 옮겨다 심어야겠다고 생각했다. 어차피 숲에 피어 있는 꽃이니 따로 주인이 있는 것도 아닐 테고, 이 광활한 꽃밭에서 고작 몇 송이 좀 뽑는다고 해서 크게 티가 날 것 같지도 않았다.

나르바는 횃불을 땅에 박아놓고 손으로 꽃 뿌리가 있을 주변 흙을 조심스럽게 파내기 시작했다. 하지만 어쩐 일인지 한참을 파내어도 계속해서 줄기만 이어질 뿐, 그 뿌리가 좀처럼 나오질 않았다. 웬만한 꽃이라면 이쯤에서 뿌리가 뽑히고도 남았을 텐데, 이건 아예 뿌리가 나타날 기미 조차 안 보이고 있었다.

어깻죽지가 욱신거려올 즈음, 나르바는 흙 퍼내기를 중단했다. 손톱 끝에 흙과 돌가루가 잔뜩 끼어 마침 손도 아리던 차였다. 나르바는 잠깐 앉아 숨을 고르며 쉬었다. 들숨과 날숨이 한 번씩 교차할 때마다 새로운 꽃들이 어디선가 피어나고 있는 것 같았다. 한참을 맡고 있었어도 좀처럼 무뎌지거나 질리는 향이 아니었다. 오히려 시간을 더할수록 그 향기 분자가 진하게 무르익으면서 나르바의 몸으로 스며드는 것 같았다.

나르바는 자신과 이 정체 모를 꽃들이 꼭, 석양이 질 무렵 흑해와 하늘이 서로에게 물들듯이 하나의 존재로 허물어지는 것 같은 황홀경을 느꼈다. 자꾸만 몸을 으슬으슬 떨게 만드는 한기만 아니라면 정말이지 이 숲에서 오래오래 머무르고 싶을 정도였다. 그 순간 나르바는 처음으로 양들의 마음을 이해했다. 양들을 위해서라도 이 꽃은 반드시 목장 주변으로 옮겨 심어야겠다는 오기와 함께.

나르바는 다시 심호흡을 크게 하고 자세를 고쳐 앉는다. 에라 모르겠다! 그냥 뽑아 버리자! 제아무리 길고 단단한 뿌리를 가졌대도 그래 봐야 꽃인데. 나무도 아니고 꽃인데.

나르바는 흙으로 범벅이 된 양손으로 꽃의 가장 밑줄기를 부여잡고 속으로 셋을 셈과 동시에 힘껏 뽑아 당겼다. 정말이지 그녀가 발휘할 수 있는 최대의 힘이었다. 기억에도 없는 태곳적 힘까지 쏟아부은 그 순간, 나르바의 손바닥으로부터 뿜어져 나온 새빨간 핏방울들이, 떨어져 나온 꽃잎들과 함께 사방으로 흩뿌려졌다. 육안으로는 볼 수 없었던 윗줄기의 미세한 가시들이 나르바의 손바닥을 갈기갈기 찢어놓은 것이었다. 도무지 식물의 가시에 긁힌 거라고는 믿기 어려울 만큼, 많은 피가 후두둑후두둑 떨어져 내렸다. 하지만 진짜 놀라운 일은 그 다음이었다. 꽃잎이 다 떨어져 나갔던 자리에 곧장 새로운 잎이 나기 시작하더니 눈 깜짝할 사이, 다시 처음과 같은 모양으로 활짝 피어나는 것이 아닌가. 말 그대로 눈 한 번 감았다가 뜨는 동안에 죽었던 꽃이 다시 살아난 것이었다. 그것은 불멸이었다. 나르바는 진정한 불멸을 목도한 것이다. 그녀는 자신이 목격한 현상이 너무 놀라워 손이 찢어진 고통도 잊어버릴 정도였다. 환상을 본 걸까? 아님, 꿈을 꾸고 있는 걸까. 여긴 대체 어디지? 이것들은 다 뭐고. 어떻게 이런 일이 있을 수 있지? 정말 마법인가? 머릿속이 혼돈으로 뒤덮여가던 그때,

"괜찮아요? 피가 많이 나는데.."

나르바는 본능적으로 소리가 나는 곳을 돌아보았다. 그녀로부터 3미터쯤 떨어진 곳에 누군가 서 있었다. 달빛을 등지고 있어 얼굴이 제대로 보이지는 않지만, 실루엣과 목소리로 미루어보아 건장한 체격을 가진 또래의 젊은 남자 같았다.

오래전에도 이런 적이 있었던 것만 같은 기시감이 밀려온다. 그러니까 오래전에도 이런 풍경 속에서 또래의 남자와 마주 보고 있었던 적이 있었던 것 같은 기시감. 저 남자가 만약 열두 살 정도의 어린아이였다면 이건 그냥 꿈속의 한 장면이라고 착각했을 만한 그런 상황이었다.

나르바는 조심스럽게 횃불을 들어 그가 있는 방향으로 비췄다. 서서히

그의 모습이 드러난다. 소매가 헐거운 하얀 상의에 어깨 쪽에는 수술이 달린 조끼를 걸치고, 베이지색 바지에 종아리까지 올라오는 가죽 장화를 신은 파란 눈의 남자. 마을 어디서든 볼 수 있을 것 같은 평범한 차림새였지만 그에게선 어딘지 모르게 묘한 기운이 풍겨졌다. 숲에 발을 들였던 순간부터 내내 자신을 따라다녔던 한기의 근원이 저 남자인 것만 같았다. 이반이 말했던 뱀파이어라는 존재처럼 빨간 눈도 아니고 송곳니가 턱 밑까지 내려온 흉측한 모습도 아니었지만 나르바는 본능적으로 그가 자신과는 다른 종족임을 직감했다.

등줄기로 식은땀이 흘러내린다. 마른 침이 절로 꿀꺽 넘어간다. 아무리 나르바가 보통 사람들보다 겁이 없기로서니 눈앞에 살아 움직이는, 미지의 존재 앞에서까지 여유로울 수 있을 정도는 아니었다.

나르바는 속으로 셋을 세고 도망칠 생각이었다. 그런 그녀의 의중을 아는지 모르는지, 남자는 여전히 미동도 없이 그 자리를 지키고 서서 파란 눈동자로 가만히 나르바를 응시할 뿐이다.

'하나, 둘, 셋, 지금이야!'

나르바는 횃불도 다 내던지고 돌아서서 달렸다. 아니, 그러려고 했다. 꽃 뿌리를 뽑겠다고 자신이 실컷 파놓은 구덩이에 발이 걸려 넘어지기 전까진.


나르바의 기억은 거기까지였다. 그녀가 다시 눈을 뜬 곳은 목장의 작은 집 2층, 자신의 침대 위였다. 숲에서 넘어지면서 정신을 잃었던 건지, 무언가에 취해 순간적으로 잠이 들었던 건지, 나르바는 알 수가 없었다. 한 마디로 자신이 그 숲에서 어떻게 빠져나와 침대 위에 누울 수 있었는지, 그 모든 과정에 대한 기억이 싹둑 끊어진 것만 같았다. 도대체 숲에서 무슨 일이 있었던 거지?

나르바는 자리에서 일어나 자신의 상태를 살폈다. 옷이 깨끗했다. 흙으로 뒤덮여 있어야 할 망토와 장화도 마찬가지로 한쪽 벽에 가지런히 걸려 있었다. 들고 갔던 불 꺼진 홰도 바닥에 잘 놓여 있었고 얼굴과 머리카락도 깨끗했다. 마치 누군가 씻겨주기라도 한 듯, 모든 부분이 그저 잘 자고 일어난 여느 아침과 다를 것이 없었다.

다만 이상한 건 손이었다. 손이 너무 깨끗했다. 사방으로 피가 튀고 손바닥이 종잇장처럼 찢어졌던 기억이 이토록 생생한데 손에는 상처 하나 남아 있질 않은 것이었다. 조금이라도 긁힌 흔적조차 없었다.

'정말 꿈이었나? 그 모든 기억과 느낌들이 전부? 모조리 내 상상에 불과했던 거라고? 정말? 사람의 상상력이 얼마나 뛰어나면 겪지도 않은 고통까지 만들어낼 수 있는 거지?'

좀처럼 믿을 수 없는 일이라며 고개를 절레절레 흔들던 그때, 나르바는 보았다. 침대 머리맡에 놓여 있는 한 송이의 꽃을. 너무 진하지도 너무 연하지도 않은. 가장 예쁘게 무르익은 바이올렛 꽃을.

그제서야 나르바는 자신이 놓치고 있었던 한 조각의 기억을 소환해낸다. "괜찮아요? 피가 많이 나는데." 라고 말하던 파란 눈을 가진 기묘한 남자를.

05

그들에 관하여

5) 그들에 관하여.




 그들의 기원에 대해 명확히 아는 사람은 아무도 없었다. 알을 깨고 태어났든, 박을 깨고 태어났든. 바다를 가르고, 땅을 뚫고 솟아났든. 인간의 탄생이 과학적으로 입증된 학설이 아닌 하나의 설화나 동화의 형태로 전해 내려오는 것처럼, 그들의 기원 역시 인간의 태초와 크게 다르지 않았다.

 스스로가 꽤 월등하다고 자부하는 한 과학자는 그들의 존재를 두고 이런 가설을 내세웠었다. 한 명의 인간으로부터 시작된 유전자 돌연변이가 피만 먹고 영생을 살 수 있는 새로운 종족을 탄생시킨 거라고. 또 어떤 이야기꾼은 정체를 알 수 없는 벌레에 물려 괴병에 감염된 한 불행한 인간이 그들의 시초라 말하기도 했으며, 사실은 그들이 아니라 우리 인간이 그들로부터 유전자 변이를 일으켜 파생된 새로운 종족일 수도 있다는, 아무에게도 주목받지 못한 채 사라져 간 가설도 있었다. 어쨌거나 이러저러하게 떠도는 근거 없는 가설들보다 중요한 것은 그들의 역사가 인간의 역사만큼이나 오래되었다는 사실이다.

인간의 형상을 하고는 있으나 그 습성이 인간이라 할 수는 없고, 죽음과는 거리가 먼 만큼 유령이라고는 더더욱 할 수 없는 이 애매모호한 존재들의 이름. 바로 뱀파이어다.

뱀파이어. 그 이름에 대한 어원은 터키어의 마녀, 세르비아어의 날지 않는 사람, 폴란드어의 날개 달린 망령 등에서 출발한 것으로 보고는 있으나 정확한 어원은 역시나 알 수 없다. 인간, 사람, 이런 명칭들이 언제 누구로부터 시작된 건지 알 수 없듯이 말이다. 그냥 그렇게 부르다 보니 그것이 하나의 명사가 되어버린 뭐 그런 경우.

인간도 국적이나 혈통에 따라 종족이 나뉘는 것처럼, 뱀파이어 세계에도 두 개의 종족이 있었다. 동유럽에 분포되어 있는 루베카족과 서유럽에 분포되어 있는 아크지오네족이었는데, 두 종족 간의 가장 큰 차이점은 루베카족은 태어날 때부터 뱀파이어라는 점이고, 아크지오네족은 사악한 마음을 가진 뱀파이어에게 물려 원치 않게 뱀파이어가 된 이들이라는 점이었다. 처음부터 뱀파이어였던 이들과 한때 인간이었다가 뱀파이어가 된 이들의 삶은 천지 차이가 날 수밖에 없었다.

인간들과 마찬가지로 부족을 형성해 한곳에 오래 머물며 자신들만의 문화를 만들고 규칙을 지키며 살아가는 루베카족과는 달리, 아크지오네족은 홀로 이곳저곳을 떠돌며 악의적으로 사람을 해치고 세상에 분풀이를 하며 흔히 인간들이 생각하는 악마 흡혈귀의 표본으로 자리잡았다.

믿을 수 없겠지만 아주 오래전, 세기를 한참은 거슬러 올라가야 겨우 닿을듯한 어느 무렵에, 잠시나마 인간과 뱀파이어 사이에 평화가 유지되던 시절도 있었다. 어쩌면 '평화'라는 다소 거창하고 거룩한 뉘앙스를 풍기는 단어는 조금 무리가 있을지도 모르겠다. 기껏해야 서로의 존재를 인정하고 존중하며 서로의 종족을 해치지 아니하고 서로의 영역을 침범하지 않는다는, 고작 몇 줄짜리 약속에 불과했으므로. 그마저도 두 종족을 대표하는 이의 인장이나 날인이 들어간 협정 문서가 존재하는 것도 아니고, 어느 쪽이든 입 싹 닫고 모르쇠로 일관하면 그만일 이 구두 약속은, 사실 뱀파이어들이 오랜 세월 공들여 갈고 닦아 온 터전을 인간들이 무전으로 취득하기 위한, 그러니까 평화롭게 거저먹기 위한 얄팍한 수에 지나지 않는 것이었다.

오직 동물만의 영역인 땅이 있고 오직 인간만의 영역인 땅이 있듯이, 오직 뱀파이어만의 영역인 땅도 분명 존재했었다. 대표적으로는 루마니아 북부 지역 카르파티아산맥 동쪽 기슭에 위치한 수체아바가 그랬고, 지중해 동부에 있는 키프러스의 라르나카가 그랬다. 리바톤처럼 작은 마을 형태로도 서른 군데 정도가 있었다. 물론, 지금(21세기)은 모두 인간의 영역이 되어 하나의 유적지가 되었거나 휴양지가 되었거나 그나마 형태를 유지한 채 수도원이 되어 버렸지만.

고작 몇십 년 잠깐 살면서 당장 눈앞의 이익만을 좇기 급급한 인간들의 영역과, 영생을 사는 뱀파이어들의 영역은 질적으로 다를 수밖에 없었다. 뱀파이어들의 영역에서 나고 자란 모든 것들은 신선하고 생생했다. 그들의 땅에서 한 번 피운 꽃은 결코 지는 법이 없었으며, 같은 열매를 맺어도 인간의 손에서 맺은 열매와는 비교할 수 없을 만큼 맛도 크기도 향도 모든 것이 압도적으로 훌륭했다. 물론, 인간의 그것들보다 더 오랜 시간과 정성을 들여서이기도 하겠지만, 결과적으로 뱀파이어들에겐 인간이 어떻게 해도 흉내내지 못할 그들만의 영험한 기운이 있었다. 인간의 입장에서는 지나치게 탐이 날 수밖에 없는.

아마도 그 시절의 인간들은 이런 주장을 내세웠을 것이다. 어차피 피만 먹고 사는 뱀파이어들에겐 비옥한 땅과 그 땅에서 나는 풍요로운 부산물들이 한낱 풍경이고 취미 생활에 지나지 않겠지만 본인들에겐 그 모든 것이 생존과 직결되는 문제였다고. 그러니 어쩔 수 없는 선택이었다고. 크기가 조금 작아도, 당도가 조금 떨어져도, 먹고 사는 데 아무 지장이 없음에도 불구하고, 굳이 더 크고 맛있는 걸 먹겠다는 이유로 다른 종족의 영역을 침범했던 자신들의 이기심을 '생존'이라는 절박함으로 포장했던 영악한 존재들. 평화로운 상생을 위한 규칙이랍시고 철저히 본인들에게만 유리한 조건을 들이밀며 자신들이 수 세기를 가꾼 비옥한 땅의 절반을 당당히 채갈 때까지만 해도, 뱀파이어들은 그 영악한 존재들의 들불 같은 번식력과 과도한 탐욕을 알지 못했었다.

늘 그렇듯, 평화는 결국 인간으로부터 파괴된다. 시간에 대한 개념이 없었던 뱀파이어들은 인간들에 비하면 욕심과 야망이 결여된 한없이 나태한 종족이라 할 수 있었다. 생이 끝나기 전에 자손이든 업적이든 이름이든 무언가를 남겨야 한다는 압박감이 없었던 뱀파이어들에겐 시간이란 섭리에 쫓기며 살아야 했던 인간들의 간절함과 욕망을 당해 낼 재간이 없었다. 본디, 세상의 모든 승리는 결국 간절함의 크기가 더 큰 쪽이 가져가게 되듯이.

정말 평화로운 순간도 물론 있었다. 뱀파이어들의 일방적인 배려에 감동 받은 인간들이, 사냥한 동물의 사체를 뱀파이어들의 거주지 입구에 가져다 놓는 성의를 보이기도 했었으니까. 그 시기가 아주 잠깐이었다는 것이 유감스러울 뿐. 이후, 빠른 속도로 무섭게 세를 불린 인간들은 뱀파이어들을 급습해 그들의 모든 것을 빼앗았다. 그리곤 자신들의 행위를 뱀파이어들이 결국엔 피를 먹는 습성과 본능을 이기지 못하고 자신들을 공격해올지 모른다는 두려움으로부터 비롯된 것이라며 정당화시켰다. 그리고 그 정당화는 혐오를 동반한 하나의 진리처럼 퍼져 나갔다. 마침 그 무렵, 서유럽 쪽에서 출몰하기 시작한 아크지오네족들로 인해 그들의 진리는 타당성을 얻고 더 멀리 퍼질 수 있었다. 인간들의 세계에 하나의 문화가 유행하는 시기가 있듯이 까마득하게 먼 옛날, 기록되지 않은 역사 속 한 틈에는 뱀파이어를 향한 혐오가 유행한 시기가 있었던 것이다. 그 혐오는 인간들로 하여금 횃불과 창을 들게 했으며, 이미 이성의 지배를 벗어난 인간들의 광기에 뱀파이어들은 속수무책으로 몰살당할 수밖에 없었다. 물론, 그들은 모두 부족을 형성해 살던 루베카족이었다.

인간들은 알지 못했다. 루베카족 뱀파이어들은 살아있는 인간의 피는 마시지 않는다는 것을. 살아있는 인간을 해치면 그만큼의 큰 대가를 치른다는 것을.

인류의 역사가 14세기로 접어들 즈음, 남아있는 루베카족의 영역이라곤 종족을 막론하고 모든 뱀파이어의 성지라 불렸던 루마니아의 수체아바를 제외하면 불가리아의 리바톤이 유일했다. 루베카족 뱀파이어들이 끝까지 사수해야 할 그들의 마지막 부락. 리바톤.

다행이었던 건, 리바톤 마을 인간들이 가진 삶의 태도 자체가 욕심과 호기심이 없고 태만하게만 흘러왔던 터라, 고작 찬바람과 약간의 추위를 일으키는 것만으로도 충분히 영역을 지켜낼 수 있었다는 점이다. 뜻하지 않은 손님들이 그 땅에서 초대받지 않은 파티를 열기 전까진, 리바톤의 모든 생명체는 이 잔잔한 평화가 계속될 줄 알았다.

06

파란 눈의 뱀파이어

6〉 파란 눈의 뱀파이어.

　　　　"나르바가 언제쯤 저에 대한 모든 기억을 되찾을 수 있을까
요?"

　파란 눈동자 위로 수만 개의 반딧불이 떠다녔다. 좀처럼 감출 수 없는
설렘으로 반짝반짝. 그 모습을 보는 피에르의 가슴이 뻐근해져 온다. 그
래, 아주 오래전에도 너와 같은 눈빛을 한 뱀파이어가 있었지. 약초를
캐기 위해 깊은 숲에 들어왔다가 길을 잃고 헤매던 파란 눈동자의 여인
을 사랑하게 됐던 뱀파이어가. 내 생에 그 눈빛을 다시 보는 날이 올 줄
이야.

　"그 아이는 망각의 버찌를 먹은 아이지 않니. 뱀파이어의 버찌를 먹
은 인간은 절대로 지워진 기억을 되살릴 수 없어. 매번 물어보는구나 너
는."

　"모든 약에는 해독제가 있는 법인데, 어째서 버찌는 해독제가 없는 거죠?"

"버찌는 말 그대로 버찌 아니겠니? 약으로 만들어진 것이 아니니 해독제도 없을 수밖에."

"나르바에게 우리의 이야기를 해준다면 다 믿을까요?"

"체르, 기억하거라. 뱀파이어 영생에 인간을 사랑할 수 있는 기회는 오직 한 번뿐이야. 그걸 성급하게 써 버린다면,"

"알아요. 다시는 그 누구와도 사랑할 수 없다는 거. 그것이 같은 뱀파이어일지라도."

본디 뱀파이어 세계에서 인간과의 사랑은 금기였다. 종족을 막론하고 모든 뱀파이어에게 해당하는 사항이었다. 이 금기를 깬 뱀파이어는 심장이 두 갈래로 찢어지면서 고통을 받다 죽음에 이르는 형벌을 받게 됐는데, 사랑에 빠진 뱀파이어들은 이러한 형벌을 두려워 하지 않았다.

시간이 갈수록 사랑에 목숨을 걸고 죽어가는 뱀파이어들이 늘어나자 그들의 세계에서 취한 특단의 조치가 바로, 뱀파이어 영생 중 오직 딱 한 번 인간을 사랑할 수 있는 기회를 주는 것이었다.

금기를 어길 수 있는 단 한 번의 기회. 그 기회를 써버린 뱀파이어는 다시는 그 누구와도 사랑이란 감정을 나눌 수 없이 외로운 영생을 보내야 한다. 다시 말해, 금기를 어긴 대가를 영생의 외로움으로 치루는 셈이다. 그 금기는, 인간에게 사랑한다는 말을 입 밖으로 꺼내 고백을 하는 순간 깨지는 것으로, 설령 그 사랑이 뱀파이어 혼자만의 감정으로 끝난대도 대가는 마찬가지였다. 만약, 그 이후에 다른 사랑을 또 하게 된다면 뱀파이어 자신이 아닌, 사랑하는 상대의 심장이 두 갈래로 찢어져 죽는 끔찍한 벌로 돌아오게 되므로 뱀파이어에게 인간을 사랑하는 일이란, 인간이 무언가에 목숨을 거는 일만큼이나 중대한 일이 아닐 수 없었다. 언제 끝날지 모를 기나긴 영생을 모두 걸고 해야 하는 일.

하지만 그 사랑의 결말은 늘 비극이었다. 대부분의 인간들은 뱀파이어의 고백을 거절했고, 혹 이루어진대도 사랑을 마음껏 하기엔 인간의 삶은 너무도 짧았다. 이러나저러나 마지막에 남아 그 모든 고통을 감수해야 하는 건 결국 뱀파이어란 뜻이었다. 사랑하는 이에게 비참하게 거절당하는 고통도, 사랑하는 이를 먼저 떠나보내고 남은 생을 그리움과 외로움에 사무쳐 살아가야 하는 고통도 모두 그들의 몫.

그럼에도 불구하고 뱀파이어들은 계속해서 인간을 사랑하는데 주저하지 않았고 상처받는 고통을 멈추지 못했다. 그리고 여기, 그 고통을 향해 투신하고 있는 또 하나의 뱀파이어가 있다. 저 반짝이는 눈을 어쩌면 좋을까.

"나르바가 숲으로 오고 있어요!! 마중 가야겠어요!!"

1킬로미터 밖에서의 움직임까지 알 수 있는 뱀파이어의 뛰어난 감각이 들썩인다.

"성급하게 굴지 말거라 부디."

"피에르. 전 이미 그 단 한 번의 기회를 써버렸어요. 나르바에게."

사랑에 미친 꽁무니는 빠르게 멀어져 가고, 피에르의 심장은 덜컹 내려 앉는다. 도대체 언제.


끝없이 펼쳐진 바이올렛의 향연 속에 나르바가 서 있었다. 체르의 심장은 이미 날개를 달고 그녀의 어깨까지 날아가 버린 것 같았다. 팔딱팔

딱 체통 없이 뛰는 그 심장이 스르르 미끄러져 그녀의 심장 안으로 스며든다. 너에게 모든 걸 줄 수 있다면 나는 더할 나위 없이 행복할 거야.

"당신을 찾고 있었어요!!"

나르바가 먼저 말을 걸어왔다. 그녀와의 거리는 100미터 정도. 체르는 나르바의 부름에 답을 하기 위해 걸어 나갔다. 한 걸음 한 걸음 정성을 다해서. 둘의 간격이 좁혀져 올수록 체르의 걸음이 빨라지고 있었다. 거의 날다시피 그녀에게로 가고 있을 때, 나르바가 다급한 손을 쭉 뻗으며 외쳤다.

"그만!"

체르는 독수리 발톱에 뒷덜미를 채이듯, 그 자리에 멈춰 섰다. 그녀에게로 도착하기까지 대략 5미터 정도를 남겨두고 있을 때였다.

"거기 멈춰요. 거기. 거기 서서 얘기해요. 더 가까이 오면 도망갈 거예요."

나르바의 흑진주 같은 눈동자에 경계의 날이 바짝 서 있었다. 체르는 다소 서운함이 밀려들었지만 일단은 나르바를 안심시키는 것이 더 중요했다. 그는 긴 두 다리를 곧게 펴고 서서 두 팔을 가슴 높이까지 살짝 올렸다가 내리는 제스처를 취했다. 표정은 최대한 온화하고 평온하게 짓고서.

"당신이 나의 양들을 데리고 있었나요?"

나르바가 물었다. 체르는 잠시 망설이다가 이내 고개를 저었다. 체르가 데리고 있었다기보단, 그저 양들이 숲으로 들어와 머물렀었다는 표현이 더 정확했으므로.

"그럼, 당신이 양들을 목장으로 돌려보냈나요?"

체르는 여전히 입을 꾹 다문 채 고개만 두 번 끄덕였다.

"왜죠?"

"…당신이 걱정하니까요."

숲으로 낮게 퍼져 나가는 체르의 음성이 비로소 나르바의 고막을 깨웠을 때, 그녀는 묘한 전율을 느꼈다. 아킬레스건 쪽을 찔린 것처럼 복숭아뼈에서부터 찌릿함이 퍼지는 것 같기도 하고, 몸 어디선가 툭! 하고 맥이 끊어지는 것 같기도 했다. 짐승의 송곳니로 우둔했던 감정선을 물린듯한, 도대체 지금 이 기분을 뭐라고 정의해야 할까. 나르바는 서서히 그의 기운에 잠식되고 있음을 인정해야 했다.

"도대체 당신의 정체가 뭐죠? 당신은 누구예요? 여긴 어디고요?"

"…뭐부터 대답할까요?"

"정체! 정체가 뭐예요?"

나르바의 목소리가 떨리고 있었다. 입술이 말랐는지 빨간 혀끝으로 슬쩍 입술을 핥아낸다. 제발 그냥 인간이어라. 그냥 인간이어라. 인간이어라.

"…뱀파이어."

나르바는 어깨를 들썩이며 거대한 들숨을 쉬려다 결국 정신을 놓고야 만다. 정말로 있었어. 그런 존재가.


아주 잠깐의 시간이 흐르고, 나르바가 다시 눈을 떴을 때 그녀는 자신의 눈앞에 떠다니는 수만 개의 반딧불과 조우할 수 있었다. 처음엔 하늘에서 별이 쏟아지고 있는 줄 알았다. 은하수라 불리는 그것들의 움직임. 그 반짝이는 것들이 마치 물고기가 물속을 헤엄치듯 자유롭게 하늘을 유영했다. 보고 있으면서도 믿기지 않을 만큼 아름다운 광경이다. 그 광경에 홀려 잠시동안 나르바는 자신이 어디에 있는지, 정확히 어디에 누워 있는 건지도 잊어버렸다.

나르바의 신경을 깨운 건, 이미 한 차례 물린 적이 있는 그 목소리였다. 낮고 깊게 퍼져 온 정신을 마비시키던 그 동굴 같은 목소리.

"정신이 좀 들어요?"

나르바는 벌에 쏘인 사람처럼 화들짝 놀라며 일어났다. 관자놀이 쪽을 누가 잡아당기는 것처럼 팽- 하고 울려온다. 나르바는 두 손으로 머리를 지그시 감쌌다.

"그렇게 갑자기 일어나면 다 그래요. 여기 편하게 앉아 있어요. 차 한 잔 가져다줄게요."

체르는 자리에서 일어나 긴 두 다리로 성큼성큼 어딘가로 향했다. 나르바는 한 명의 뱀파이어가 걸어가는 뒷모습을 보면서 비로소 자신이 어느 풍경 속에 누워 있는 건지를 확인할 수 있었다.

그곳은 바이올렛 꽃밭과 수만 개의 반딧불이 서식하는 거대한 못이 맞닿아있는 지점이었다. 그리고 한 명의 뱀파이어가 지나간 아치형의 작은 다리 건너편에는 돌로 만든 특이한 움막 형태의 집 몇 채가 듬성듬성 있는 것이 보였다. 나르바는 직감적으로 그 집들이 뱀파이어들의 거주지라는 것을 알 수 있었다. 과연 저 집들에 몇 명의 뱀파이어가 살고 있을까? 그리고 이 숲의 끝은 도대체 어디지? 이 숲은 왜 이리도 이

뻔거람. 이런 숲에 피를 먹고 사는 뱀파이어라니, 정말 아이러니다. 그나저나 나는 오늘 살아서 목장으로 돌아갈 수 있을까…?

"마셔요. 꽃차예요."

체르는 은은한 바이올렛 빛깔을 띠는 차 한 잔을 내밀었다. 어느새 그에 대한 나르바의 경계심은 많이 풀어져 있었다. 정확한 이유는 그녀도 알 수 없었다. 환상적인 풍경 속에 담겨 있는 동안 마음이 느슨해진 건지, 입을 열 때마다 정신을 혼미하게 하는 그의 목소리 때문인 건지 아니면, 공격은커녕 계속해서 자신을 보살피기만 하는 그의 행동이 주는 믿음 때문인 건지.

나르바는 그가 내민 차를 두 손으로 받아 들었다. 계속 맡고 있어도 계속해서 새롭게 달큰한 그 향이 코끝에 깊게 머문다. 한 모금을 마시자 그 향이 온몸으로 퍼져 나가는 것이 느껴진다. 멍했던 정신이 맑아지고 온몸의 긴장이 모두 풀리면서 안심이 되는 맛이었다.

안심이 되는 맛. 어딘지 표현이 썩 맞지는 않지만, 그 단어 말고는 마땅히 생각나는 표현이 없었다. 향긋하고, 달콤하고, 담백하고 이런 보편적이고 추상적인 표현은 어울리지 않을, 귀하고 신비로운 맛이었으므로.

"전부터 궁금했던 건데, 이 꽃의 이름은 뭐죠?"

"나르바."

"뭐라고요?"

"나르바예요. 이 꽃들의 이름."

온몸에 전율이 인다. 언젠가 이런 적이 실제로 있었던 것 같은 기시감에서 오는 전율이다. 잊혀진 기억 속 어딘가에, 본인이 찾으려고조차 하지 않았던 기억 속 어딘가에, 이런 순간이 있었던 것만 같았다. 꿈속의 그 소년이 자신을 보며 "너의 이름은 나르바야. 이 꽃들도 나르바. 내가 가장 아끼고 사랑하는 것에만 붙여주는 이름이지. 기억해 나르바."라고 했던 기억이. 그 소년의 영롱하게 빛나던 파란 눈동자가.

나르바는 비로소 알았다. 꿈속의 그 소년이 어른이 되어 자신의 앞에 앉아 있는 거라고.

"우리 전에 만난 적 있죠?"

이번엔 그의 눈동자가 흔들린다. 그 깊고 파란, 하늘과 바다색을 고스란히 옮겨 놓은 것 같은 눈동자가 파도를 만난듯이.

"기억이.. 나요?"

"맞아요? 정말 당신이에요?"

나르바가 말하는 '당신'이 체르 본인이라는 것엔 의심의 여지가 없었다. 체르는 나르바의 모든 순간을 알고 있었으니까. 다만, 어떻게 인간이 뱀파이어의 버찌를 먹고도 그 기억을 되찾을 수 있었던 것인가에 대한 의문이 붙는다.

"어디까지 기억이 나요?"

"그냥.. 이 꽃의 이름을 따서 내게 이름을 붙여 준 파란 눈의 소년에 대한 기억이 문득 떠올랐어요. 그 소년이 당신인 거죠? 그렇죠?"

체르는 하마터면 눈물을 쏟을 뻔했다. 자신을 기억해 낸 나르바가 너무 고마워서 하마터면.

"그런데 당신이 정말 뱀파이어라고요? 전혀 그렇게 생기지 않았는데.."

"당신이 알고 있는 뱀파이어는 어떻게 생겨야 하는 건데요?"

"마을 아저씨한테 들은 바에 의하면.. 눈이 빨갛고, 송곳니가 바다코끼리처럼 턱 끝까지 자라서 그걸로 사람의 심장을 파먹는다고.."

나르바는 말을 하면서도 스스로가 무례하단 생각이 들었다. 단지 들은 이야기를 전하는 것뿐인데도 괜히 그와 그의 종족을 모욕하는 것 같은 미안함에, 저도 모르게 말끝이 흐려지고 있었다. 체르는 그런 나르바를 보며 피식 웃는다.

"인간의 상상력에는 한계가 없죠."

"내가 잃어버린 기억들, 당신이 찾아줄 수 있나요?"

"내가 말해주면 온전히 믿을 건가요?"

"네. 믿을게요."

나르바의 눈빛이 간절함으로 타오른다. 모르고 살아도 아무 문제 없다고 치부해왔던 열두 살 이전의 기억들이 처음으로 미치도록 간절해진다.

"말해줘요. 내가 잃어버린 나의 모든 이야기를"

07

운명의 시작

7) 운명의 시작.




　　그때 나는, 이야기의 주인공이라면 누구나 하나쯤은 갖고 있
을 출생의 비밀과 자아실현의 고통 등을 이유로 들어, 열두 살의 몸에서
성장을 멈춘 채 3세기를 살아가던 중이었다.

　루베카족 뱀파이어들은 자신들의 영역에서만 나는 버찌를 먹어 원하
는 나이만큼 겉모습을 조절할 수 있었다. 그 버찌는 인간들에겐 망각의
작용을 했지만, 뱀파이어들에겐 성장의 열매와도 같은 것이었다. 하루
에 하나씩 버찌를 먹으면, 꼬박 하루만큼의 나이를 먹고, 먹기를 중단하
면 그 나이에서 멈추는.

　보통의 뱀파이어들은 가장 풋풋하고 싱그러운 10대 중반이나, 성숙
혹은 완숙미가 묻어나는 20대 초중반의 모습에서 성장을 멈추었지만
간혹, 피에르처럼 노년의 모습이 될 때까지도 버찌를 먹는 경우가 있었다.

겉모습이 가진 힘은 인간 세계나 뱀파이어 세계나 다를 바가 없었다. 마냥 발랄한 청춘들처럼 젊디젊은 모습을 한 뱀파이어들 사이에서, 유독 수북한 흰머리와 자글자글한 주름을 지녔던 피에르는 절로 존경을 불러일으키는 외모였다. 루베카족의 수장이라는 그의 위치가 주는 무게감도 있었지만, 대부분의 뱀파이어들은 점잖고 중후한 노신사의 아우라를 풍기는 그의 겉모습에 절로 고개를 숙였다. 실제로 그는 보여지는 모습만큼이나 현명하고 젠틀했으며, 몇몇 뱀파이어들에겐 아버지 같은 존재이기도 했다. 물론, 나에게도.

내가 막 한 세기를 넘겼을 무렵, 피에르에게 물은 적이 있었다. 왜 남들처럼 젊었을 때 멈추지 않았느냐고. 그때 피에르는 이런 말을 했었다. "내가 만약 인간으로 태어났더라면 어떤 모습으로 늙어 갔을지, 그 모든 과정이 궁금했었단다." 그때만 해도 나는 피에르의 말이 "사실은 인간으로 살고 싶었단다."라는 뜻이었다는 건 알지 못했다. 그때도 나는 열두 살의 모습이었고, 다 자라지 못한 몸만큼이나 생각도 미성숙했었기에.

그렇게 미성숙한 채로 3세기를 사는 동안 내가 한 일이라고는 꽃밭을 가꾸는 일과, 못에서 반딧불이를 키우는 일. 그리고 한번씩 버찌 나무 꼭대기에 올라가 바람을 느끼며 낮잠을 자는 일뿐이었다. 인간으로 치면 한량이었고 신으로 치면 숲의 정령과도 같은 그런 삶.

그런 유유자적한 삶을 통째로 뒤흔든 울음소리가 있었다. 숨이 넘어갈 듯 말 듯 삶과 죽음의 경계선에서 위태롭게 저울질당하고 있는 가련한 생명체의 구원을 향한 울음소리.

어떠한 순간이 와도 절대로 인간의 영역을 침범해선 안 된다는 피에르의 지침을 어긴 내가, 기어이 그 울음소리를 좇아 목장의 작은 집 2층으로 들어갔을 때, 양 모피로 아무렇게나 둘둘 싸인 그 작은 생명체는 이미 사신의 손아귀에 잡혀 소멸하기 직전이었다.

나는 본능적으로 아이를 안아 죽음의 신으로부터 떼어냈다. 3세기를 사는 동안 처음으로 무언가를 지켜 낸 순간이었다. 나의 팔뚝보다도 작은. 약간의 힘이라도 주었다간 쉽게 부서져 버리고 말 것 같은 말랑한 덩어리는, 마찬가지로 아직 다 자라지 못한 내 품 안에서 그르렁그르렁 마른 쇳소리를 내며 온몸으로 울었다. 눈도 다 뜨지 못한 채 일그러진 얼굴을 하고.

급한 대로 나는 눈앞에 보이는 우유병을 열어 새끼손가락으로 우유를 콕 찍고 아이의 입속에 집어넣었다. 이가 나지 않은 물컹한 잇몸의 형태가 고스란히 느껴졌다. 손가락 끝에 묻힌 한 방울의 우유는 목구멍으로 넘어간 지가 한참인데 아이는 계속해서 내 손가락을 뭐라도 나올 것처럼 세차게 빨아댔다. 그 연약한 존재가 보여주는 억척스러운 생명력은 실로 경이로웠다. 나는 아이에게 물려있던 손가락을 억지로 빼냈다. 아이는 곧장 다시 울었고, 나는 얼른 손가락에 우유를 묻혀 다시 아이에게 물렸다. 그러한 행동이 몇 번 반복되자 아이도 이 패턴을 이해했는지 내가 입에서 손가락을 빼내도 더 이상 울지 않았다. 이토록 눈치가 빠르다니 정말 영리한 아이가 틀림없구나! 나도 모르게 함박웃음이 지어진다. "안녕, 아가야." 내 말을 들은 듯, 아이가 꼬물거리며 힘겹게 눈을 뜨기 시작한다. 두툼한 눈꺼풀이 몇 번을 꿈틀대다 서서히 큼지막한 쌍꺼풀을 둥글게 그리며 그 속에 감춰 놓았던 흑진주 같은 까만 눈동자로 비로소 내 눈을 맞추던 순간, 나는 알았다. 이 아이로 인해 나의 영생은 송두리째 바뀔 거라는 것을.

"다시 데려다 놓거라."
피에르의 근엄한 목소리가 나를 공포스럽게 짓눌렀다.
"싫어요!"
변성기가 오지 않은 까랑까랑한 반항의 목청은 숲 전체를 울리며 퍼져 나갔다. 내가 처음으로 품에 안아 본, 나보다 한없이 작고 부드러운 존재. 물리적인 힘이야 당연히 약할 테지만 그 외의 모든 면에서는 나보다 강한. 그 어떤 경우라도 내가 무조건적으로 질 수밖에 없는 눈동자를 타고 난 아이. 나는 이 아이를 지켜야 했다. 아니, 우린 절대로 떨어질 수 없다.
"목장에 홀로 남겨진 아이예요. 더 이상 목장엔 아무도 오지 않을 거라고요. 아시잖아요!"
그렇다. 새벽에 목장에서 있었던 소동에 대해서는 이미 모든 뱀파이어들이 알고 있었다. 기껏해야 양들의 울음소리나, 양을 모는 양치기의 휘파람 소리가 전부였던 목장에서, 난데없이 울려 퍼진 여자의 이를 악문 비명은 예민한 청각을 가진 뱀파이어들을 잠에서 모두 깨우고도 남을 만큼 엄청난 것이었다.
그 새벽, 동이 트기까지 두어 시간이 남은 그 무렵에 우린 각자의 버찌나무로 올라가, 목장을 침입한 만삭의 이방인이 늙은 양치기의 손에 핏덩이를 쏟아낸 뒤 그것을 버리고 달아나려던 자신을 저지하는 늙은 양치기를 밀쳐내고 달아나는 모든 과정을 고스란히 목격했다. 다시 말해, 마을 사내들이 또 동사라고 생각했던 늙은 양치기 살인사건의 전말을 본 셈이었다.

그때까지만 해도 우린, 만삭의 이방인이 쏟아내고 간 그것이 당연히 죽었을 거라고 생각했다. 세상 밖으로 나오고도 한참 동안 울지 않았으므로. 혹, 잠깐은 숨이 붙었을지언정 그 숨이 오래가진 못할 거라고 여겼었다. 태어나자마자 엄마 품에 한 번 안겨보지도 못하고 버려지는 인생이 좀 더 살아본들 뭐 얼마나 행복할까 싶어 더더욱, 그 핏덩이의 숨이 오래 붙어 있지 않길 바랐었다. 하지만 그 핏덩이는 기어이 살아냈고, 그 숨은 질겼으며, 결국 이렇게 내 품으로 올 수 있었다.

"아이를 그곳에 혼자 둘 순 없어요. 제발 제가 이 아이를 돌볼 수 있게 허락해 주세요 피에르. 네?"

피에르는 수 세기를 사는 동안 그토록 간절하게 애닳는 눈빛은 두 번째라고 했다. 첫 번째는 나의 아버지. 가련한 나의 아버지.

"세상에 이 피비린내 좀 봐. 일단 좀 씻겨야겠네."

루비나가 고마운 간섭을 하고 나섰다.

"이리 줘. 내가 안을게."

고마운 것도 잠시, 루비나가 두 팔을 뻗으며 다가왔고 나는 그 행동이 몹시도 언짢았다. 아이는 내 품 안에서 아주 편하게 잘 있는데 굳이 왜? 마치 내가 아이를 불편하게 하고 있다는 듯이, 아이를 안고 있기엔 내가 부적격하다는 듯이.

'이리 줘'라는 말투가 심히 거슬렸던 나는, 일부러 더욱 힘주어 아이를 품 안으로 끌어안으며 루비나의 반대쪽으로 몸을 틀었다. 그런 내 행동이 가소롭다는 듯, 루비나는 품! 하며 웃고는 내게서 아이를 무력으로 뺏어가 버렸다. 내 머리를 콩! 쥐어박는 불손한 행동도 잊지 않고서.

이럴 수가! 아무리 네가 푸근한 아주머니 모습을 하고 있대도 그렇지, 고작해야 반세기 밖에 안 살았으면서 3세기나 산 나에게 어떻게 감히! 자존심이란 것이 신발 밑창에서 너덜거리는 것처럼 불쾌했지만 어쩔 수가 없었다. 이 세계에서 살아온 햇수는 의미가 없었기 때문이다. 버찌는 겉모습뿐만 아니라 내면과 생각의 깊이까지도 성장시켜주는 열매다. 아무리 햇수로 3세기를 살았다고 해도 버찌를 열두 해만 먹은 나는, 여전히 철없는 어린아이에 불과했다.

"어머나, 여자아이네?"

내게서 아이를 뺏어간 루비나는 곧장 양모피를 들쳐 보고는 말했다. 그랬구나, 너는 여자아이였구나. 성별을 확인해 볼 생각조차 못 하고 있었던 걸로 보아 나는 영락없는 어린아이가 맞았다. 그 생각은 자연스레 아이를 돌보기 위해선 어른의 몸을 한 이의 도움이 필요하겠다는 결론으로 이어진다. 나는 곧장 루비나에게 상냥하게 굴기 시작했다. 방금 전에 상한 자존심 따윈 잊어버리기로 하고.

"내가 목장에서 우유를 가져왔어. 아까 손가락으로 톡톡 찍어서 먹여 봤는데 아주 잘 먹던걸?"

"손가락으로 먹였으면 뭐 얼마 먹지도 못했겠네. 어서 가서 물을 좀 끓이도록 해."

"알겠어!"

허나, 의욕만 팽배했던 나의 걸음은 곧장 피에르의 주름진 손끝에서 잡히고 만다. 나는 두말할 것도 없이 곧장, 두 손을 모아 싹싹 빌며 애원했다. 최대한 동정심을 유발하는 눈빛을 장착하고.

"제발 안 된다는 말은 하지 말아 주세요. 제발요. 정말 잘 돌볼게요. 이렇게 루비나도 도와주고 있잖아요. 네?"

"피에르. 아이가 가여운 건 사실이잖아요. 죽을 거 뻔히 알면서 모른 척할 순 없어요. 얼마가 될지는 모르지만 그래도 키울 수 있을 때까지는 키워봐요."

속에서부터 울컥! 뜨거운 것이 솟구치는 기분이었다. 이렇게 적극적으로 내 편을 들어주는 이가 있다는 것이 이토록 뭉클한 일이었구나! 고마워 루비나, 이 순간을 잊지 않을게. 그리고 언젠가 나도 네가 도움이 필요한 순간이 오면 꼭 너의 편이 되어줄 거야.

"…대신 조건이 있다."

철옹성 같던 피에르의 입이 비로소 열리고,

"네! 뭐든지 좋아요!"

나의 뚫린 입은 방정맞게 튀어 나갔으며,

"딱, 네 나이만큼이다. 열두 살. 아이가 딱 지금의 네 나이만큼 자라면 다시 목장으로 돌려보내야 해. 망각의 버찌를 먹이고."

경솔함의 끝은 곧장 후회로 돌아온다.

"망.. 망각의 버찌까지.. 먹여야 해요? 꼭?"

"물론이지. 그 어떤 인간도 우리의 본질과 실체에 대해 알아선 안 돼.

할 수 있겠니? 약속을 지키겠다면 허락해주마."

　망각의 버찌라니. 그 말인즉슨, 아이는 12년이 지나고 나면 나를 영영 기억하지 못하게 된다는 뜻이다. 아무리 즐겁고 행복했던 추억도 힘이 없어진다는 뜻. 나라는 존재도, 나와 함께 한 12년의 모든 순간도, 오로지 나만의 몫이 되는 셈이다. 그 슬프고 고독한 일을 또 해야 한다니. 누군가와 함께 만든 추억을 혼자만 떠맡고 산다는 것이 얼마나 외롭고 서러운 일인지, 경험해보지 않은 사람은 아마 모를 거다. 어머니와 아버지를 떠나보내고 약 3세기의 세월 동안 내가 감당하고 있는 일이기도 한. 하지만 아이를 지키기 위해선 다른 선택의 여지는 없었다. 내가 조건에 딴지를 걸고 든다면 아이는 곧장 아무도 없는 목장으로 돌아가 오늘내일 안에 죽게 될 것이었으므로.

　나는 힘없이 고개를 끄덕였다. 네, 그럴게요. 아이가 열두 살이 되면 망각의 버찌를 먹여 이곳에서의 모든 순간을 지우고 목장으로 돌아가게 할게요. 어머니 아버지에 이어, 아이와의 추억도 고스란히 제가 다 떠안을게요. 그 외로운 일을 한 번도 했는데, 두 번이라고 못할까. 다만, 이럴 줄 알았으면 버찌는 좀 더 먹어둘걸. 한 3년쯤이라도 더. 나는 왜 열두 살에서 멈췄을까, 고작 열두 살에서.

"이름은 뭐로 할 거니?"

　루비나가 물었다.

"이름?"

"아이의 이름 말야. 뭐라고 부를 거야?"

　그런 선택권이 나에게 있다는 것이 다시 날 행복하게 했다. 반딧불이

들이 나를 감싸고 날아든다. 순식간에 우주의 중심에 선 기분. 마침맞게 바람은 불고, 나르바 꽃향기가 포근하게 내게로 안겨든다.

"나르바."

"뭐?"

"나르바. 이 아이는 이제 나르바야. 세상에서 가장 고귀하고 아름다운. 대체 불가의 존재. 안녕, 나르바?"

08

기억의 소환

8)기억의 소환.


     기억이라는 것이 그러하다. 아무리 새어나갈 틈 없이 완벽하게 봉인을 했다고 해도, 그것이 힘을 발휘해야 할 순간이 오면 기어코 모든 봉인을 풀고 스스로 깨어나 순식간에 한 사람의 역사를 새로 써버린다. 안녕, 나는 당신이 잊어버리고 살았던 당신의 과거야. 당신에겐 이런 일도 있었고, 저런 일도 있었고, 그런 일도 있었어. 몰랐지? 하듯. 신나게 보따리 밖으로 튀어나와 자신들의 존재감을 하나의 거대한 탑으로 쌓아 올린다. 그 과정에서 일부는 미화의 필터를 거치기도 하고, 일부는 변질의 구덩이에 빠지기도 하지만 중요한 사실은 세상 어딘가에서 실제로 일어나 누군가의 경험과 목격으로 새겨진 기억이라면, 결국 언젠가는 세상 밖으로 튀어나와 주어진 역할을 해낸다는 본질은 변하지 않는다는 것이었다. 나를 통해서든 타인을 통해서든, 소리를 통해서든 글을 통해서든 하나의 몸짓을 통해서든, 어떤 식으로든 반드시 그 모습을 드러내게 되어 있었다. 그것이 기억, 과거, 역사라 불리는 것들이 가진 힘이고 역할이며, 애석하게도 혹은 다행스럽게도 세상에 영원한 비밀, 완벽한 망각 따윈 존재하지 않는다는 증명이기도 했다.

"안녕, 나르바." 이 한 마디에 망각의 버찌는 효력을 잃었고, 나르바의 봉인되었던 유년기가 하나둘 꽃처럼 피어났다. 체르와 한시도 떨어질 수 없었던. 온통 사랑만 받으며 영원히 저물지 않을 봄날로 가득했던 열두 해의 기억과 그때의 감정들. 체르의 손을 잡고 반딧불이 못 다리 위를 아장아장 걸었던 순간도, 체르와 함께 세상의 언어들을 배웠던 순간도, 체르의 두 팔에 안겨 버찌 나무 꼭대기에 올라 석양이 지는 흑해의 풍경을 보던 순간도.

봉인을 풀고 깨어난 모든 기억들은 그녀가 그동안 읽어왔던 어떤 책들보다도 낭만적이었고, 가슴이 벅차 어쩔 줄 모를 만큼 아름다웠으며, 한낱 인간인 나에게 이런 역사가 존재해도 되는걸까 싶을만큼 황홀했다. 그리고 눈앞의 이 남자. 당장에라도 뛰어들고 싶게 만드는 저 파랗고 파란 눈동자로 초조하게 나를 바라보고 있는 이 남자. 이 남자의 존재. 그래, 내가 저 파랗고도 파란 눈동자를 사랑했었지. 반딧불이가 비춰질 때면 수많은 별이 유영하는 밤하늘처럼 반짝반짝 빛났던. 도무지 사랑하지 않고는 못 배길 눈동자였지.

나르바의 모든 신경이 제자리에서 펄떡펄떡 뛰기 시작한다. 걷잡을 수 없는 속도로 피가 돌고 심장 두근대는 소리가 얼음 숲의 경계선을 뚫고 산 아래 마을에까지 닿을 것만 같다. 이렇듯, 누군가로부터 미치도록 사랑받았던 기억은 실로 역동적인 일이었다. 온몸에 잠들어 있던 모든 세포가 깨어나 신선함과 생경함 사이를 휘젓고 다니는 것 같은. 오직 본능에만 충실할 수 있도록 모든 감각을 무장해제 시키는. 낯설지만 미치도록 설레는 일. 그가 뱀파이어라는 사실은 더 이상 아무런 문제도 되지 않는다.

"안녕, 체르."

떨려오는 나르바의 첫 마디에 파란 눈동자가 일렁일렁 파도를 치더니 순식간에 부서져 쏟아진다. 숱한 밤들이 지나가는 동안 오로지 이 순간만을 그리며 얼마나 많은 상상과 연습을 했던가. 나르바의 입에서 내 이름이 다시 불려지는 순간, 당장에 그녀를 끌어안아야지. 몸이 으스러지도록 끌어안고 달과 별에 손이 닿을 때까지 높이높이 올라가야지. 열 손가락 마디 마디에 멈출 수 없는 키스도 퍼부을 거야.

하지만 이런 다채로운 상상들도 예고 없이 맞닥뜨린 현실 앞에선 다 소용 없는 것이었다. 정작 이 순간을 맞이한 건 아주 정직하고도 원초적인 감정이었다.

"기억이.. 나? 모두 난 거야?"

체르가 소매로 눈물을 쓰윽 훔치며 되물었다. 그들이 작별 인사를 나눴던 열두 살 때와 영락없는 얼굴을 하고서. 나르바가 망각 속 저편에서 끊임없이 그리워했던 얼굴을 하고서.

"응. 하나도 빠짐없이 전부 다. 너와 함께했던 모든 순간들이 전부 다. 우리의 마지막 그날까지도."

그들의 마지막 날. 나르바는 드디어 열두 살이 되었다는 사실에 기쁨을 주체하지 못하고 있었다. 정말이지 얼마나 그날을 손꼽아 기다렸던지, 간절함으로 다 헤아릴 수 없는 밤들을 보내고 나서야 겨우 닿은 열두 살이었다. 이유는 단순명료했다. 체르와 같은 나이가 되고 싶은 마음. 오직 그뿐이었다.

식성도, 종족도, 성별도 어느 하나 같은 것이 없었던 체르와 자신 사이에 단 한 가지라도 공통점이 있고 싶었다. 제발 뭐라도. 우리가 아주 다른 존재가 아닌, 공통점을 갖고 있는, 크게 다를 바가 없는, 서로에게 충분히 어울리는 그런 존재라는 걸 체르에게 알려주고 싶었다. 그러기 위해서 자신이 할 수 있는 건 오직 나이를 먹는 일밖에 없다는 것을 깨달은 다섯 살 무렵부터, 나르바는 하루 빨리 체르와 같은 열두 살이 되고 싶었다. 일 년에 한 살씩 꼬박꼬박 정직하게 나이를 먹는 자신과 달리, 늘 열두 살에 멈춰있는 체르가 이상하다는 생각은 하지도 못했었다. 그저 체르가 자신을 기다려주고 있는 것만 같아 오히려 고마울 정도였다. 지금으로는 상상도 못할 발상을 하고 산 시절부터 나르바는 체르를 좋아했던 것이다. 물론 그때는 그것이 얼마나 큰 감정이었는지 알지 못했지만.

"체르! 나도 드디어 열두 살이 되었어! 우리 이제 같은 나이가 된 거야!"

아침에 눈이 번쩍 떠진 순간부터 체르에게 달려가 외친 나르바와는 달리, 분명 웃는 얼굴로 축하는 하고 있지만 그 눈빛과 목소리 그리고 그를 감싸고 있던 모든 기운이 슬픔으로 잠겨 무겁게 내려앉았던 그날의 체르.

그날 아침, 체르는 나르바에게 양젖으로 만든 크림 케이크를 선물했었다. 인간들은 생일이 되면 이런 것을 먹는다면서. 나르바가 입가에 크림을 잔뜩 묻혀가며 먹는 동안에도 체르는 아무 말 없이 그녀를 지켜 보고만 있었다. 체르가 오늘따라 왜 이렇게 조용하지? 싶었지만 그 이유를 따로 묻지는 않았었다. 아니, 물어볼 정신조차 없었다는 표현이 맞을 것이다. 체르의 케이크가 정신을 혼미하게 할 정도로 달콤했었기에.

나르바가 접시를 깨끗하게 비우고 난 뒤 체르는 나르바의 입가에 묻은 크림을 닦아주고는 그녀를 데리고 반딧불이 못을 지나 꽃밭으로 가서 늘 그래왔던 일상을 보냈다. 꽃에 물을 주고 밭을 가꾸고 양들을 보살피는 그런 일상. 그것이 마지막임을 알 리 없는 포실한 뒷모습을 보며 체르는 말했다.

"나르바, 너의 이름은 나르바야. 이 꽃들도 나르바고. 기억해 꼭."

그때까지만 해도 나르바는 참 새삼스럽다고만 생각했다. 12년을 나르바라고 숱하게 불러와 놓고 난데없이 왜 저러는 걸까. 마치 처음 불러보는 것처럼.

오후 무렵에는 체르와 손을 잡고 얼음 숲 전체를 산책했었다. 산책이라고 하기엔 상당한 거리였지만 한창 성장기였던 열두 살의 에너지로는 거뜬한 일이었다. 그때 처음으로 나르바는 뱀파이어들의 집 뒤쪽 풍경을 볼 수 있었다. 열두 해 동안 한 번도 가지 못했던, 루비나가 관리하는 피의 저장고와 생명의 폭포 그리고 피에르가 머무는 수련의 동굴이 있던 풍경들.

"우린 살아있는 사람의 피는 마시지 않아. 이미 죽어서 영혼이 다 빠져나간 시체의 피나 동물의 피만 마셔. 기억해야 돼 나르바. 우린 절대로 산 사람을 해치는 종족이 아니라는 걸. 우린 두려워하거나 무서워할 필요가 전혀 없는 존재들이라는 걸. 잊으면 안 돼. 절대로."

고백을 하는 건지 주문을 거는 건지 세뇌를 시키는 건지, 좀처럼 의도를 알 수 없던 체르의 말들. 왜 자꾸 이런 말들을 하는 걸까? 다신 못 볼 것처럼. 나르바는 물음표로 가득한 머리를 두 번 끄덕였다. 역시나 이유는 묻지 않았다. 왠지 이유를 물으면 저 파랗고 반짝이는 두 눈에서 금방이라도 폭포수가 쏟아져 내릴 것만 같았으므로.

그리곤 황혼 무렵, 나르바는 체르의 두 팔에 안겨 버찌 나무 꼭대기로 올라 흑해와 하늘이 서로에게 스며드는 장관을 보며 체르가 건네주는 버찌를 받았다. 매일 그 나무에 오르면서 하나쯤 따 먹어보려 시도했었지만, 그때마다 체르가 펄쩍 뛰며 저지하는 통에 입맛만 다시는 걸로 그쳐야 했던 그 버찌가 드디어 손아귀에 들어온 것이었다.

나르바는 그 버찌가 체르가 주는 진짜 생일 선물이라고 여겼다. 이보다 더 완벽한 하루는 없을 것처럼 더할 나위 없이 행복했다. 버찌는 냉큼 나르바의 입속으로 사라졌다. 상상했던 것과는 달리 쓰디쓴 버찌 과즙이 입안으로 퍼져 나가면서 자몽한 기운이 온몸으로 돌기 시작할 때, 나르바는 자신의 입술에 뜨겁게 닿는 차갑고도 강렬한 입술의 촉감을 느꼈다. 그리고 체르는 온몸에 힘이 풀려 축 늘어져 가는 나르바를 끌어안고 뱀파이어에게 주어진 인간을 사랑할 수 있는 단 한 번의 기회를 써버렸다. 아무도 몰래.

"나르바, 날 잊으면 안 돼. 언제가 됐든 꼭 다시 기억해줘야 돼. 널 사랑한 나를. 지금까지도 그랬고 앞으로도 널 사랑할 나를. 꼭, 부디 꼭 다시 기억해 줘 제발. 사랑해 나르바. 사랑해. 사랑해. 사랑해…"

소환된 그녀의 기억은 거기까지였다. 그 이후의 일은 어떻게 애를 써도 알 수 없을 오직 체르만의 영역이었다. 잠든 나르바를 목장의 작은 방 침대에 눕히고, 나르바와 함께 얼음 숲에서 자라고 번식했던 양 떼를 목장에 풀어놓고 돌아오는 길. 체르는 울었다. 열두 살답게 엉엉. 그 자그마한 어깨를 불규칙하게 들썩여가며 엉엉. 꼭 기억해 달라고, 자신을 잊지 말아 달라고 온종일 기도하듯 말했던 마지막 인사가 사실은 다 부질없는 짓이었다는 걸 누구보다도 잘 알고 있었기에. 이대로 나르바는 열두 살 이후부터의 삶만 산 어른이 될 것이고 같은 인간을 만나 짧고 덧없는 생을 살다 떠날 것임을. 그리고 체르 본인은 나르바가 죽은 이후로도 계속해서 그녀만을 사랑하며 외롭고 헛헛한 긴긴 세월을 살게 될 것임을 누구보다도 잘 알고 있었으므로.

그럼에도 불구하고 체르의 사랑은 멈추지 않았다. 온 마음을 다해 누군가를 사무치게 염원하고 아끼는 일은 상황이나 나이나 처지와는 상관없이 그저 본능적으로 일어나는 일이었다.

그날 이후, 체르는 3세기 동안 끊었던 버찌를 다시 먹기 시작했다. 하루에 한 알씩 꼬박꼬박 그 쓰디쓴 맛을 성장통처럼 견디며 나르바와 똑같이 하루만큼의 성장을 했다. 언제든, 그것이 우연이든 필연이든 나르바가 다시 자신에게로 돌아오게 되는 날, 나르바와 똑같은 나이로 성장해 있기 위하여. 바로 오늘, 기적 같은 지금 이 순간을 위하여.

09

—

사랑하는 나의 구원자

9)사랑하는 나의 구원자.

삶을 잠시라도 살아 본 자들이라면 누구나 알 것이다. 내가 좋아하는 이가 마찬가지로 나를 좋아해 준다는 것이 얼마나 어려운 것인지를. 왜 모두가 그것을 기적이라 부르고, 그것을 얻기 위해 목숨까지 걸어가며 뛰어드는지를.

이 순간이 기적인 건 비단 체르만이 아니었다. 더 이상 열두 살 아이가 아닌, 책에서나 있을법한 신화 속 주인공 같은 모습을 하고서는, 널 다시 만나 사랑하기 위해 그동안의 모습을 버리고 어른이 되었다고 말하고 있는 체르 역시, 나르바에겐 기적이었다.

생모에게 버려지고 숨이 끊어져 가던 자신을 실질적으로 구원하고 외로움과 고독의 절정에 이른 지금의 자신을 명목적으로도 구원해 줄 유일한 존재를 찾은 이 순간, 나르바는 마냥 감격에만 젖어있을 사람이 아니었다.

그녀는 주저 없이 그의 손을 덥석 잡았다. 그의 손으로부터 얼음장 같은 한기가 전해지고 몸이 참을 수없이 떨렸지만, 그녀는 끝까지 그의 손을 부여잡은 채로 말했다.

"그리웠어. 나의 구원자. 사랑하는 나의 구원자."

체르는 숨이 멎을 것만 같았다. 새하얀 입김을 타고 "사랑하는"이란 말이 폴폴 날아와 심장에 꽂혀드는 기분이었다. 순간적으로 죽었다가 다시 태어난듯이. 그걸로 충분했다. 차고 넘치도록 충분했다. 체르가 이번 생에 얻을 수 있는 건 다 얻은 거나 마찬가지였으니까. 그가 아낌없이 퍼부었던 목숨 같은 사랑은 온전하게 되돌아와 그의 남은 영생을 구원한다. 이보다 더 완벽할 수 없을 정도로 서로에게 구원자가 된다. 둘 사이에 놓여있던 모든 장벽이 먼지처럼 부서져 내리는 쾌감이 그들을 울렸다.

"나 정말 당장에라도 너를 안고 저 높이높이 올라가고 싶은데, 그럴 수 없을 것 같아."

"왜?"

"네 얼굴이 너무 창백해져서. 입술은 벌써 파랗게 얼어 버렸어. 인간의 몸으로 얼음 숲에 너무 오래 머물러서 그래. 내가 이대로 너를 안으면 너는 동사할지도 몰라."

"괜찮아. 아직은 견딜만해. 잠시라도 좋으니 나를 안아줘. 높이높이 올라갈 필요도 없어."

"나도 정말 그러고 싶은데.."

"그럼 안아줘. 망설이는 그 잠깐도 너무 아깝단 말야. 죽기 직전까지만 안고 있다가 목장으로 데려다주면 되잖아."

나르바는 단호했다. 그녀의 용기와 결단력은 대담함을 넘어 비범한 수준이었다. 하지만 그녀의 의지와는 상관없이 그녀의 신체 기관은 어쩔 수 없는 인간의 그것이었다. 체르가 두 팔을 채 뻗기도 전에 그녀의 머리는 체르의 가슴팍으로 힘없이 고꾸라졌다. 오래전, 버찌를 먹었던 그날처럼.

체르는 동사 직전의 그녀를 안고 쏜살같이 목장 작은 집의 2층 창문을 넘었다. 그리곤 침대 위에 그녀를 눕혀놓고 이불과 담요, 모든 옷가지를 꺼내 그녀의 몸을 덮은 뒤, 방 안 가득 나르바 꽃을 쌓아 놓고 불을 붙였다.

방안은 순식간에 보랏빛 연기로 자욱해졌고, 진한 꽃향기는 그녀의 호흡 기관을 통해 몸속으로 퍼지면서 얼어붙은 신체 기관을 녹이기 시작했다. 그 과정이 고통스러운 건 오히려 체르였다. 태워진 꽃들로 인해 한껏 달아오른 방안은 체르 입장에선 뜨거운 불구덩이나 끓는 용암 속과 다를 바가 없었으니까.

몸이 타들어 가는 고통을 견디며 체르는 나르바가 깨어나기 만을 기다렸다. 나르바는 나를 위해 몸이 얼어붙는 고통도 견뎠는데, 이 정도쯤이야 참을 수 있어야 한다고 스스로를 다독여가며.

그로부터 30여 분이 더 지나고 나서야 나르바는 비로소 눈을 뜰 수 있었다. 눈앞이 온통 보랏빛이라 처음엔 죽어서 저세상에라도 떨어진 줄 알았다. 그 몽환의 기운 속에서도 나르바의 첫 마디는,

"체르!"

그녀의 부름이 어딘가로 닿기도 전에 창문이 열리고 체르가 날아 들어왔다. 그가 나르바 꽃을 더 가져오기 위해 잠시 얼음 숲으로 돌아간 사이, 그녀가 깨어난 것이었다.

"나 여기 있어. 괜찮아?"

"응. 반평생을 얼음 숲에서 살았는데 왜 적응 못 하고 쓰러진 거지?"

"인간의 영역에서 사는 동안 너에게 남아있던 얼음 숲의 습성이 모두 사라져서 그래. 신체 기관이 완벽히 인간의 리듬에 맞춰진 거지. 너에게 남은 건 그냥 목장의 추위 정도만 견딜 수 있는 능력일 거야."

"그럼 앞으론 어떻게 해야 해? 우린 어떻게 만날 수 있어?"

"내가 꽃을 더 가져왔어. 앞으로 매일매일 이 꽃을 끓여서 마셔 봐. 차츰 얼음 숲의 추위도 견딜 수 있을 정도의 신체 상태로 돌아갈 수 있을 거야. 그전까진 내가 올 게 여기로."

"그래도 돼? 피에르에게 걸리면 어쩌려고."

"상관없어. 널 볼 수만 있다면 난 무엇이든 할 거야."

"그럼 이제 안아줘."

나르바는 차마 일으키지도 못하는 몸으로 간신히 두 팔을 벌렸다.

"안 돼. 지금은 안 돼."

나르바를 위해 체르는 완강할 수밖에 없었다. 속으론 애가 닳아 미칠 것 같아도.

"내가 너의 손만 잡아도 너는 다시 얼어 붙을 거야. 아직 완벽히 회복된 게 아니니까. 내일. 내일 안아줄게. 내일이면 괜찮을 거야. 오늘은 그만 자. 내가 꽃차를 끓여놓고 갈게. 깨어나면 꼭 마셔 알았지?"

나르바는 하는 수 없이 고개를 끄덕였다. 내일, 내일이 있으니까. 내일은 반드시 올 테니까.

한편, 얼음 숲으로 돌아간 체르는 입구에서부터 피에르의 근엄한 얼굴과 대면해야 했다. 태도를 보아하니 우연이 아니라 작정하고 그곳에서 내내 체르를 기다린 눈치였다.

"피.. 피에르.."

"목장엘 다녀오는 것이냐."

"나르바를 데려다줘야 해서.. 다른 사람은 아무도 못 봤어요. 걱정 마세요."

"이유야 어찌 되었건 너는 인간의 영역을 침범했다."

"하지만 나르바잖아요."

"그 아이는 인간이 아니더냐?"

"그래도.. 나르바가 모든 걸 기억했어요! 망각의 버찌도 더 이상 나르바에겐 효력이 없다고요. 그 아이도 저와 같은 마음이래요 피에르. 제 사랑은 실패하지 않았어요. 저도 아버지처럼 인간과의 사랑을 이룬 거라고요. 그러니 부디 목장까지만 허락해 주세요. 네?"

인간이었던 제 어미를 빼다 박은 파란 눈동자가 간절함으로 들끓는다. 피에르도 마음 같아선 그 사랑을 백 번도 넘게 축복해주고 싶지만, 그렇다고 해도 체르가 계속해서 인간의 영역을 넘나들게 놔둘 수는 없었다. 그건 너무 위험한 일이었으니까.

"그래도 규율을 어긴 건 어긴 거니 벌은 받아야 한다. 앞으로 30일간,

수련의 동굴에서 지내거라. 벌이 끝날 때까진 그 안에서 한 발짝도 나올 수 없어."

"30일요??"

나르바를 보지 않고는 단 하루도 못 견디겠는데 무려 30일이라니. 나르바가 열두 살이 되었던 그 아침만큼이나 청천벽력이 아닐 수 없었다.

"예전에 나르바를 숲으로 처음 데리고 왔을 때도 이런 벌은 안 주셨잖아요.."

"그땐 네가 아이가 아니었더냐. 내 나름의 선처를 했던 것인데 이럴 줄 알았으면 그때 호되게 벌을 줄 걸 그랬구나."

"아무리 그래도 30일은 너무 길어요. 나르바에게 내일 다시 오겠다고 약속했단 말이에요. 제발요 피에르. 아니면 내일 나르바에게 가서 말하고 온 뒤에 벌을 받을게요. 안 그러면 걱정할 거라고요."

"내일 또 인간의 영역을 침범한다면, 30일이 아니라 300일로 기간을 늘릴 것이다. 그래도 되겠느냐?"

"피에르.. 저한테 왜 이렇게 가혹하세요? 나르바가 아주 모르는 사람도 아니잖아요."

"그 아이는 여전히 인간이다. 목장 또한 인간의 영역이고. 모든 뱀파이어에겐 인간의 영역을 침범해선 안 된다는 규칙이 존재해. 너의 사랑이 결실을 맺은 건 다행이다만 그렇다고 너에게만 특권을 줄 수는 없다. 수 세기 동안 지켜져 온 이 세계의 질서를 다 무너뜨릴 셈이냐?"

체르는 더 이상의 반박과 애원을 할 수가 없었다. 피에르의 말이 전부 다 맞는 말이었기 때문이다. 아무리 자신이 인간과의 고귀한 사랑을 이루었다고 해도, 그것이 세계의 규율을 어기면서까지 행해져서는 안 되는 것이었다. 인간이었던 그의 어머니도 아버지를 따라 뱀파이어 세계에 들어와 자신을 낳았듯, 이 사랑이 지속되기 위해선 나르바가 이 세계로 들어오는 수밖엔 없었다.

"수련.. 하겠습니다. 하지만 조건이 있어요!"

"조건?"

벌을 받는 마당에 조건이라니.

"아니아니 조건이 아니라, 부탁이요! 부탁이 있어요."

순간적으로 아차 싶었는지 체르도 황급히 말을 바꿨다.

"무엇이냐."

"제가 목장으로 가지 않으면 분명 나르바가 다시 얼음 숲으로 올 거예요. 그때 제 상황에 대해서 잘 좀 말해주세요. 30일 후에 내가 갈 테니 꼼짝 말고 목장에서 기다리라고요."

"벌을 끝내자마자 또 규율을 어길 참이구나."

"어쩔 수 없잖아요. 규율 어기고 또 벌 받죠. 뭐."

수련의 동굴로 향하는 체르의 뒷모습이 점처럼 작아지고 나서야 피에르는 비로소 안심할 수 있었다. 사실 30일간의 벌 같은 건 애초에 존재하지도 않았다. 그건 그냥 피에르가 만들어 낸 하나의 핑계에 불과했다. 인간의 영역에서 인간을 해쳤다거나, 존재가 들통나 다른 뱀파이어들까지 위험에 빠트리는 수준의 불상사를 저지른 것이 아니라면 지금과 같은 단순 외출 정도는 별로 큰 문제가 되지 않았다.

피에르가 굳이 없는 규칙까지 만들어가며 체르를 동굴에 가둔 것은 모두 체르와 나르바를 위해서였다. 나르바가 모든 신체 기관을 완벽히 회복하고, 나아가 얼음 숲에서 살아갈 수 있을 정도의 수준에 이르기 위해선 일정량의 시간이 필요했다. 인간의 음식을 끊고, 나르바 꽃으로 만든 차와 꿀만 먹으며 몸을 해독하고 적응시키는 기간, 28일. 만약 매일같이 체르가 그녀를 만나러 간다면 꽃의 효능이 몸에 쌓이질 않고 체르의 기운을 견디는 에너지로만 그때그때 소비될 것이었다. 그렇게 나르바가 얼음 숲에 오지 못하고 체르가 인간의 영역에 발을 들이는 기간이 길어진다면 자칫, 인간들에게 발각될 위험도 배제할 수는 없었다. 그러니 아직 제대로 불붙지 못한 지금 떼어놓는 것이 모두에게 좋은 길이었다.

허나, 이러한 사실을 알 리 없는 나르바에겐 체르가 오지 않는 며칠이 지옥이나 다름없었다. 체르가 떠나고 3일이 지나서야 겨우 걸어 다닐만해진 나르바는 곧장 망토를 뒤집어쓰고 얼음 숲으로 향했다. 마음 같아선 한달음에 달려가고 싶었지만, 다리가 그 의지를 좀처럼 따라주지 못하고 있었다. 걸을 만하면 힘이 풀리고, 걸을 만하면 힘이 풀리는 것을 질질 끌다시피 해서 겨우 도착한 얼음 숲 입구에서 그녀가 마주친 건 역시나 피에르였다.

"피에르?"

나르바는 그를 한눈에 알아보았다.

"기억하는구나."

"물론이죠. 예나 지금이나 그대로시니까. 정말 오랜만에 봬요."

"혼자서도 아주 잘 커 주었구나."

"절 거둬도 된다고 허락해주셔서 감사했어요."

혼자서 성장기를 보내면서 예의까지 갖춰 준 나르바가 내심 대견스러웠지만, 피에르는 시종일관 엄숙함을 유지한 채 내색하지 않았다.

"근데 체르는요? 체르를 만나러 온 건데.. 설마 무슨 일이 생긴 건 아니죠?"

"체르는 인간의 영역을 침범한 죄로 벌을 받는 중이다. 수련의 동굴에 갇혀있지. 당분간은 체르를 만나기 힘들 거다."

"세상에.. 저 때문에 체르가.."

나르바는 차마 말을 잇지 못했다. 순식간에 빗방울보다 더 큰 형태의 눈물방울이 만들어지고 있었다.

"나르바."

그 눈물방울이 쿵! 소리를 내며 떨어지기 전에 서둘러 피에르가 그녀를 불렀다.

"네?"

"앞으로 체르와 어쩔 셈이냐?"

"당연히 함께해야죠. 어떻게 다시 만났는데.."

"그래 좋다. 그럼 어디서? 어디서 함께 할 생각이지?"

"어디서.. 라뇨? 무슨 의미세요?"

"체르는 네가 사는 인간의 영역에선 머무를 수 없다. 우리 루베카족만의 규칙이지. 체르가 지금 동굴에 갇혀서 벌을 받는 걸 보면 알 수 있듯이."

"그럼 제가 얼음 숲으로 올게요. 제가 여기서 살면 되잖아요. 그건 허락해 주시는 거죠?"

나르바는 피에르가 말을 다 마치기도 전에 대답을 했다. 물론 그것은 정답에 가까운 대답이었다. 피에르가 기다린 대답.

"하지만 그러기 위해선 네가 할 일이 있다. 쉽지 않은 일이지. 각오가 필요한."

"어떤 거죠?"

"네가 인간의 몸으로 얼음 숲에서 지내기 위해선 너의 신체 기관을 적응시킬 시간이 필요해. 물론 너는 다른 인간들에 비하면 제법 수월할 거다. 한때 이곳에서 살았던 적이 있으니. 몸이 그때의 리듬을 찾기만 하면 되지."

"얼마나요?"

"28일."

"그 기간 동안 체르와는 만날 수 없는 건가요?"

"물론이지. 어떠냐, 할 수 있겠니?"

"네. 할 수 있어요. 고작 28일쯤이야. 체르와 만날 수만 있다면 280일도 저는 할 수 있어요. 28일 동안 제가 무엇을 하면 되죠?"

나르바는 피에르로부터 광주리 한가득 나르바 꽃을 받아왔다. 이걸 끓여서 차로 마시든, 달여서 꿀을 내먹든, 아예 꽃잎만 따서 생으로 씹어 먹든 어떻게든 28일 동안 먹으면 그만이었다.

체르는 나를 위해 쓰디쓴 버찌를 몇 년이나 먹으면서 어른이 되었는데 고작 이 정도쯤이야. 고작 28일쯤이야. 게다가 꽃은 향도 맛도 좋다. 28일이 아니라 28년을 하래도 할 수 있을 것이었다. 나르바는 상상 이상으로 강인했으며, 체르를 향한 사랑은 그 무엇보다도 크고 위대했다.

10

28일의 가치

10〉 28일의 가치.




　　　오랜만에 이반이 방문했다. 거진 3주 만이었다. 그 사이 목장
안은 온통 나르바 꽃향기로 장악되어 있었다. 이반 입장에서는 난생처
음 맡아보는 생소한 향기였다. 소라 껍데기를 뒤집어 놓은 것 같은 그의
콧구멍이 연신 씰룩거렸다.

"이건 도대체 무슨 냄새니?"

"그냥.. 꿀하고 우유하고 이것저것 섞인 냄새예요. 별거 아니에요. 뭘
좀 만들어 보려다가 실패했거든요."

　나르바는 되는대로 대답을 했다.

"흠.. 근데 너 살이 많이 빠진 것 같구나. 얼굴이 홀쭉해지고 눈은 더
커졌어. 무슨 일이 있었니?"

"무슨 일은요. 그냥 요즘 입맛이 없어서 끼니를 자주 걸렀더니 그런가

봐요."

"사람이 입맛이 없을 수도 있다니 신기하구나. 나는 요즘 너무 먹어서 큰일이야. 식욕이 어찌나 왕성한지 옷이 자꾸만 작아져서 다 새로 맞춰야 할 판이란다."

"그 덕에 새 옷도 입으시고 좋죠."

"나야 좋지만, 아내의 구박이 날로 심해지니 그게 괴로운 거지 허허."

"아저씨. 아주머니랑 결혼하신 지는 얼마나 되셨어요?"

"글쎄다.. 매번 세 보질 않아서.. 올해로 스물여덟 해던가? 그쯤 된 듯 싶구나."

"스물여덟 해라.. 한 사람과 스물여덟 해를 사랑하며 산다는 건 어떤 기분이에요?"

"뭐 어디 마냥 좋기만 하겠니. 좋을 때도 있고 아닐 때도 있고 그런 거지."

"그래도 사랑은 하시잖아요 지금도. 그 마음은 변하지 않는 거죠? 그렇죠?"

"솔직히 말하자면 말야. 내가 사랑했던 여자는 따로 있었단다. 루마니아에서 온 여자였는데 어머니가 지독하게도 반대를 했었지. 그녀의 아버지가 거렁뱅이였거든. 하지만 난 상관하지 않았었단다. 내가 가진 모든 걸 팔아서라도 그녀를 데려오고 싶었거든. 근데 현실은 그렇지가 않더구나. 결국 그녀가 먼저 떠나버렸어. 어디로 갔는지 알 수도 없게끔 야반도주를 해버렸지. 몇 년 뒤에 지금의 아내와 결혼을 했지만 아직까지도 한 번씩은 그녀 생각이 날 때가 있어. 아내가 특별히 싫은 것도 아니고 아주 사랑을 안 하는 것도 아니지만 그래도 그 여자는 잊혀지지가 않더구나. 그때 그녀를 사랑했던 감정은 내 평생 두 번은 없을 감정이었지. 물론 그땐 몰랐지만 말야. 나는 사랑이라는 감정이, 그 뜨거움이라는 게 시간이 어느 정도 지나면 다시 생겨나는 뭐 그런 감정인 줄만 알았지 뭐냐. 허허. 어렸지 참."

허허 라는 그의 웃음소리가, 너무나도 순수했고 뜨거웠고 진실했지만 차마 그것을 지켜낼 용기는 부족했던 자신의 어린 시절을 안타까워하는 그 자조적인 웃음소리가 너무 서글퍼, 나르바는 심장 끄트머리에 손톱자국이라도 난 것처럼 쓰렸다.

사랑을 책으로만 읽었던 나르바는 차마 몰랐다. 보통의 사람들은 대체적으로 저런 사랑을 하며 산다는 것을. 저 그리움이 귀밑머리에서 하얗게 잠들고, 깊어지는 주름들 사이를 비집고 들어 세월을 만드는 것임을.

나르바는 이반의 수레에 차고 넘치도록 물건을 실어주었다. 남아있던 모든 물건을 다 담아줬대도 과언이 아닐 만큼 엄청난 양이었다. 절반은 이반이 대가를 치르고 구입한 상품이었고 절반은 나르바가 기꺼이 베푸는 호의였다. 어쩌면 이반과의 마지막이 될 오늘에 대한 그녀 나름의 작별 인사일 수도, 혹은 첫사랑을 그냥 그렇게 잃어야만 했던 어리숙한 그의 청춘을 위로하는 마음일 수도 있는 호의. 이렇게까지 퍼주면 너는 뭐가 남니? 하면서도 이반의 광대 끝에 걸린 입꼬리는 내려올 줄을 모른다.

"다음에 올 때 뭘 사다 줄까? 뭐 필요한 거 없니?"

"없어요. 저는 이미 다 가진걸요."

"서쪽에서 보따리상이라도 들어온다면 책 몇 권 정도는 구해다 줄 수 있을 텐데, 그들이 우리 마을에 언제쯤 들를지 모르겠구나. 정 없으면 땔감이라도 한가득 실어다 주마. 아까부터 느낀 건데 목장이 부쩍 더 추워진 것 같거든. 그럼 이만 가보마!"

"늘 건강하세요. 아저씨."

길이 시작되는 언덕 입구까지 배웅을 나온 나르바의 마지막 인사가 아주 잠시 동안 그의 걸음을 멈추게 했지만 거기까지였다. 아주 잠시만 멈춰서 나르바를 한 번 돌아봤을 뿐, 이내 그는 다시 자신이 가야 할 길로 걸어갔다. 나르바는 알고 이반은 모르는 그들의 마지막 순간이 그렇게 지나가고 있었다.

쓰임을 다한 인연이 황혼처럼 저물어 갈 때, 새로운 인연은 막 깨어난 태양처럼 뜨거운 입김을 내뿜으며 문 앞까지 도착해 있었다. 나르바는 이제 소매를 걷어 올려야 할 정도로 목장이 덥게 느껴졌다. 여름의 기운까진 아니어도 보통 사람들이 말하는 따뜻한 봄날이라는 게 이런 건가 싶었다. 만물이 깨어나고 생성된다는 그 봄날, 나르바의 인생에도 새로운 챕터가 열리고 있었다.

어느덧 남은 시간은 하루, 아니 이 밤. 오직 이 밤뿐이다. 나르바는 해가 지기도 전에 서둘러 마지막 차를 마시고 잠자리에 들었다. 얼른 이 밤을 보내버리고 싶었다.

오래 버텼다. 정말 잘 버텨냈다. 꿈길로 걸어 들어가는 순간까지도 나르바는 스스로가 대견했다. 긴 시간의 배고픔을 이겨내서가 아닌, 긴 시간의 그리움을 잘 이겨냈다는 것에 대하여. 그래, 체르가 보고 싶은 마음에 비하면 그깟 배고픔 따위 정말 아무것도 아니지. 나날이 배로 커져만 가는 그 그리움의 정도는 감히 어느 고통에도 댈 게 아니었다. 사는 동안 치즈, 우유, 양고기와 같은 고열량의 음식만 먹어왔던 나르바가 꽃만 먹으며 버텨낸 그 시간 동안 체르도 수련의 동굴에 갇혀 그만의 혹독한 시간을 견뎠을 거라 생각하니, 나르바는 체르가 그렇게 애틋해질 수가 없는 거였다. 이런 애틋한 감정까지 피에르가 계산하고 둘을 떼어놓은 것이었다면 그 작전은 매우 성공인 셈이다.

가끔. 아주 가끔. 정말 세기를 거쳐 몇 번 안 되게끔 뱀파이어의 사랑에 응답을 한 인간들이 등장하곤 했었다. 하지만 그 사랑들이 좋은 결실을 맺지 못하고 끝내 어그러지게 된 데에는 이 과정을 견디지 못하고 그만둔 인간들에게 있었다.

처음 하루 이틀까지는 스스로가 전설이나 신화 속 어마어마한 사랑 이야기의 주인공이라도 된 듯, 환상에 취해 단식에 가까운 그 수행을 견딘다. 종종 사흘까지도 이 악물고 견디는 이도 있었다. 하지만 굶주림이 극에 달하는 나흘에 접어들면서부터는 그 환상이 힘을 못 쓰고 이성에게 지배당하기 시작한다.

'내가 이런 고통을 앞으로도 3주가 넘는 시간 동안 견뎌야 할 만큼 그 존재를 사랑했던가? 인간도 아닌 그 존재를? 정말 이 정도의 고통을 감수할 만큼의 가치가 있는 존재일까? 그래 좋다. 이 고통을 결국 이겨내서 그 존재를 얻고 난 다음은? 그다음은 뭐지? ... 아무것도 없어. 그냥 인간과 사랑해서 사는 것과 별반 다를 게 없는 거라고. 다른 것이 있다면 영원히 늙지 않는 존재의 젊음을 부러워하며 나 홀로 늙어 간다는 것. 불쌍하게 혼자. 그럴 바에야 차라리 같은 인간과 만나 살던 대로 살고 말지. 지금처럼 평범하게 그냥 살고 말지.'

그렇게 인간들은 결국 그들이 말하는 인간다운 삶을 찾아 떠났다. 뱀파이어는 어떤 인간을 사랑할 때 목숨을 걸고 시작하지만 대부분의 인간들에게 뱀파이어는 목숨은커녕 굶주림을 참을 만큼의 가치조차 없는 것이었다. 누군가에겐 '고작' 일수도 있는 그 28일의 가치. 이유는 간단했다. 처음엔 사랑이라고 믿었던 그 감정들이 사실은 뱀파이어라는 독특한 존재에 대한 환상에서 시작된 잠깐의 호기심에 불과했던 것이니까. 환상은 물거품보다도 빨리 사라지고 호기심은 그 무엇도 지켜 낼 힘이 없는데 말이다.

하지만 나르바에게 체르는 그렇지 않았다. 만약 체르가 뱀파이어가 아닌 인간이었대도 나르바는 지금과 똑같은 절실함으로 그를 사랑했을 것이다. 그의 특별한 조건이나 능력이 아닌, 그라는 존재 자체를 사랑했기에. 한낱 미물에 지나지 않던 자신을 구원한 그 손길과 그가 만들어 준 믿지 못할 추억들. 그리고 그로부터 받은 고결한 사랑의 흔적들이 그녀가 이러저러한 다른 생각들로 차마 흔들릴 새도 없이 그 마음을 견고하게 다져주었으므로.

11

———

흑해

11〉 흑해.


　　　번쩍! 하고 눈이 떠졌다. 긴 밤을 헤매다 별안간 깨어난 듯 새
로운 아침이다. 신비로운 기운이 온몸을 휘감는다. 몸 안의 모든 신체
기관이 새로운 에너지로 채워진 것처럼 가볍고 힘이 넘쳤다. 당장에라
도 창문을 열고 날아갈 수 있을 것만 같았다. 나르바는 완벽하게 다시
태어났다.

　사랑할 준비를 마친 여인답게 그녀는 목장을 뛰쳐나와 울타리를 넘고
쏜살같이 얼음 숲으로 들어갔다. 아무런 추위도 느껴지지 않았다. 숲의
기운은 알맞게 포근했고 충분히 싱그러웠다.

　새털처럼 가벼워진 나르바는 구름 위를 걷는 기분으로 순식간에 꽃밭
에 도착했다. 전에는 미처 다 맡을 수 없었던, 자신과 이름이 같은 꽃들
의 깊은 향기 사이로 그리웠던 뒷모습이 서 있었다.

나르바는 그 늠름하고 다부진 뒷모습을 향해 힘차게 내달린다. 그녀가 마침 그의 넓은 등으로 뛰어들려 할 때, 모든 상황을 이미 알고 기다리던 체르가 휙 돌아서며 자신에게로 뛰어들던 나르바를 가슴팍으로 끌어안았다.

그들의 즐거운 비명이 얼음 숲을 깨웠다. 길었던 배고픔과 그리움을 견뎌낸 보상은 미치도록 달콤했다. 나르바의 두 다리가 허공에서 붕붕 날았다. 둘은 갓 잡아 올린 청어처럼 팔딱거리는 심장을 맞대고 한참 동안 서로를 보듬었다. 보고 싶었던 모든 시간의 무게를 담은 손길로. 미사여구가 잔뜩 붙은 이러저러한 아름다운 말들도 필요 없었다. 그저 둘만, 오직 서로만 있으면 모든 것이 충족되는 순간이었다.

이들의 재회는 멀리서 이를 지켜보던 다른 뱀파이어들에게도 마찬가지로 감동이었다.

"저렇게들 좋을까."

"내일까지 저러고 있겠네."

"즐기게 두자고. 예쁘잖아. 좋을 때야"

"그렇고말고."

"이런 풍경을 우리가 얼마 만에 보는 거지?"

"176년. 정확히 176년 만이지. 딜리아가 인간과의 사랑을 이루었던 그 날 이후로 처음이니까."

"오, 딜리아.. 그 아이가 죽은 지도 벌써 150년이 지나가는군."

"체르도 나르바가 죽으면 따라서 죽을까? 딜리아처럼 말야."

"어디 딜리아 뿐인가? 체르 제 아비도 딱 그랬는걸."

"왜 사랑을 이룬 뱀파이어들의 끝은 하나같이 죽음인 걸까."

"살아갈 이유를 잃었으니까."

"인간의 수명은 너무 짧아 정말. 견디기 힘들 정도로."

"부디 체르의 끝은 그러지 않았으면 좋겠어."

"그게 어디 우리 마음대로 되는 일이던가? 우린 그저, 지금 이 순간을 축복만 해주면 돼. 우리의 몫은 딱 거기까지야."

눈부신 재회를 마친 체르와 나르바는 서로의 손을 꼭 부여잡은 채로 꽃밭에 누워, 같은 시간이 흘러가는 것을 조용히 만끽했다. 드디어 함께 하고 있다는 것이 실감 나는 듯했다.

"체르. 우리의 심장 소리가 들려. 신기해. 똑같은 속도로 뛰고 있어. 쿵. 쿵. 쿵. 너도 들려?"

"응. 들려. 쿵. 쿵. 쿵."

"너의 심장 소리를 들을 수 있어서 너무 좋아. 이게 꿈이 아니라 현실이라는 걸 증명해주는 것 같아서. 너도 그래?"

"그럼. 난 매일 너의 심장 소리를 듣고 살았는걸. 네가 태어났던 그 순간부터 오늘날까지. 단 한 순간도 너의 심장 소리를 듣지 않은 날이 없어 나는."

"뱀파이어의 청력은 정말 엄청난 거구나. 우리가 다른 종족이라는 건 이럴 때 느끼는 것 같아."

"내가 너와 같은 인간이었더라면 어땠을까?"

"나는 네가 무엇이어도 상관없어. 똑같이 사랑했을 거야 지금처럼."

"양들을 숲으로 불러들인 보람이 있구나."

"뭐?"

"실은 내가 양들을 부른 거야 숲으로. 혹시라도 네가 양들을 찾아 숲으로 들어오진 않을까 싶어서. 나는 인간의 영역을 침범할 수 없으니까."

"세상에! 너무해!!"

"왜?"

"진작에 불렀어야지. 어째서 이제야 부른 거야? 충분히 더 빨리 만날수 있었을 텐데!"

"우리가 어른이 되기를 기다렸지. 마음껏 사랑을 해도 괜찮은 순간이올 때까지를."

"오늘도 나를 버찌 나무 위로 데려갈 거야? 전처럼 석양이 질 때."

"아니, 오늘은 달이 뜰 때까지 기다릴 거야."

"왜?"

"널 데려가고 싶은 곳이 있으니까."

"그전까진 뭐하고?"

"그전까진 이렇게 계속 누워 있자. 서로의 심장 소리를 들으면서."

체르는 나르바를 더욱 꽉 끌어안는다. 서로의 숨소리가 엉겨 붙고, 서로의 체온이 전류처럼 흘렀다. 이대로 시간이 멈춰도 좋을 것 같은 순간들이 두 사람 사이에서 피어나고 있었다.

높이 뜬 해가 서서히 가라앉고 달이 빛을 내기 시작할 무렵, 그새 단잠에 빠졌던 나르바는 자신을 부르는 아늑한 목소리에 깨어났다.

"나르바, 나르바?"

흐릿한 시야 속으로 그가 들어와 차츰 선명해져 간다.

"이제 그만 자고 일어나야지, 달이 떴어."

체르가 나르바에게 손을 내밀었다. 그의 어깨에는 커다란 망토가 둘러져 있었다.

"나랑 같이 갈 곳이 있어."

나르바는 그의 손을 잡고 일어섰다.

"어딜 가는데?"

"일단 내 목을 팔로 감싸볼래?"

나르바는 체르가 시키는 대로 두 팔로 그의 목을 감싸 안았다.

"꽉 잡아. 날 놓으면 안 돼. 알았지?"

나르바가 고개를 끄덕이기 무섭게 체르는 그녀를 안고 하늘로 날아올랐다. 그의 망토가 커다란 날개처럼 펄럭였다. 순간적으로 나르바는 심장을 땅에 떨어뜨린 사람처럼 소리를 질렀지만 이내 그녀는 느낄 수 있었다. 자신과 체르를 하나의 원처럼 감싸주는 바람의 손길과 그들을 끊임없이 따라붙는 얼음 숲의 향기 분자들을. 새가 되어보지 않고선 절대로 느낄 수 없을 자유와 안정감이었다.

뾰족하게 뻗은 우듬지를 사뿐사뿐 디뎌가며 체르는 나르바를 안고 흑해로 내려갔다. 오늘따라 유독 크게 떠오른 보름달이 수면 위에 살포시 걸쳐진 채 어두운 바다를 환히 비추고 있었다. 나르바는 온전히 체르의 힘으로만 고요한 수면 위를 찰랑거리며 걸었다. 잠든 세계 안에 오직 그들만의 우주가 펼쳐진 듯 아름다웠다. 나르바의 두 뺨에 홍조가 피어오른다.

"믿을 수 없어. 너무 아름다워. 손을 뻗으면 달을 만질 수도 있을 것 같아."

"너에게 이 풍경을 꼭 보여주고 싶었어."

"너무 황홀해서 눈물 날 것 같아. 난 너랑 있을 때면 시간이 멈춘 것만 같애. 꼭 지금 이대로 영원히 죽지 않고 살 수 있을 것처럼."

"난 너랑 있을 때면 시간이 흐르는 것 같아. 인간들의 인생처럼, 드디어 나에게도 삶이라는 의미 있는 역사가 기록되는 것 같아."

"이런 순간을 선물해줘서 고마워 체르."

"사랑해 나르바."

두 사람은 약속이라도 한 듯 동시에 서로의 입술을 맞댔다. 무려 여덟 해가 넘는 기다림을 품은 키스였다. 나르바의 눈물은 기어이 흘러내렸고, 체르의 온도는 감당 못 할 정도로 올라가는 중이었다. 온 세상이 눈부셨다. 한계가 없는 행복감이 그들을 덮치고 있었다.

결혼은 당연한 수순이었다. 나르바에겐 시간이 없었다. 자신에게 초인적인 힘이 생겨 인간의 평균 수명을 훌쩍 뛰어넘고 앞으로 70년을 더 산다고 해도 마음껏 사랑을 하기엔 터무니없이 짧은 시간이었다.

뱀파이어가 사랑을 이룬 인간과 함께 할 수 있는 시간은 길어야 20년이라고 했다. 대부분의 인간들은 아무리 길게 살아봐야 50살 언저리에서 죽는 일이 다반사였으므로.

체르가 뱀파이어들 중 유일하게 파란 눈을 갖게 해 준 그의 인간 어머니는 그가 열두 살 때 돌아가셨고, 그 충격과 슬픔을 이기지 못했던 그의 아버지는 스스로 창에 뛰어들어 심장을 찢어내는 자살을 선택했다.

그 비극들이 체르를 3세기 동안 열두 살에 머무르게 만들었다. 그나마 딜리아의 남편이었던 인간이 26년을 살다 죽은 것이 그들에겐 기적에 가까운 일이었다고.

나르바는 자신이 죽고 나서도 체르가 행복하기를 바랐다. 그를 위해 최대한 많은 가족을 만들고, 최대한 많은 추억을 남겨서 차마 그것들 때문에라도 체르가 계속 영생을 살 수 있기를 바랐다. 그러기 위해선 정말로 시간이 없었다. 혼인 전까지 동침은 허락되지 않는다는 뱀파이어 세계의 규율 때문에라도 나르바는 한시가 급했다.

오늘은 어때? 내일은? 모레는 너무 늦어. 이런 대화들이 오가는 사이 어느덧 결혼식이 다섯 시간 앞으로 다가와 있었다. 천년만년 걸린 것 같았지만 사실은 고작 일주일이 지났을 뿐이었다. 그동안에도 체르와 나르바는 잠자는 시간만 빼고는 모조리 함께 있었지만 지나간 일 초가 그립고, 지나간 일 분이 그리울 정도로 서로를 향한 애틋함이 속절없이 깊어져만 갔다. 인간과 뱀파이어, 하다못해 짐승들까지 모든 세계를 통틀어 이들보다 뜨겁게 사랑하는 커플은 세상에 다신 없을 것 같았다.

"체르. 흑해와 하늘이 하나가 되는 순간에 사랑하는 이와 키스를 나누면 그 사랑이 영원할 거란 전설이 있대. 혹시 알아?"

나르바가 주황빛으로 물든 얼굴을 체르의 품 안에서 새초롬이 꺼내 보이며 물었다.

"그럼. 우리도 열두 살의 이 순간에 첫 입맞춤을 했는걸."

"우리의 사랑은 영원할 거야."

체르는 대답 대신 나르바의 이마에 가볍게 입을 맞췄다. 그걸로 충분했다. 나르바는 더할 나위 없이 가슴이 벅차오른다.

"뱀파이어들한테도 이 순간은 그런 의미야? 영원한 사랑?"

"아니. 우리에겐 좀 다른 의미가 있어."

"그게 뭔데?"

"뱀파이어들에게 이 순간은 환생을 의미해."

"환생? 환생을 할 수 있어?"

"응. 조건이 조금 까다롭지만 할 수 있대."

"조건이 뭔데?"

"일단 자살한 뱀파이어는 안돼. 그건 다시는 어떤 식으로든 생명을 가진 무언가로 태어나지 않겠다는 것을 의미하거든. 그리고 사지가 온전하게 붙어 있어야 해. 어딘가 잘려 나간 시신은 불가능하댔어."

"하지만 너희들은 자살이 아니고는 대부분 영생을 하지 않아?"

"간혹, 인간의 습격을 받기도 하니까.."

"그래서? 사지가 온전하게 붙은 시신을 어떻게 해야 되는 건데?"

"사지가 온전하게 붙은 시신을 지금처럼 흑해와 하늘이 하나가 되는 순간에 흑해로 떠내려 보내는 거야."

"환생은 뭘로 하는데? 또다시 뱀파이어가 되는 거야?"

"아니. 그땐 인간으로 태어날 수 있어. 어디서 어떤 종족으로 태어날지는 알 수 없지만."

"환생해서 돌아온 뱀파이어가 있어?"

"아직. 내가 태어난 이후로는 그런 뱀파이어를 본 적은 없어. 환생까지 500년이 걸리는걸."

"500년이나?? 세상에.. 너무 긴 시간이다."

"그럼. 하나의 인간으로 태어난다는 건 어려운 일이야. 500년의 세월을 혼돈 속에서 먼지처럼 떠돌고 헤매다 비로소 영혼을 담을 몸을 찾아, 하나의 형태로 태어나는 일인걸. 인간으로 태어났다는 것 자체만으로도 너는 대단한 거야. 그러니까 행복해야지. 무슨 일이 있어도 행복해야지. 혼돈 속을 떠돌던 그 세월을 모두 보상받기 위해서라도. 내가 죽을 때까지 행복하게 만들어줄게."

나르바는 다시 체르의 품 안으로 파고든다. 태어나길 잘했다고. 나는 체르에게 사랑받기 위해, 온전히 사랑만 받기 위해 태어난 사람이라는 자부심이 그녀를 위대한 존재로 만들고 있었다.

하지만 모든 비극의 형태가 그렇듯 환란은 예고 없이 우리의 삶을 덮쳐온다. 얼음 숲에서 모든 뱀파이어들이 체르와 나르바의 결혼을 축복하는 파티로 흠뻑 취해갈 때, 대륙의 건너편으로부터 그 축제를 파괴시킬 검은 그림자들이 마수를 뻗으며 거대한 정복의 여정에 닻을 내리고 있었다.

인생의 한 치 앞을 모르기는 인간이나 뱀파이어나 매한가지였다. 침략자라 불리는 그들이 고요히 잠든 리바톤의 지축을 흔들어 깨우는 동안, 루비나가 손수 지어 준 혼례복을 입은 나르바와 체르는, 피에르의 주례 하에 서로를 향한 사랑의 서약을 맹세하고 있었다.

"나, 체르는 인간인 나르바를 아내로 맞아 영원히 나르바만을 사랑할 것을 맹세합니다."

"나, 나르바는 뱀파이어인 체르를 남편으로 맞아 영원히 체르만을 사랑할 것을 맹세합니다."

"죽을 때까지 행복하게 해줄게 나르바."

"내가 죽어도 너는 죽지 말고 계속 살아가야 해. 알았지?"

"그것이 너의 소원이라면 그렇게 할게."

"고마워."

이제 남은 건 키스뿐이었다. 그 키스 한 번이면 체르와 나르바는 공식적으로 부부가 되는 것이었다. 하지만 둘의 입술이 닿기 직전, 무언가 엄청난 것이 폭발하는 굉음이 들려왔다. 결혼식이 열리고 있던 꽃밭이 흔들리고 신랑 신부를 감싸고 날던 반딧불이도 벼락을 맞은듯 순식간에 흩어져 버렸다.

"마을에 일이 생긴 것 같아!"

사랑과 행복의 기운으로 취해가던 얼음 숲의 뱀파이어들이 뒤늦게 오감을 깨웠다.

"무언가 목장으로 오고 있어. 아주 빠른 걸음으로."

"하나둘의 움직임이 아냐. 거대한, 매우 거대한 움직임이야!"

"이반이다. 나르바를 부르고 있어."

"목장으로 가봐야겠어요!!"

나르바가 외쳤다. 뱀파이어들만큼 감각이 뛰어나지 않대도 리바톤에 불길한 일이 생긴 건 충분히 인지할 수 있는 상황이었다.

"나도 같이 가."

"나도."

"우리도 갈게."

"그냥 다 같이 가자. 흩어지지 마."

체르가 나르바를 따라나서자 다른 뱀파이어들도 일제히 동참하기 시작했다. 경계가 있다지만 어쨌거나 지리적으로는 얼음 숲도 리바톤 마을의 일부였으니, 뱀파이어들에게도 리바톤은 마찬가지로 소중한 곳이었다.

"숲의 입구까지만 가야 한다. 인간의 거주지를 넘어가선 안 돼. 절대로!"

피에르도 다급하게 주의를 주며 그들을 따라붙었다.

애타는 걸음들이 숲의 입구에 다다랐을 때, 그들은 차마 꿈에도 생각지 못한 풍경과 맞닥뜨려야 했다. 신의 분노를 산 땅덩어리처럼 온통 불구덩이가 된 마을에, 간신히 도망쳐 나온 이반과 몇 명의 마을 사람들 뒤로 거대한 침략자의 부대가 살기를 띤 얼굴로 그들을 잡아먹을듯 쫓고 있는 끔찍한 풍경이 눈앞에서 펼쳐지고 있었던 것이다.

"도대체 저들은 누구죠?"

그 야만적인 자태에 놀란 나르바가 물었다.

"오스만 제국의 군대!"

사방에서 이구동성으로 대답이 날아들었다. 아나톨리아 반도의 작은 유목민 집단으로 시작해 수많은 정복 전쟁을 일으키며 무섭게 세력을 확장하던 그 마왕의 군대가 불가리아에도 상륙한 것이었다.

체인 메일을 온몸에 두른 마왕의 기병대는 서슬 퍼런 창날을 거침없이 휘두르며 마을 사람들이 죽기 살기로 목장까지 도망쳐 온 보람도 없게 그들의 몸을 두 동강 내고 있었다. 나르바는 이반의 몸이 정확히 반으로 갈라지는 과정을 생생하게 목격했다. 토비야스의 팔다리가 너덜너덜 찢겨져 나가는 모습도, 이름을 알지 못하는 사람의 목이 양털처럼 공중으로 나풀나풀 흩어지는 것도 보았다. 참혹한 살육의 현장이었다.

뱀파이어들은 피로 물들어가는 목장을 마냥 보고만 있을 수도, 인간의 전쟁사에 끼어들어 한 페이지를 장식할 수도 없는 딜레마에 빠져 활로를 찾지 못했다.

"뭐라도 해봐요. 리바톤이 피로 잠기고 있잖아요. 왜 저들에겐 이 목장의 추위도 통하지 않는 거죠?"

나르바가 눈물을 뚝뚝 흘리며 물었다.

"우리의 기운이 약해져서 그래. 우린 조금 전까지 축제를 즐기고 있었잖아."

그랬다. 눈앞에서 처참하게 펼쳐지고 있는 피의 참극에 잊혀진, 그들의 축제가 있었다. 뱀파이어들은 불과 5분 전까지만 해도 축제를 즐기고 있었다. 나르바와 체르는 세상에서 가장 행복하고 아름다운 신랑 신부였으며, 뱀파이어들은 둘을 축하하는 포도주를 쉴 새 없이 들이켰었다.

인간의 음식은 일시적으로 뱀파이어의 기운과 능력을 약하게 만드는 부작용이 있었다. 아무리 얼음 숲에서 직접 재배한 포도에 피를 섞어 만든 술이라 해도 술은 술이었기에, 그것을 마신 뱀파이어들은 일주일 동안 갓 태어난 산양에게서 뽑은 피만 마시며 신체의 기능을 회복시키는 과정을 거쳐야 다시 본래의 기능을 되찾을 수 있었다. 그렇기에 포도주는 아주 큰 경사나 축제가 아니고서는 웬만해선 먹지 않는 음식이었으나, 딜리아의 결혼식 이후로 176년 만에 열린 축제였던 만큼 그들은 실컷 마셨고 실컷 취했으며 실컷 즐기던 중이었다. 누가 먼저랄 것도 없이.

아주 잠깐의 순간이 지났을 뿐인데 리바톤 사람들 중 살아 움직이는 이는 더 이상 보이지 않았다. 한 마을의 유구했던 역사를 강제로 끊어버리고도 성에 안 찬 마왕의 전사들은 목장에 불을 지르고 무너진 우리에서 탈출한 양들을 사냥하기 시작했다. 투창으로 정복의 길을 열었던 민족답게 던지는 족족 그들의 창은 양의 몸통을 관통시켰다. 간신히 표적이 되지 않은 양들은 리바톤 사람들이 그랬던 것처럼 죽기 살기로 경계를 넘어 나르바와 뱀파이어들이 숨어 있던 얼음 숲으로 뛰어들었다. 온몸에 피를 묻힌 악의 무리들에게 발각되는 순간이었다.

"여기들 숨어 있었구나?"

그들 중 우두머리로 보이는 이가 살기로 등등한 미소를 띠며 다가왔다. 나르바와 뱀파이어들은 본능적으로 한 발씩 뒤로 물러났다. 무기가 없는 이들이 할 수 있는 최선의 선택이었다.

"안 그래도 사냥이 싱겁게 끝나서 한창 감질맛이 돌던 중이었는데 이렇게 풍성한 먹잇감들이 제 발로 나타나 주다니, 하늘도 우리 편이군! 하하하하!"

그들은 악당의 전형적인 자태로 몸통을 뒤로 젖혀가며 소름 끼치게 웃었다. 맹수의 송곳니 같은 이빨이 잿빛 입술 사이에서 존재감을 드러내는 순간, 뱀파이어들은 직감할 수 있었다. 멸망의 시간이 다가왔음을.

"도망쳐라!!"

피에르의 말이 떨어지기가 무섭게 뱀파이어들은 일제히 흩어져 도망치기 시작했다. 체르도 나르바의 손을 잡고 발길이 닿는 아무 곳으로나 일단 내달렸다. 양들도 뱀파이어들의 뒤를 따라 종종걸음으로 달렸다. 반드시 살아내고야 말겠다는 질긴 생명력들의 결속을 보는 듯했다.

"모조리 먹어 해치우자!!"

그 결속을 비웃기라도 하듯, 마왕의 기마들이 날뛰는 소리로 천지가 요동을 쳤다. 그들은 양들의 몸에 닥치는 대로 불을 붙였고, 거대한 불씨가 된 양들은 지나간 자리마다 불을 옮기면서 삽시간에 얼음 숲을 지리멸렬한 지옥으로 무너뜨리고 있었다. 그나마 다행이었던 건, 마왕의 기마가 뱀파이어들의 속도를 따라잡지 못한다는 거였다. 하지만 전사들은 뛰어난 투창 실력으로 그것을 보완했고 그들이 던진 창에 심장을 정확히 맞은 뱀파이어들이 하나둘 쓰러져갔다.

등 뒤로 피의 절규가 들려온다. 나르바는 차마 돌아볼 엄두가 안 났다. 그저 체르만 믿고 사력을 다해 달릴 뿐이었다. 선량하게만 살아왔던 이들의 삶이 송두리째 난파되고 있었다.

체르는 그 난파선에서 가까스로 출구를 찾아 나르바를 데리고 자신의 거주지로 도착했다. 문을 닫자마자 나르바는 쓰러졌다. 뱀파이어의 속도에 맞춰 달려오느라 폐가 목구멍까지 튀어 오른 느낌이었다.

"나르바 괜찮아?"

나르바는 거친 숨으로 대답을 대신했다.

"조금만 참아. 내가 널 지켜줄게. 우린 반드시 살아서 여길 나갈 거야. 날 믿어!"

체르는 황급히 벽에 걸려있던 망토를 꺼내 둘렀다. 그래, 그 망토라면 어디든 날아갈 수 있으리라.

"가자!"

체르가 손을 내밀었다. 강단 있고 믿음직스러운 그 손에 의지해 나르바는 몸을 일으켰다. 체르는 여전히 호흡이 고르지 못한 나르바를 안아 들고 거주지를 나와, 곧장 나무 꼭대기로 올라갔다. 그 사이 얼음 숲은 더욱더 참혹한 현장으로 변해 있었다. 곳곳에서 불길이 치솟고 이미 잿더미가 된 곳도 수두룩했다. 혹시라도 구해낼 수 있는 생명체가 있을지를 찾는 체르의 파란 눈동자가 바쁘게 굴러갔다.

"어때? 뭐가 좀 보여?"

"아니. 아무것도. 불길이 너무 세."

체르는 나르바를 안고 이 나무 저 나무를 분주히 옮겨 다녔다. 그들의 발이 닿는 나무마다 밑동에서 불길이 치솟는 바람에 한곳에 오래 머무를 수가 없었다.

높은 곳에서 내려다 본 리바톤은 더 이상 사람이 살 수 있는 땅이 아니었다. 이미 잿더미가 되었거나, 잿더미가 되어가는 중이거나, 둘 다 아닌 곳엔 마왕의 부대가 있었다. 체르와 나르바에게 남은 선택지는 오직 한 곳뿐이었다.

"흑해로 가자. 거기에 우리의 해안 동굴이 있어. 그곳이라면 안전할 거야."

체르가 나르바를 안고 얼음 숲의 마지막 나무를 디디던 순간, 누군가의 비명이 들려왔다. 나르바도 들을 수 있을 만큼 가까운 곳이었다.

"루비나야!"

체르는 떠나려던 발길을 멈추고 돌아봤다. 루비나가 등 뒤로 달려오는 두 명의 기마병을 피해 죽기 살기로 도망치고 있었다.

"그녀를 구해야 돼 체르!"

나르바가 말했다. 우리를 지금으로 이르게 해 준 은인의 공을 잊어선 안 될 것이라고.

"잠깐만 여기서 기다려."

체르는 나르바를 버찌 나무 중간 가지에 내려놓고 루비나에게로 향했다. 조심하라는 나르바의 목소리가 망토 자락에 매달려 귓가로 펄럭였다.

체르는 루비나의 뒤통수에 꽂힐 뻔한 두어 개의 창을 쳐내고 그녀를 구해냈다.

"체르! 무사하구나! 나르바는?"

"여기."

셋은 버찌 나무 위에서 재회를 했다. 루비나와 나르바는 그렁그렁해진 눈으로 서로를 끌어안았다.

"무사해서 다행이에요 정말."

"다른 이들은? 피에르는 못 봤어?"

체르가 물었다.

"피에르는 못 봤고 다른 이들은…"

루비나는 자신의 옆에서 아무런 힘도 써보지 못하고 죽어간 뱀파이어들의 얼굴이 하나하나 떠올라 차마 말을 잇지 못했다. 그들은 다시 말없이 서로를 끌어안으며 추모의 시간을 가졌다.

한편, 코앞에서 먹잇감이 사라지는 것을 본 두 명의 기마병은 어안이 벙벙했다. 방금 자신들이 본 것이 현실인 건지 서로의 얼굴을 보며 확인 중이었다. 그들의 눈에 그것은 분명 파란 눈을 가진 사람이었다. 사람이 마치 거대한 새가 날갯짓을 하듯 검은 망토를 휘날리며 하늘로부터 내려와, 자신들의 먹잇감을 채서 하늘로 다시 날아오른 상황이었다. 이 믿지 못할 상황을 확인하기 위한 기마병들의 시선이 일제히 하늘로 향했다. 그리고 머지않아 버찌 나무 위에 있던 세 명의 존재를 찾아낸다.

셋은 짧은 추모를 끝내고 마침 날아오르려던 참이었다. 체르가 양쪽에서 두 여자를 안고 나무에서 한 발짝만 떼면 되는 순간. 하지만 운명은 그들을 온전한 상태로 흘러가도록 가만히 내버려 두질 않는다.

체르는 자신의 가슴팍으로 날카롭고 강력한 쇳덩이가 거침없이 꽂혀 드는 아찔함을 느꼈다. 그 충격이 얼마나 컸던지 하마터면 나르바를 떨어뜨릴 뻔했다. 숨이 턱! 막혀오고 잠시동안 블랙아웃이 온 듯, 아무것도 보이지도 들리지도 않았다.

충격에서 깨어난 체르가 처음 마주한 장면은 피를 뒤집어쓴 채 울부짖고 있는 나르바였다. 그다음으로 마주한 것은 잘려 나간 목에서 피를 뿜어내고 있는, 주인 잃은 루비나의 몸통. 그리고 루비나의 목을 가르며 자신의 가슴팍으로 꽂힌 창의 존재까지. 모든 사태 파악이 끝나고 나니 그제서야 내내 귓가에서 울리고 있던 나르바의 목소리가 또렷해지기 시작한다.

"체르! 체르!! 정신 차려 체르!! 체르!!!"

"나.. 나르바.. 너 괜찮아?"

정신을 겨우 차리고도 체르는 나르바 걱정이 먼저였다.

"지금 누가 누굴 걱정하는 거야. 네 가슴에 창이 꽂혀 있다고! 어떡해, 괜찮은 거야? 어떡하면 좋아 정말. 죽는 건 아니지? 그치?"

체르는 한쪽 팔에 매달려 있던 루비나의 몸통을 잘려 나간 주인이 있는 숲으로 돌려보내고 자신의 가슴에 꽂혀있던 적의 창을 뽑아 던져 버렸다. 다행히 심장을 정통으로 맞진 않았으나 피가 봇물 터지듯 뭉글뭉글 터져 나오는 중이었다. 나르바가 얼른 손으로 그의 가슴을 압박했다.

"나르바. 나 좀 안아줘 힘껏. 어서 여길 벗어나야겠어."

체르는 혼신의 힘을 다해 나르바를 안고 흑해가 파도치는 해안 동굴로 도착했다. 발이 땅에 닿자마자 체르는 맥없이 쓰러졌다. 여전히 그의 가슴에선 피가 솟구치고 있었고, 얼굴에서 빠른 속도로 핏기가 사라져 가는 것이 느껴졌다.

"체르! 체르!! 괜찮아? 괜찮은 거야? 무슨 말이라도 좀 해 봐. 응? 체르!!"

나르바의 얼굴이 눈물로 얼룩지고 있었다.

"나르바…"

"응. 나 여기 있어. 여기 있어 체르."

"난 아무래도 힘들 것 같아."

"그게 무슨 말이야?"

"너무 많은 피를 흘렸어. 회복이 불가할 정도로.."

"회복이 불가하다니, 죽는다는 말이야??"

"정말 미안해 나르바.. 이러면 안 되는 건데.. 정말 미안해.."

"말도 안 돼! 그런 게 어딨어? 넌 뱀파이어잖아! 영생을 하는 뱀파이어잖아! 어떻게 인간인 나보다 먼저 죽을 수가 있어? 그런 게 어딨어!!"

"우리.. 키스 한 번만 하면 되는 거였는데.. 남은 건 그거뿐이었는데.."

체르의 눈이 자꾸만 감겨오고 있었다. 세상에서 가장 아름다운 그 눈동자가 자꾸만 무거운 눈꺼풀 사이로 사라지고 있었다.

"안 돼. 이럴 순 없어. 눈 떠. 눈 떠 제발. 내가 뭘 해야 돼? 알려 줘. 내가 뭘 해야 되는 거야? 그래! 내 피를 마셔! 내 피를 줄게! 피가 모자라서 그런 거잖아. 그치?"

"안 돼. 우린 절대로 산 자의 피를 마시지 않아. 그랬다가는…"

체르의 말이 끊겼다. 더 이상 입술을 움직일 힘도 남지 않은 듯 보였다.

"그럼 어떡해? 도대체 어떻게 해야 널 살릴 수 있는 거야."

"없어. 더 이상 할 수 있는 건."

"없다니, 뭐라도 방법을 찾아야지. 이대로 네가 죽어가는 걸 가만히 보고만 있으란 거야? 너 없이 나 혼자 어떡하라고. 나만 남는 게 무슨 의미가 있어! 우리 어떻게 다시 만난 건데.. 난 이대로 끝낼 수 없어. 이렇게는 안 돼. 난 이럴려고 태어난 사람 아니야. 너한테 사랑받은 만큼 돌려주지도 못했는데 할 수 있는 게 없다니. 이대로 너를 잃을 순 없어 나는."

"미안해 나르바. 정말 미안해."

"미안하단 말 좀 그만해 제발."

나르바는 목놓아 울었다. 이 상황이 너무너무 분하고 서러워서 미칠 것만 같았다. 도대체 무슨 운명이 이리도 가혹하고 형편없는 건지 도무지 납득할 수가 없었다. 키스, 마지막 키스 한 번이면 정식으로 그와 부부가 되는 거였는데 꿈에 그리던 해피엔딩의 순간을 목전에 두고 어떻게 이런 말도 안 되는 상황으로 운명이 급격하게 휘몰아친 건지, 나르바는 원통해서 죽을 지경이었다.

그때였다.

"환생! 환생을 하면 되잖아! 환생할 수 있다며! 환생을 해 체르. 내가 널 기다릴게!"

언젠가 체르에게서 들었던 환생이 불현듯 뇌리를 스쳤다.

"환생을 하려면 500년이나 걸려. 그 전에 네가 죽겠지."

"만약.. 만약.. 내가 뱀파이어가 된다면?"

"뭐?"

"날 뱀파이어로 만들어 줘! 내가 뱀파이어가 돼서 널 기다리면 되잖아."

"그래도 500년의 시간은 너무 길어. 500년은 나도 살아본 적 없는 시간인걸.. 그런 큰 짐을 너에게 남겨주고 떠날 순 없어."

"괜찮아 나는. 널 다시 만나 사랑할 수만 있다면 난 500년도 기다릴 수 있어. 내가 기다릴 거야. 그럴 거야. 그러니까 나를 뱀파이어로 만들어 줘."

나르바의 결심은 확고했다. 자신을 뱀파이어로 만들어주지 않으면 당장에라도 흑해로 뛰어들어 체르보다 먼저 죽어버릴 기세였다. 이젠 다른 도리가 없었다. 체르는 마지막으로 물었다. 그의 한 마디 한 마디가 모두 사력에서 나오는 중이었다.

"정말 후회하지 않겠어?"

"응. 후회 안 해. 절대로 후회 안 해. 그러니까 어떻게 해야 되는 건지 얼른 알려 주기나 해."

"나에게 남은 모든 피를 마셔. 내 숨이 아주 끊어질 때까지. 한 방울도 남기지 말고 다 마셔야 해. 그럼 혈관이 타들어 가는 고통이 있을 거고 이후 몇 시간 동안은 정신을 잃게 될 거야. 그리고 다시 깨어났을 땐 넌 뱀파이어가 되어 있는 거지."

"그렇게나 간단하다고?"

"듣기엔 간단할지 몰라도 고통이 심한 과정이야."

"괜찮아. 나는 이미 한 달 동안 꽃차만 마시면서 버틴 적도 있는걸. 할 수 있어. 그다음은?"

"석양이 질 때,"

"흑해와 하늘의 경계선이 허물어지는 순간에?"

"응. 우리가 제일 사랑했던 그 순간에, 내 육신을 흑해로 흘려보내 줘. 그리고 넌 여길 떠나 수체아바로 가는거야. 그곳에 우리들의 성지가 있어. 거기서 뱀파이어로 사는 법을 알려줄 거야. 적응 기간이 필요할 테니까. 수체아바는 루마니아 북부 카르파티아산맥 동쪽 기슭에 있어. 가서 전해. 마지막 남은 루베카족 서식지가 소멸했다고. 이제 세상에 남은 루베카족은 너뿐이라고. 루베카족의 규칙은 너로부터 다시 만들어지는 거야. 기억해. 루마니아 북부,"

"카르파티아산맥 동쪽 기슭. 기억했어. 그다음은? 우린 어디서 만나? 내가 어디서 기다리면 돼?"

"언제 어디서 어떻게 만나게 될 진 알 수 없어. 운명에 맡겨야 해. 하지만 어디든 네가 있는 곳으로 내가 가게 될 거야. 우린 피로 연결된 사이니까 반드시 다시 만나게 되어있어. 그러니까 최대한 이곳에서 멀리 떠나 많은 곳을 다녀 봐. 500년이란 시간은 너무너무 기니까. 최대한 시간을 누려 보도록 해. 뱀파이어가 돼서 좋은 점은 그거잖아. 시간이 많다는 거. 이젠 네가 가는 모든 곳이 루베카족의 서식지가 되는 거야. 내 망토를 가져가. 그게 널 많은 곳으로 데려다줄 테니까."

"알겠어. 꼭 그럴게. 너는 어떤 모습으로 환생해? 내가 너를 어떻게 알아보지?"

"내가 어떤 모습으로 환생하게 될지는 알 수 없지만, 너만이 알아볼 수 있는 표식이 있을 거야. 잠시 후에 네가 내 목을 물고 나면 그 자리에 초승달 모양의 흉터가 생길 거거든. 환생을 해도 그 흉터는 갖고 태어난댔어. 그게 다른 사람들 눈엔 그냥 흉터나 반점으로 보이겠지만, 너의 눈엔 그것이 진짜 초승달처럼 반짝반짝 빛나게 보일 거야. 그걸로 날 알아보면 돼."

"하지만 너는 너의 전생을 기억하지 못하겠지?"

"보름달이 뜨는 밤, 너와 키스를 하면 난 모든 전생을 기억하게 될 거야. 지금 이 순간까지도."

"그때의 네가 날 사랑하지 않으면 어떡하지? 아니면 너무 늦게 만나게 된다거나. 네가 다른 사람과 이미 결혼을 한 후에 만날 수도 있는 거잖아."

"그런 생각은 하지 마. 그때의 나도 지금과 똑같이 널 사랑하게 될 거야. 널 사랑하기 위해 태어난 사람일 테니까. 나르바. 우리의 인연을 의심하지 마. 우린 반드시 다시 만나 사랑하게 될 거야."

"알았어. 의심하지 않을게. 믿을게 우리의 인연. 자, 그다음은?"

"다음은… 이제 네가 나의 목을 물어야지."

체르가 떠나야 할 시간이 왔음을 의미했다. 나르바의 눈에서 잠시 멈췄었던 소나기가 다시 후두둑후두둑 쏟아지기 시작한다.

"조금만 더 있다가 하면 안 될까?"

"왜? 두려워?"

"아니. 슬퍼서. 너무 슬퍼서. 우리 왜 이렇게 됐지? 어쩌다 이렇게 됐지 정말?"

"누구의 잘못도 아니야. 그냥 피할 수 없는 일이었던 거지. 원래 멸망은 한순간에 일어나는 거야. 어떻게 해도 막을 수 없었어."

"체르, 안아줘. 한 번만 안아줘. 안아주고 가."

체르는 간신히 두 팔을 뻗어 나르바를 품에 안았다. 나르바는 그 품에 안겨 차고 넘치는 눈물을 쏟아냈다. 그들의 인생에 다시는 돌아오지 못할 순간이 하염없이 흐르고 있었다.

"나르바. 너는 뱀파이어라는 종족으로 새롭게 태어나는 거야. 인생을 처음부터 다시 시작하는 거지. 너에겐 인간을 사랑할 수 있는 단 한 번의 기회도 생길 거야. 그러니까 언제든 정말 사랑하는 인간이 나타난다면 그 기회를 써. 내 생각하지 말고. 나는 그저 한 번은 인간으로 살아볼 수 있게끔 날 환생 시켜 준 것만으로도 너에게 충분히 감사할 거니까."

"그런 말 하지 마. 난 기다릴 거야. 꼭 너만 기다렸다가 다시 너랑 사랑할 거야. 꼭 그럴 거야."

"나르바, 내 삶에 나타나 줘서 정말 고마웠어. 우리의 끝이 이럴 거라고는 차마 꿈에도 생각 못했지만, 난 이미 이만큼으로도 충분히 행복했어. 고마워. 나르바. 사랑해 영원히."

그것이 체르의 마지막이었다. 끊어져 가는 숨통을 끝끝내 부여잡으며 남긴 말은 결국 사랑이었다. 영원히 사랑한다는 말을 그는 온전히 지킨 셈이었다.

나르바는 체르의 목을 물었다. 입안으로 그의 피와 자신의 눈물이 함께 섞여 들어왔다. 나르바는 비통한 심정을 담아 이를 악물고 그의 피를 모조리 빨아들였다. 세차게 빨아들였다. 체르의 피와 자신의 피가 몸 안에서 충돌하여 혈관을 찢어내는 극한 통증이 몰려왔지만 나르바는 혼신의 힘을 다해 참아냈다. 이후, 마지막 한 방울의 피까지 모두 마신 나르바는 체르의 예고대로 정신을 잃었다.

그녀가 다시 눈을 떴을 땐, 흑해로 석양이 쏟아지고 있었다. 체르의 육신을 떠나보내야 할 순간이었다. 이제는 유품이 되어버린 그의 망토를 풀어 자신의 어깨에 두르고, 핏기가 사라진 그의 입술에 키스를 했다. 마지막 키스. 정말 마지막이 될 키스. 이대로 그가 떠나고 나면 다시는 저 파란 눈의 아름다운 얼굴을 보지 못할 것이었다.

"안녕 체르. 기다릴게. 꼭 다시 만나."

체르의 육신이 흑해와 하늘의 보이지 않는 경계선 사이로 사라졌다.

나르바는 다시 혼자가 되었다.

　나르바가 더 이상 이전의 나르바가 아니듯이, 리바톤도 더 이상 이전의 리바톤이 아니었다. 마왕의 부대가 짓밟고 간 흔적은 참혹했다. 여기저기서 주인 잃은 몸통이 굴러다녔고 누구의 것인지도 모를 팔다리가 우물가에 차곡차곡 쌓여 있었다. 일부러 전시를 해놓은 듯이.

　얼음 숲의 상황도 마을의 상황과 별반 다르지 않았다. 포도주만 마시지 않았어도, 인간을 해쳐선 안 된다는 규율만 없었어도, 충분히 야만의 폭주를 막아낼 수 있었을 이들의 시신이 잿더미 속에 파묻혀 있었다. 그렇게 얼음 숲의 루베카족은 리바톤 마을과 함께 역사 속으로 사라졌다. 이제 세상에 남은 루베카족은 나르바가 유일했다.

　세상에 오직 단 하나뿐인 유일의 존재. 그 외롭고 숭고한 시간을 걷고 또 걸어, 어느새 그녀는 500년이 훌쩍 흐른 1919년, 경성 땅에 도착해 있었다.

12

1919, 경성

12) 1919, 경성.

 

 

아득한 곳으로부터 한 발의 총성이 들려왔다. 그 소리에 놀란 까투리가 황색 깃털을 푸드덕거리며 서쪽 하늘로 날아가는 사이, 또 한 발의 총성이 들려온다. 처음보다 조금 더 가까워진 곳으로부터.

이어서 수십 발의 총성이 동시다발적으로 울려대기 시작한다. 탕! 하고 밀도 낮은 쇳덩이가 찌그러지는 것 같은 소리도 있고, 펑! 하며 밀가루 포대자루 같은 것이 묵직하게 터지는 소리도 있었다. 권총과 장총이 무더기로 섞여 있다는 것을 의미했다. 다년간의 경험으로 미루어 볼 때, 이건 필시 총을 든 여러 사람이 죽을힘을 다해 도망치고 있는 한 사람을 향해서 맹목적인 방아쇠를 당기고 있음이 분명했다. 총을 쏘고 있는 여러 사람은 남의 땅에 허락도 없이 기어들어와 주인 행세를 하는 파렴치한 이들일 테고, 도망치고 있는 한 사람은 본디 이 땅의 주인인 가련한 이일 것이었다.

인왕산 산기슭에 다 헤진 짚신짝처럼 버려진 시체들을 건져내 수레에 실으면서, 나르바는 부디 저 총구들이 향하고 있는 표적이 죽지 않고 멀리멀리 달아나 끝까지 살아내기를 바랐다.

"세상에, 이 아이는 너무 어리구나. 열 살은 되었을까?"

그녀의 옆에서 함께 시체를 건져 올리던 제논이 말했다. 검은색 무명 치마에 붉은색 꽃잎이 화려하게 그려진 저고리를 걸친 아이는, 종아리가 손아귀에 다 잡힐 만큼 앙상하게 말라 있었다. 아이의 사인을 확인하기 위해 몸을 이리저리 살피고 나서야 나르바는, 아이의 저고리에 그려져 있던 붉은 꽃잎들이 사실은 이 아이의 피로 그려진 꽃들이었음을 알 수 있었다. 몸 어딘가를 총알이 뚫고 간 흔적도 없고, 사지도 잘려 나가지 않은 것으로 보아 분명, 맞아 죽은 아이이리라.

제논은 주름이 촘촘하게 자리 잡은 손으로 아이의 식은 볼을 매만졌다. 맨들맨들한 복숭아처럼 싱그러워야 할 얼굴이 온통 피멍으로 부어올라 있었다. 그간 온갖 전쟁터를 돌며 죽은 자들을 무수히도 보았지만, 그 어떤 경우를 대입해 보더라도 이토록 어린 여자아이가 이토록 처참하게 맞아 죽어야 할 사연이 과연 무엇이었을지, 그들은 감히 짐작조차 할 수 없었다.

삼나무를 쪼개 만든 수레는 여덟 구의 시체를 싣고 휘영청한 달이 비추는 산길을 오른다. 여전히 총성은 멈추지 않고 간간이 울리며, 반드시 표적을 죽이고야 말겠다는 어긋난 신념을 보여주고 있었다. 부디 죽지 마시오. 죽지 마시오.

길이 아닌 길을 한참을 걸어, 그럴듯하게 형태를 갖춘 문 앞에 도착하자 하늘에선 물방울 같은 눈송이가 희미하게 흩날리기 시작했다. 그러고 보니 한참을 떠들썩하게 울리던 총성도 언젠가부터 들리지 않고 있었다. 그건 둘 중 하나를 의미했다. 표적이 끝내 죽었거나, 총구가 표적을 잃고 포기했거나.

총소리는 수십 년을 들어도 좀처럼 적응되지 않는 소리였다. 보통 달갑지 않아야지. 사람이 사람을 해칠 수 있는 보통의 방법들. 그러니까 무기를 쓴다거나, 주먹을 휘두른다거나, 활을 쏜다거나 고문을 한다거나 하는 방법들은 통상적으로, 그 일에 관여되어 있는 당사자들과 하필 그 순간 그곳에 있었던, 제대로 운이 없던 목격자 간에 끝나는 일이었지만 총은 발사되는 순간 그 일과 전혀 상관없는 수십 리 밖의 사람들에게까지도 강제로 그 일에 관여하게 만드는 사동의 소리였다. 무슨 일이지? 어디서 들린 거지? 누가 쏜 걸까? 맞은 사람은 누구지? 살았을까 죽었을까?

얼굴 한 번 본 적 없고, 이름 한 번 들어본 적 없는 아무개가 지금 이 순간 어디선가 죽어가고 있을지도 모른다는 공포와 충격으로 순식간에 일상이 파괴되는 극도로 잔인한 소리. 대포나 폭탄이 터지는 소리보다도 단 한 발의 총성이 전파하는 공포가 더 큰 법이라고, 나르바는 늘 생각했었다. 적어도 멀리서 울리는 대포나 폭탄은 다른 소리로 상상할 수나 있으니까. 가령, 어디선가 아름다운 폭죽이 터지는 축제가 열리고 있나 보다 하는. 하지만 총은 반드시 총이었다. 다른 거로는 대체 상상이 불가한 그저 총.

산기슭에서 건져 온 여덟 구의 시체는 모두 서대문 감옥에서 나온 것들로, 말할 것도 없이 모두가 조선인이었다. 나르바와 제논은 신들이 모여 최후의 만찬을 즐길 것 같은 긴 탁자 위에 여덟 구의 시체를 가지런히 눕히고 그들의 머리맡에 각각 세 개의 향을 피워 올렸다. 죽은 자의 넋을 기리는 동양의 제사 풍습을 따른 그들만의 간소한 의식이었다. 그 향들이 타오르는 동안, 그들은 온 마음과 정신을 다해 죽은 이들을 애도했다. 원래 순서대로라면 애도가 끝난 뒤엔 굳은 심장을 잠시 녹여 몸에 남은 피를 모두 뽑아내야 했지만, 제논과 나르바는 그 과정을 생략하고 곧장 시신들을 화구에 넣어 한 줌의 재로 화장시킨다. 앞으로 몇 년간은 실컷 마시고도 남을 만큼의 피가 이미 모였으므로.

신해혁명 직후, 무너진 청나라를 떠나 제물포항에 발을 내디뎠을 때만 해도, 이 작은 땅덩어리에서 이 정도로 피의 풍요를 누릴 수 있을 거라곤 미처 예상하지 못했었다. 아무리 침략을 받은 땅이라지만 그래도 같은 인간으로부터 비롯된 일인 만큼 침략의 수준에도 최소한의 인간미 정도는 존재할 거라 믿었었다. 언어를 구사할 줄 알고, 생각을 할 줄 알며, 자신들만의 고유한 문화와 역사를 쌓아 온 문명인이라면 응당 갖춰야 할 최소한의 인간미.

하지만 조선이란 이름의 이 작은 땅을 '거저 씹어 삼킨' 섬나라 종족들에게 그런 것은 존재하지 않았다. 나르바가 이 작은 땅에서 7년여의 시간을 머무르는 동안 봐온 그들의 행태는 인간미, 양심, 예의, 도덕과도 같이 인간을 구성하고 있는 기본적인 덕목들이 결여 된, 그저 팔다리 눈코입이 달렸다는 이유만으로 인간의 행세를 하는 짐승들이나 다를 바가 없었다.

한 줌의 재가 된 그들을 경성 땅이 내려다보이는 절벽에서 고이 뿌려준다. 하필 이런 모진 시대에 가련한 식민으로 태어나 고생 많았소, 잘들 가시오 부디.

"저들은 너무 야만적이야. 또 미개하고. 어떻게 이렇지? 정말 어떻게 인간이 이렇게까지 악랄할 수가 있는 거지?"

500년이란 시간을 살아오는 동안 그녀가 보고 겪은 전쟁과 죽음이 다 얼마였던가.

나르바는 숱하게 보았다. 인류가 서로를 죽고 죽이고 빼앗고 무너뜨리며 타인의 피가 뿌려진 땅 위에 승리자들의 제국을 세우며 눈부시게 진화하는 과정을. 전쟁의 역사가 무기와 과학과 의학과 산업과 나아가 인류의 발전과 궤를 같이했듯, 어쩌면 전쟁이란 인류의 역사에 없어선 안될 하나의 필수 요건일지도 몰랐다. 그리고 일본인들은 그중에서도 그걸 가장 극단적이고 잔인한 방법으로 즐기는 종족이었다. 온갖 수단과 방법을 동원해 아주 다양한 각도에서 식민지 전쟁을 일으켜왔던 영국보다도 더한 야만의 끝.

나르바는 치가 떨렸다. 리바톤이 역사 속으로 사라졌던 그날의 비극을 매일매일 다시 겪는 심정이었다. 그날의 비극으로 불가리아는 약 500년에 가까운 세월을 오스만 터키의 지배하에 있었다. 나르바가 체르를 잃어버린 시간만큼, 불가리아도 불가리아를 잃었다.

그 끔찍했던 기억을 매일같이 다시 떠올리는데도 불구하고, 나르바가 조선을 떠날 수 없는 이유는 그저 한 가지였다. 조선, 그리고 조선인들

모두가, 그녀에겐 리바톤이고 얼음 숲의 그들이었으므로.

영락없는 귀속감이다. 그 짙은 연민에 발목이 묶여 나르바는 좀처럼 이 작은 땅을 떠날 수가 없는 것이었다. 자신의 가슴에 새겨진 멍이, 이 머나먼 타국의 민족들에게도 똑같이 새겨져 있는 것을 보았을 때 일었던 분노는, 그녀가 이곳에 있어야 할 명확한 까닭이 되어 주었다.

"체르가 이 땅으로 날 찾으러 올 수 있을까?"

"만나기 전엔 알 수 없지."

순백의 눈송이처럼 날아 조국의 품으로 떨어져 내리는 구슬픈 잿더미를 보며 제논이 대답했다.

"어떤 모습이어도 좋으니 부디 체르가 저 야만인들로 환생하지만 않았으면 좋겠어. 그럼 정말 다시 사랑할 자신이 없거든. 500년의 기다림이 그만한 가치가 있었으면 해. 제발."

그때, 저 멀리 어둠 속에서 번쩍! 하고 불빛이 터졌다 빠르게 사라지는 것이 보였다. 총소리가 다시 시작되고 있었다. 다시 또 번쩍! 황금정에서 약초정 방향으로 불빛이 쉴 새 없이 날아다녔다. 내일 아침이면 그 골목 어딘가에 또 죽은 자들의 흔적이 넘쳐흐를 테지, 마치 아편이 점령했던 청나라 말기의 지옥 같은 풍경처럼.

13

—

당신을 잃은 밤

13) 당신을 잃은 밤.

황금정에서 약초정으로, 약초정에서 영락정으로, 영락정에서 명치정을 지나 남대문통으로.

끊임없는 죽음의 질주가 이어졌다. 총소리가 멀어질 만하면 금세 가까워져 오고, 또다시 멀어졌다 어느새 뒤통수까지 바짝 붙기를 반복하니 채훈은 달리는 발을 잠시도 멈출 수가 없었다. 얼어붙은 엄지발가락이 고무 밑창을 뚫고 나올 것만 같은 와중에도 그는 본인이 해내야 할 몫을 잊지 않고 있었다.

채훈은 교복 품 안에서 친구들과 함께 제작한 전단지 뭉치를 꺼내 하늘로 높이 던졌다. '친애하는 이천만 조선 동포들에게 고함'으로 시작하는 전단지가 1월의 칼바람을 타고 멀리멀리 날아갔다. 그 전단지의 행방을 찾아 총을 든 저들이 다시 채훈의 뒤를 쫓을 것이었다. 그는 젖먹던 힘까지 쏟아부으며 내달렸다. 일본어 간판이 걸린 상점 거리를 벗어나면 다시 일장기가 걸린 주택가가 나오는 형국이 참담해서 미칠 지경이었다.

무려 고종이 승하한 밤이다. 나의 나라, 나의 국왕을 잃은 밤. 일제가 독살한 거란 소문으로 온종일 경성이 들끓었는데, 어찌하여 이들은 집 대문에 버젓이 일장기가 펄럭이도록 내버려 둘 수 있단 말인가. 채훈은 알고 있었다. 그 중엔 조선인의 집도 있다는 것을.

칼날이 심장을 후벼파는듯한 고통이 인다. 당신들의 변절의 근원은 대체 무엇이란 말이오. 고국을 등질 만큼 저 섬이 좋아진 것인지 아님, 처음부터 이 땅은 사랑한 적이 없었던 것인지.

눈앞의 일장기를 모조리 찢어버리고 싶다는 충동에 사로 잡혀가던 그때였다. 탕! 하고 귓전을 강하게 때리는 소리와 함께 채훈의 왼쪽 다리가 힘을 잃으며 풀썩 주저앉았다. 기어이 저들의 총알이 그의 왼쪽 허벅다리를 관통하고 만 것이다. 뒤통수로부터 "고노야로-"로 시작하는, 좀처럼 반갑지 않은 언어가 앙칼지게 들려온다. 채훈은 아주 찰나의 순간 동안 고민했다. 이대로 저들에게 순순히 항복하고 돌아설 것인가 아님, 잡힐 때 잡히더라도 일단은 마저 도망쳐 볼 것인가.

사실 할 것도 없는 고민이다. 답은 이미 정해져 있었다. 순순히 항복하고 최대한 그들에게 납작 엎드리는 자세를 취한다 해도 결과는 고문이었으므로. 자비와 관용과 합리적인 사고는 철저히 배제된 고문. 고문을 위한 고문. 그 고문을 일찍 받느냐 나중에 받느냐 오직 그 차이만 있을 뿐. 무엇보다도 항복은 채훈의 자존심이 허락하지 않는 행위다. 그러니 일단은 마저 도망을 칠 수밖에. 분연히 떨치고 일어나 다시 달릴 수밖에. 적어도 그 길에는 '천운이 따라주면 생존'이라는 가능성도 존재했으므로.

채훈은 곧장 일장기가 걸려있는 집의 담을 넘어 그 뒷마당으로 달려 또 담을 넘고 또 담을 넘었다. 다리에 총상을 입긴 했으나 두 팔의 근육이 그걸 보완하고 있었다.

온 동네 개들을 다 깨우며 정말 죽기 살기로 도망쳤다. 차마 지혈할 새가 없었던 다리에선 피가 철철 흘렀고, 어딘지도 모르게 그저 의식의 흐름대로 달린 길은 어느덧 그를 인왕산 중턱까지 이르게 했다.

동쪽 하늘로부터 먼동이 희붐하게 트고 있었다. 스스로도 한계점에 다다랐다고 느낀 그 순간, 채훈의 갈색 눈동자 사이로 아주 기묘한 풍경이 들어왔다. 자신을 보고 있는 검은 옷차림의 여인과 그 옆에 서 있는 커다란, 정말 커다란 회색의 늑대 한 마리.

조선 땅에서 저만한 늑대를 본 적이 있던가? 집채만 한 호랑이라는 말은 들어봤어도 집채만 한 늑대라는 말은 들어본 적이 없다. 들어본 적도 없는 존재가 눈앞에 버젓이 있는 거로 보아 필시 이승이 아닌 거라고, 이미 문턱을 넘어버린 저승의 풍경인 거라고. 채훈은 정신을 잃고 쓰러지기 직전까지 그렇게 생각했다.

꿈길인지 저승길인지 모를 그곳에서 채훈은 자신을 응시하는 두 눈동자를 보았다. 먹처럼 까맣고 북극성처럼 또렷한. 신비로운 그 눈동자와 두어 번 눈을 맞추고 비로소 현실로 돌아왔을 땐, 하루 하고도 반나절이란 시간이 훌쩍 지나간 뒤였다.

혼수상태였던 그를 깨워낸 건 이틀의 공복이 몰고 온 극한의 허기였다. 뻑뻑한 눈꺼풀 사이로 아득한 불빛들이 비집고 들어온다. 초가 타오르고 있는 수십 개의 투명한 호리병이 서까래에 대롱대롱 매달려 그 공간을 밝히고 있었다. 꼭 별들이 낮게 뜬 것처럼 아름다웠다.

채훈은 바짝 말라붙은 뱃가죽을 움켜쥐며 몸을 일으켰다.

"아…"

신음과 함께 새하얀 입김이 용처럼 뿜어졌다. 온몸이 어지럽게 울려온다. 머리부터 발끝까지 고통이 느껴지는 것으로 말미암아 죽진 않았음을 확신할 수 있었다. 안도와 환희가 거대한 해일처럼 덮쳐왔다. 그 기쁨도 잠시, 채훈은 자신이 하의 속옷만 덜렁 입은 상태로 침대도 뭣도 아닌 긴 테이블 위에서 두툼한 솜이불로 덮인 채 누워 있었다는 걸 깨달았다. 그리고 왼쪽 허벅다리에 촘촘하게 감긴 붕대의 존재까지.

채훈은 가만히 주변을 둘러보았다. 공간 자체는 상당히 넓은 편이지만 바닥과 벽과 천장이 모두 흙으로 이루어져 있어 사실상 동굴에 가까운 형태였다. 그가 올라와 있는 긴 테이블도 매우 독특했다. 그것은 식탁으로 보기에도, 책상으로 보기에도, 하다못해 침상이나 수술대로 보기에도 필요 이상으로 면적이 넓었다. 사람 열 명이 나란히 누워도 거뜬할 것 같은, 마치 서양 미술사에서나 볼 법한 그런 테이블이었다. 더욱 신기한 것은 이 긴 테이블과 마주하고 있는 세 개의 분화구다. 아무리 이곳의 주인이 시대를 앞서가는 감각을 지닌 이라고 해도 서양식 테이블과 동양식 분화구는 좀처럼 한 공간에서 보기 힘든 조합이 아닌가. 도대체 여긴 뭐 하는 곳일까? 순환 열차처럼 혼란이 되돌아온 그 순간, 등 뒤로 낯선 목소리가 들려왔다.

"일어났어요?"

그녀였다. 검은 옷차림의, 신비로운 눈동자를 가진. 저승사자라고 생각했던 그녀가 채훈의 등 뒤로 스윽 다가오며 물었다. 순간적인 오싹함이 채훈을 빠르게 휘감는다. 어디에 있다 갑자기 나타난 건지 모르게 인기척도 없이. 흡사, 유령을 보는 느낌이다. 채훈의 입에서 다시금 새하얀 입김이 진하게 뿜어져 나왔다. 물리적인 온도 때문인 건지, 심리적인 온도 때문인 건지 가늠이 안 되는 떨림에 그는, 저도 모르게 솜이불을 목덜미까지 바짝 끌어당겼다.

"좀 어때요?"

그녀가 물었고,

"어..떻게 된 거죠 제가?"

기어들어가는 목소리로 채훈이 대답했다.

"산에서 쓰러졌잖아요. 피를 너무 많이 흘려서 우리 집으로 데리고 왔어요. 다행히 총알도 빠져나갔고 근육이나 신경도 다치지 않은 단순 관통상이었어요. 다만, 지혈을 제때 못하고 체력을 많이 소진한 게 컸던 것 같아요. 기절하고 꼬박 하루 반 만에 깬 거 아세요?"

"하루 반이요??"

채훈은 그제야 자신의 뱃속에서 일어나고 있는 일들이 이해가 갔다.

"소독도 했고, 봉합도 했고, 수혈도 했으니까 이제 괜찮을 거예요. 당분간 뛰는 건 좀 어렵겠지만 그래도 이만하길 천만다행이죠."

'도대체 이 여인의 정체는 뭐지, 의원인가?'

채훈은 이 묘령의 여인이 무척이나 궁금했지만 선뜻 입이 떨어지질 않았다. 그녀에게선 사람을 긴장하게 만드는 신묘한 기운이 있는 것 같았다. 자신과는 다른 존재에게서 느껴지는 영적 기운 같은 것이.

"보성학교 학생인가 보죠?"

"그걸 어떻게.."

"교복이 너무 더러워져서 빨았어요. 다 마를 때까진 이 옷을 입고 계세요. 여긴 많이 춥거든요."

여인은 누빔 천으로 만든 저고리와 바지 한 벌을 건넸다. 일부러 천을 덧대고 덧대서 지금 덮고 있는 솜이불에 맞먹을 정도로 두툼하게 만든 옷이었다.

"남자 옷이네요?"

"네. 아버지 옷 중에 제일 큰 거로 골라왔어요."

아버지? 지금 아버지라고 했나? 채훈은 그녀에게 아버지라는 존재가 있다는 것이 매우 이상할 정도로 신기하게 느껴졌다. 정말이지, 까닭을 알 수 없는 신기함이다. 왠지 그녀는 지금 이 모습 그대로 하늘에서 뚝! 하고 떨어진 존재만 같았다. 사람과 사람으로 인해 태어난 존재가 아닌, 새로운 형태의 특별한 탄생 비화를 갖고 있을 것만 같은 그런 존재.

"아버지가 계신가요?"

채훈은 의아함을 차마 다 걷어내지 못한 말투로 물었다.

"네. 지금 밖에서 장작을 피우고 계세요. 뭘 좀 드셔야 하잖아요? 만둣국 괜찮으세요?"

"만둣국 좋아합니다."

"그럼, 옷 갈아입고 천천히 나오세요."

"네.. 저 근데,"

걸음을 옮기려다 말고 그녀가 돌아봤다.

"여긴 뭐 하는 곳인가요? 아무리 봐도 일반 가정집은 아닌 듯싶어서요."

"여긴 장의사예요."

묘령의 여인은 그 말만을 남긴 채 밖으로 나갔다.

자신이 하루 반나절을 꼬박 누워 있었던 이 긴 테이블이 죽은 자들의 마지막 침상이었음을 깨달은 채훈은 쫓기듯이 그곳을 내려왔다. 주인만큼이나 예사롭지 않은 이곳의 풍경이 비로소 납득이 되는 순간이었다.

채훈은 여인이 주고 간 옷을 입으며 생각했다. 아직 이곳에 누울 때가 아니라며 수많은 망자들이 등을 떠밀어 준 덕에 자신이 살아난 거라고. 옷깃을 여미는 손길이 점점 경건해져만 간다. 이승에서 저승으로 건너가는 망자들의 정거장, 삶과 죽음의 교차로. 채훈이 굶주린 배로 서 있는 곳은 그런 곳이었다.

돌덩이 같은 문을 열고 밖으로 나오니 보름이라 착각할 만큼 크고 단단한 질감의 달빛이 쏟아지고 있었다. 마치 채훈이 서 있는 곳을 비추기 위해 일부러 뜬 것처럼 달이 빛났다. 그곳은 경복궁의 전경이 한눈에 내려다보이는 높은 절벽에 위치한 거대한 동굴이었다. 차마 사람이 살고 있을 거라곤, 아니 애초에 사람의 발길이 닿을 수 있는 곳이라곤 상상할 수도 없는 그런 곳을 밟고 서 있는 것이다. 과연, 이 동굴은 발견된 것일까, 만들어진 것일까. 발견을 했대도 놀라운 일이고 만들었대도 기가 막힐 일이었다.

그 놀랍고 기막힌 일을 해낸 그녀와, 그녀의 아버지로 보이는 노인이 타오르는 장작 위에 솥을 얹고 소박하게 만둣국을 끓이는 풍경 뒤로 빨랫줄에 걸린 채훈의 교복이 펄럭이고 있었다.

"옷은 어때요? 작진 않아요?"

그녀가 물었다.

"네, 괜찮습니다."

6척이 넘는 장신이었던 채훈에겐 다소 짧은 길이감이었으나, 그래도 품은 넉넉해서 불편진 않았다.

"빌려주셔서 감사합니다 어르신."

채훈은 아버지라는 사람을 향해 꾸벅 인사를 올렸다. 그는 대답 대신 고개만 한 번 끄덕여주고 말 뿐이었다.

"이리로 와서 앉아요."

그녀가 사발에 만둣국을 담으며 말했다.

채훈은 아버지 맞은 편에 가서 앉았다. 가까이서 보니 그는 아버지보단 할아버지에 더 가까운 용모를 하고 있었다. 검은색은 하나 없이 빼곡하게 새하얗기만 한 머리칼도 그렇고 뿌옇게 김이 서린 안경 너머로 보이는 생기 잃은 눈동자도 그렇고 어쩌면 숨이 끊어지기 직전의 몸에 영혼만 간신히 들어앉은 듯 오묘했다.

"드세요."

그녀가 만둣국이 가득 담긴 사발과 숟가락을 건넸다. 짭조름한 향과 함께 기름이 둥둥 뜬 육수 사이로 속이 다 보이는 동글동글한 만두들이 굴러다니고 있었다.

"어? 이건 윈툰이네요?"

"윈툰을 아세요?"

그것은 보통 훈툰이라 부르는 중국식 만둣국이었는데, 남방 지역에서는 윈툰이라 불렀었다. 조선인인 채훈이 윈툰이란 이름을 안다는 사실에 놀란 건 오히려 그녀였다.

"그럼요! 작년에 상해에서 먹어봤어요. 그때도 정말 맛있게 먹었었는데! 이걸 여기서 보게 되네.. 혹시, 중국에서 오셨어요? 그런 거예요? 아니, 제 친구 중에도 중국인이 있거든요. 제 친구는 광주 사람이에요!"

채훈은 꼭 고향 사람이라도 만난 듯이 신나서 떠들었고,

"…식겠어요. 얼른 드세요."

그녀는 자칫 잡힐뻔한 말꼬리를 단숨에 끊어버렸다. '더 이상 알려고 하지 마. 우리에 대해서'라는 눈빛과 함께. 그 눈빛을 읽은 것인지 다행히 채훈은 그것과 관련해 더 이상의 질문은 하지 않았다.

"근데 두 분은 안 드시나요?"

"네. 장채훈씨만 드시면 돼요."

그녀는 아주 자연스럽게 채훈의 이름을 불렀다. 아마도 교복의 명표를 보았으리라.

"그럼, 잘 먹겠습니다."

채훈은 사발을 양손으로 부여잡고 국물 한 모금을 크게 들이켰다. 살짝 맛만 보려던 것이 조절이 안 돼 그런 것인데, 뜨거운 육수가 목구멍을 넘어가자마자 캬- 하고 채신머리없는 감탄사가 절로 터졌다. 그것은

채훈이 평생을 두고 먹었던 음식 중 단연 최고의 맛이었다. 상해에서 본토 사람이 만들어 준 건 기억도 안 날 만큼, 그는 어디서도 이렇게 깊고 진한 육수의 맛은 본 적이 없었다. 만두는 더 말할 것도 없었다. 입에 넣는 순간 돼지고기의 쫄깃함과 두부의 부드러움이 함께 춤을 추다 어느새 녹아 버렸다.

채훈은 앉은 자리에서 솥단지 속 만둣국을 말끔히 비워냈다. 염치고 뭐고 없이 그의 입에서는 계속해서 '한 그릇만 더'라는 말이 튀어나왔고, 솥에서 사발로 넘어간 만두들은 게 눈 감추듯 곧장 그의 목구멍 속으로 미끄러져 넘어갔다. 이 천상의 맛에 취하느라 채훈은 그녀와 아버지가 자신이 먹는 모습을 무척이나 흥미롭게 관람하고 있다는 사실을 알지 못했다. 도대체 저 음식은 어떤 맛일까 궁금해 미칠 것 같은 그들의 뜨거운 눈동자를, 부러움에 사로잡힌 그 눈동자를 채훈은 미처 보지 못했다.

"잘 먹었습니다. 정말 최고의 맛이었어요."

육수 기름으로 반질반질해진 입술을 손등으로 쓱 닦아내며 채훈이 말했다. 그는 여전히 상기된 얼굴이었다. 죽을 때까지 잊지 못할 것 같다는 그런 얼굴.

"맛있게 드셔주셔서 저도 감사해요."

그녀는 무표정한 얼굴로 다정하게 말하는 재주가 있었다. 표정이 진심인 건지, 말투가 진심인 건지 알 수 없는. 어쨌거나 묘한.

"교복이 다 말랐을까요?"

"하루 반나절만큼은 말랐겠죠."

"그럼, 이만 돌아가 볼게요. 더 늦기 전에 그러는 게 좋을 것 같아요."

채훈은 이 기묘한 부녀에게 더 이상의 폐는 끼치면 안 된다는 생각이 들었다. 딱 여기까지만 폐를 끼쳐야 갚을 길도 찾을 수 있을 거란 헤아림에서 파생된.

"산길을 내려가기엔 너무 위험할 텐데요. 다리도 성치 않으신 분이."

"이만하면 괜찮습니다. 치료를 잘 해주셨잖아요. 달도 저리 환하니 문제 없습니다."

"원하신다면 그렇게 하도록 하세요."

채훈이 교복을 갈아입고 나오는 사이, 기묘한 부녀는 솥단지와 장작불 등 모든 취사의 흔적을 없애고 그를 배웅할 자세를 취하고 있었다. 투숙객을 배웅하는 여관집 주인들처럼.

"어르신, 초면에 정말 신세 많았습니다. 감사했어요. 꼭 다시 들러 제대로 인사 올리겠습니다."

채훈은 허리가 반으로 접히도록 정중하게 인사를 올렸다. 아버지는 이번에도 말없이 고개만 끄덕하고 말 뿐이다. 혹시, 저이는 말을 못 하는 이일까?

"가요. 초입까지 바래다 줄게요."

"아닙니다. 괜찮습니다. 혼자 갈 수 있습니다."

"길도 모르시잖아요."

"아.. 그렇네요."

채훈은 멋쩍게 웃었다.

"아버지, 저 다녀올게요."

그녀의 말에 아버지는 가볍게 손짓만 해주고는 채훈을 지나쳐 동굴로 들어갔다. 때마침 불어온 북서풍 때문인지 아버지에게서 아까까지는 맡지 못했던 야릇한 짐승의 냄새가 풍겨졌다. 덩치가 아주 큰 개과의 동물에게서 나는 냄새.

　그제서야 채훈은 정신을 잃기 직전에 보았던 집채만 한 늑대가 떠올랐다. 자신을 앞서가고 있는 저 여인이 마치 노새나 나귀처럼 데리고 있던 그 집채만 한 늑대 한 마리. 그 늑대를 인간으로 형상화 시킨다면 딱 저 아버지의 모습이려나? 당연히 환영을 본 거라고 생각했는데 어쩌면 그것이.. 하다 이내 고개를 가로로 획획 젓는다. 늑대로 분신술을 쓰는 늙은이나, 늙은이로 변신한 늑대나 모두 흥미롭긴 했지만 역시나 지나친 망상이라는 생각이 지배적이었으므로.


　풀이 아무렇게나 자란 거친 수풀 사이에 수레바퀴로 낸 길이 있었다. 채훈은 수많은 조선인 시신들의 무게에 짓눌려 바퀴 모양대로 풀이 누워 졸지에 길이 되어버린 그곳을 달빛의 안내를 받으며 그녀와 함께 걸었다.

"저 동굴은 어떻게 발견하신 거예요?"

"그냥 가다 보니까요."

"그냥 가다가 발견할 수 있는 곳은 아니지 않나요? 이쪽은 전문 포수들도 잘 모를 것 같은데, 워낙 험한 지형이라.."

"정말로 그냥 걷다가 나온 곳이에요. 일부러 찾으려고 한 적도 없고 헤맨 적도 없이 아주 자연스레."

"정말요? 참 신기한 일이네요. 운명이었나 봐요."

"운명이요?"

"네. 세상 그 어떤 일에도 우연은 없다고 하잖아요. 모든 일은 운명이고 필연에 의해 일어난다. 결국 일어날 일은 어떻게 해도 일어나게 되어 있다. 너무 수동적이고 운명론적인 말이라고 생각했는데 살아보니 아주 틀린 말도 아니더라고요."

"삶이 어떠셨는데요?"

"제 삶이요?"

"아.. 실례가 되는 질문일까요?"

"아니요. 그런 건 아니에요…"

채훈은 을미사변 이듬해 1월의 순간을 떠올렸다. 기억에는 없지만, 귀로는 숱하게 들어왔던 그 순간들에 대하여.

그가 태어났을 때, 앞마당에 바다가 있던 제물포의 작은 초가집에선 통곡의 소리가 울려 퍼졌다고 했다. 그 집 고명딸이었던 순옥이 난산 끝에 명을 달리했으므로. 의병이었던 순옥의 장부는 그녀의 뱃속에 덩그러니 씨만 남겨주고 생사를 알 수 없는 땅으로 가버린 지 오래니, 태어나는 순간에 부모를 모두 잃은 이도, 사내아이로 태어나 아무런 환영도 받지 못한 이도 조선 땅에서 채훈 하나일 것이었다.

"어머니의 목숨과 맞바꾼 목숨이란 사실은 늘 그림자처럼 절 따라다녔어요. 마을 사람들은 철 지난 연민의 눈빛을 보내며 저를 쉬이 동정했고, 때론 자신들의 암울한 처지와 저의 삶을 비교하며 위로의 구실로 삼기도 했죠. 매년 생일마다 생일상이 아닌 어머니의 제사상을 먹으며 그 사실을 상기시켜야 했고요.”

“힘들었겠어요. 그럼에도 불구하고 바르게 자라신 걸 보면 천성이 선한 분이신가 봐요.”

“모두 외할아버지 덕분이죠. 할아버지께선 서당의 훈장님이셨거든요. 제가 세 돌이 지날 무렵부터 저에게 천자문과 동몽선습을 가르치셨어요. 재밌었죠. 책 읽는 것도, 공부하는 것도. 만약 그대로만 자랐더라면 지금쯤 제물포 초가집에서 마을 아이들을 가르치며 선비로 살았을 거예요. 근데 제가 태어나는 순간부터 몰고 다녔던 비극은 좀처럼 힘을 잃는 법이 없더라고요. 임인년에 창궐한 괴질로 할아버지께서 돌아가셨거든요. 그야말로 천애 고아가 된 거죠.”

“그때 나이가 몇 살이었는데요?”

“여섯 살이요.”

“그럼 그때부터 계속 혼자 사신 거예요?”

“족보만 어찌어찌 연결된 친척이 평양에 있다는 걸 알고 무작정 찾아갔어요. 며칠 날을 발이 부르트도록 걸어서 도착했는데, 엄청나게 큰 부잣집이더라고요. 정말 대궐 같은 집이었어요. 평양에서 다섯 손가락 안에 드는 집이었대요. 다행이다 싶었죠. 이 정도 부잣집이면 나 하나쯤은 거둬줄 수도 있겠구나 기대했는데 사랑방은커녕, 곧장 머슴들이 있는 문간방으로 쫓겨났어요. 환영받지 못하는 건 태어나던 순간이나 매한가지였죠. 그래도 괜찮았어요. 잠잘 곳도 있고, 일하면 밥도 줬으니까요. 러시아와 일본이 이 땅에서 낯짝 두꺼운 전쟁을 일으키기 전까지 2년 동안 그 집에서 머슴으로 살았어요. 책이 아닌 지게를 짊어져야 하는 인생이 됐다는 게 믿을 수 없을 만큼 슬펐지만, 결과적으로는 그 삶이 저를 구한 셈이니 인생 참 알 수 없는 거죠. 제가 산으로 나무를 하러 간 사이, 그 집에 러시아산 포탄이 떨어지면서 그 대궐 같던 집이 한순간에 잿더미가 됐거든요. 사람도, 살림살이도 그 어떤 것도 흔적을 찾을 수 있는 게 없었어요. 오로지 저만, 저만 살아남은 거예요 또. 당시 집 근처에 일본의 병참기지가 있었거든요. 거길 노리고 쏜 포탄이 그 집까지 잿더미로 만든 거죠. 그들의 전쟁으로 가장 큰 피해를 본 곳이 평양이었대요. 너무 이상하지 않아요? 평양은 조선 땅이잖아요. 러시아와 일본이 싸우는데 왜 피해는 고스란히 우리가 떠안은 걸까요? 우리가 대체 뭘 잘못한 거죠? 정말 기가 차고 어이없지만 그만큼 한 치 앞을 모르는 게 인간의 인생사라는 걸 깨달았어요. 고작 여덟 살에. 저는 여덟 살에 모든 걸 잃은 거예요. 더 이상 족보로 엮였든 피로 엮였든 이래저래 엮인 가족도 없고, 밥그릇 숟가락 누울 자리 모두 잃은 거죠. 참 신기한 게, 나는 아무것도 가진 것이 없지만 잃을 때는 다 잃어버린다는 사실이에요. 그 대궐 같은 집도 내 것이 아니고, 그 집의 살림살이도 내 것이 아니지만, 그것들이 한순간에 잿더미가 되었을 때는 거대한 상실감이 떠밀려 온다는 거죠. 감당 못할 만큼 거대한. 그 이후로는 그냥 아무것도 안 하고 되는대로 살았어요. 그냥 들개처럼 거리나 쏘다니며 내일이 없는 삶을 산 거죠. 욕심도, 희망도, 목적도, 의욕도 없는 삶. 그것이 제 유년기의 전부였어요."

"그런데 어떻게 지금에 이르게 되신 거예요?"

"어쩌다 주운 기차표 한 장 때문에요."

"기차표요?"

"네. 기차역에서 동냥을 하다가 누군가 흘린 기차표 한 장을 줍게 됐거든요. 하얼빈으로 가는 기차였죠. 어차피 정처 없는 인생, 평양이나 하얼빈이나 뭐가 다르겠냐 싶어 무작정 그 기차에 올랐는데 그 기차가 저를 그 순간으로 데려다준 거죠."

"어떤 순간이요?"

"안중근 선생님이 이토 히로부미를 저격했던 그 순간으로요. 그때 저는 열세 살이었는데, 살면서 그보다 놀랍고 충격적인 순간이 없었죠. 외할아버지가 돌아가셨을 때보다, 평양 집이 잿더미가 되었을 때보다 더 충격적이었어요. 러시아 헌병에게 체포되는 순간에도 그분은 절대로 비굴하거나 초라해지지 않으셨어요. 기개가 넘치고 용맹한 것이 꼭 살아있는 한 마리의 호랑이를 보는 것 같았죠. 코레아 우라! 그분이 목청껏 외치셨던 그 말이 잊혀지지가 않았어요 좀처럼. 내 삶의 모든 비극이 결국 나를 그 순간으로 데려가기 위해 설계된 것이었구나 싶을 정도로 정신이 번쩍 들었어요. 그 길로 곧장 북간도에 있는 명동 학교로 갔어요. 거기서 모든 공부를 다시 했죠. 그리고 명동 학교 선생님들의 후원으로 동경에서 2년간 유학을 하고 을묘년에 귀국해서 보성고등보통학교에 들어가게 된 거예요."

"고생 많은 인생이었네요. 늦게라도 길을 찾아서 다행이에요."

"저는 길을 잃었었다고 생각하지 않아요. 그 모든 일들이 제 운명에 반드시 필요한 하나의 경로였다고 생각해요. 그중 하나라도 일어나지 않았더라면 오늘날의 저는 없었을 거예요."

"그 어떤 순간에도 긍정적이시네요. 하지만 장채훈씨의 말대로라면 이 나라의 비극도 결국 막을 수 없는 일이었다는 뜻이 되잖아요. 어떻게 해도 막을 수 없는 일. 그건 너무 슬프지 않아요?"

"막을 순 없었어도 끝낼 순 있겠죠. 그러기 위해서 이렇게 총까지 맞아가며 뛰어다니는 거고요. 저들의 추격을 피한다고 오른 길이 하필 이 산이고, 하필 이곳에 당신이 있어 내가 곧장 치료 받을 수 있었던 이유도 바로 그거 아니었을까요? 이 비극을 끝내는 것. 세상에 그냥 일어나는 일은 없어요. 그 어떤 일도. 저는 반드시 끝낼 겁니다. 저들의 만행을. 그래서 반드시 나의 조국을 되찾을 거예요."

그의 눈은 강한 신념과 막지 못할 투지로 타오르고 있었다.

"그 소망 꼭 이루시길 바랄게요."

어느새 산 초입이었다. 달빛은 여전히 그들의 머리 위에 있고, 드문드문 켜져 있는 북촌의 불빛은 하나의 별자리처럼 반짝였다.

"이제 그만 돌아가 보세요. 여기서부턴 저도 혼자 갈 수 있습니다. 너무 감사했어요 여러모로. 다시 들러서 은혜 보답하겠습니다."

"그러지 않으셔도 돼요."

"아니에요. 꼭 갚고 싶어요. 다시 들르게 해주세요."

"…"

그녀의 얼굴에 곤란함이 짙게 드리우고 있었지만 채훈은 그것을 부러 무시했다. 이걸로 그녀와 아주 연이 끝나는 건 진심으로 원치 않아서였다.

"다시 올게요. 그래도 되죠? 네?"

채훈은 그녀의 눈동자를 똑바로 맞추며 간절하게 청했다. 그의 동공이 커지자 옅은 갈색의 눈동자가 더욱 두드러진다.

"눈동자가 참.."

그녀가 말했다. 당신은 조선인인데 어째서 이런 눈동자를 갖고 있냐는 듯이.

"옅은 갈색이죠? 어머니 눈을 닮은 거래요. 그래서 전 좋아요. 제 눈 속에 어머니가 계신 것 같거든요."

"…아름다워요."

그녀의 말에 채훈은 도톰한 입술을 끌어 올리며 씩- 웃었다. 그녀는 잠시 동안 그 눈동자와 미소를 번갈아 보다 이내 생각난 듯 주머니에서 뭔가를 꺼냈다.

"깜빡할 뻔했네요. 이거, 장채훈씨 교복에서 나왔던 거예요."

회중시계와 전차표 몇 장이었다.

"아! 까마득하게 잊고 있었어요. 소중한 건데. 감사합니다."

채훈은 시계의 덮개를 열어 시간을 확인했다.

"10시 22분."

"10시 22분."

10시 22분에 두 사람은 함께 있었다. 그걸 상기시키기라도 하듯 서로 가 한 번씩 주고받으며 되뇌었다. 10시 22분.

"이만 갈게요. 동굴까지 조심해서 올라가세요."

"상처 회복 얼른 하시길 바랄게요."

"또 만나요."

"잘 가요."

채훈은 절뚝이는 걸음으로 몇 걸음 가다 이내 돌아서서 물었다.

"참! 당신의 이름은 뭐죠?"

"…백연. 백연이에요."

"백연.. 예쁜 이름이네요. 안녕히 가요 백연 씨!"

그는 돌아서서 다시 자신의 길을 갔다. 스스로를 백연이라고 소개한 그녀는, 그의 모습이 달빛 너머로 사라질 때까지 그곳에 서서 그를 배웅했다.

'안녕, 다신 오지 말아요.'

14

500년의 이야기

14〉500년의 이야기.

　　　　"이랏샤이마세!"

　아직 겨울의 기운이 다 가시지 않은 1912년의 봄. 나르바가 제물포항
에 도착해 처음 들은 말이었다. 순간적으로 나르바는 자신이 도착지를
착각해 조선의 제물포가 아닌, 일본의 나가사키나 후쿠오카에 잘못 내
린 줄 알았다. 황색의 군복을 입고 장검을 찬 일본군 무리도, 여기저기
서 펄럭이는 일장기 물결도, 제물포라는 간판만 빼고 본다면 그곳은 영
락없는 일본이었다.

　항구 입구에서 대불호텔까지 걷는 동안에도 나르바는, 조선말은 한마
디도 듣질 못했다. 들려오는 거라곤 온통, 호통을 치는 듯한 일본말뿐이
었다. 그곳에 있던 사람들이 공교롭게도 모두 일본인이었는지 아니면
조선인들의 입에 재갈을 물려 놓은 것인지 알 수 없었다.

상하이에 있는 동안 조선말을 모두 익히고 왔는데 제대로 한 번 써보지도 못하고 조선 땅에서 난데없이 일본말을 배워야 하는건가 싶어, 나르바는 보통 당황스러운 게 아니었다.

대불호텔에 들어서고 서양식 메이드 복장을 한 소녀가 총총총 다가와 그들의 짐가방을 받아들며 "웰컴!"이라고 해주기 전까진, 다시 상하이로 돌아가는 것에 대해 심각하게 고민했을 정도였다.

"이곳 사람들은 왜 조선말을 쓰지 않죠?"

나르바가 능숙한 조선말을 구사하자 열댓 살쯤 된 소녀는 그제서야 반색을 띠며 조선말로 대답을 해왔다.

"어머! 차림새 때문에 당연히 외국분이실거라고 생각했어요! 환영합니다. 조선분이셨군요?"

조선인이 아니고서야 조선말을 할 수 있을 리 없다는 깊은 확신에서 비롯된 오해가, 반대로 그 조선 소녀를 기쁘게 만들고 있었다. 환영의 빛으로 모처럼 반짝반짝 빛나는 그 눈동자가 생기를 잃는 것은 차마 볼 수 없었던 나르바는 그냥 그렇다고 고개를 끄덕여줬다. 그때부터 방에 이를 때까지 소녀의 긴긴 재잘거림은 멈출 줄을 몰랐다.

"이 호텔은 대부분 서양 손님들이 묵으러 오는 곳이라 우리말을 쓸 일이 거의 없어요. 애초에 조선인 자체는 보기가 힘든 곳이죠. 우리가 묵기엔 비싸니까요. 그리고 호텔 밖을 나가면 무조건 일본말을 써야 해요. 저들의 감시가 보통 심한 게 아니라.. 조선말을 쓰다 걸리면 끌려가서 매질을 당하거든요. 그래서 우리 조선인들은 집이 아니고서는 웬만해선 말을 하지 않아요. 요즘은 소학교에서조차 조선인 선생은 보기가 힘들대요. 일본 군인들이 허리에 칼을 차고 조선 아이들을 가르치거든요. 그렇다 보니 더더욱 조선말을 쓸 일이 없어지는 거죠. 이러다 우리 조선이 아주 없어지는 건 아닐까 무섭다니까요. 근데 이렇게 집이 아닌 곳에서 우리나라 사람을 만나 우리말로 대화를 나눌 수 있으니 얼마나 기쁜지 모르겠어요 정말!"

소녀는 자주 '우리'라는 표현을 썼다. 우리말, 우리나라, 우리 조선인. 나르바는 그 짧은 사이, 뜻하지 않게 소녀의 '우리'로 단단히 결부되었다. 따뜻함과 훈훈함으로 점철된 고결한 인도주의. 그것이 나르바가 받은 조선의 진짜 첫인상이었다.

"이 방이에요. 뭐든지 필요하신 것이 있으시면 저에게 말씀해 주세요. 물심양면으로 도와드릴게요."

"고마워요."

"아니에요. 제 일인걸요. 그럼 편히 쉬세요."

소녀는 인사를 꾸벅 올렸다. 다시 고개를 들었을 때의 햇살 같은 미소도 잊지 않는다.

"근데, 아가씨는 이름이 뭐죠?"

나르바는 돌아서려는 소녀를 뒤늦게 붙잡으며 물었다.

"제 이름은 백연이예요. 백연!"

"백연.. 예쁜 이름이네요."

소녀는 다시 활짝 웃었다.

다음 날 소녀는 나르바와 제논이 건넨 금화로 조선의 화폐와 경성으로 가는 기차표 두 장, 그리고 한복이라 불리는 조선 고유의 의복을 구해다 주었다. 밑단에 곱게 자수가 놓인 감색 치마와 자줏빛 저고리, 금박 장식이 붙은 연분홍의 댕기까지. 부들부들한 촉감과 정갈함 속에 화려함을 품은 한복은 나르바의 눈엔 서양의 그 어떤 드레스보다도 아름다웠다.

진짜로 이름이 백연이었던 그 소녀는 아직도 잘 살고 있을까? 그때보다 훨씬 더 악랄하고 혹독해진 일제의 감시하에서 아직도 잘. 여전히 무탈하게 잘. 죽지 않고 잘.

나르바는 요즘들어 부쩍, 체르의 망토를 입고 밤하늘을 고요히 날며 자신의 지나간 시간들을 떠올려보곤 했다. 순식간에 흘러온 것 같지만 또 하나하나 곱씹어보면 까마득히 긴 세월이 아닐 수 없는 그 시간들을.

비록, 그 세월의 대부분은 침략과 살생의 순간들로 이루어졌지만 어느 역사에나 꽃이 피는 시기가 있듯, 나르바의 뱀파이어 생에도 그런 순간들은 존재했었다.

수체아바에서 한 세기 동안의 뱀파이어 적응기를 마치고 처음 홀로서기에 나섰던 16세기 초, 이탈리아 도시국가들을 돌아다니며 보았던 레오나르도 다빈치, 미켈란젤로, 라파엘로 같은 예술가들의 작품이 그랬고, 영국에서 보았던 셰익스피어의 연극이 그랬다. 아! 오스트리아에서 보았던 모차르트와 하이든의 연주회는 또 어떻고.

몇 세기가 지난 지금까지도 인류의 위대한 유산이라 불리는 예술 작품을 남긴 그들과 동시대를 살아 본 경험은 차마, 말로는 형언할 수 없는 영광이자 환희일 것이었다. 나르바가 체르를 만나지 못하고 끝까지 인간으로만 살았더라면 절대로 누려보지 못했을 그 호사스러움. 밤거리 뒷골목에 아무렇게나 죽어 있는 동물의 피를 마시며 빈곤하기 짝이 없는 생활을 하면서도 영혼만큼은 풍요로웠던 그 시절의 존재.

그리고 제논. 체르와 더불어 그녀의 생을 말할 때 절대로 빼놓을 수 없는 또 하나의 존재. 제논.

그를 만난 건, 본격적으로 피와 죽음을 찾아 이동을 시작한 나르바가, 페스트가 창궐한 영국에 머물렀을 때의 일이었다.

그때의 영국은 이승과 저승의 갈림길에 덩그러니 놓인, 신으로부터는 외면당하고 구원자는 좀처럼 오질 않는 죽음의 섬이었다. 이미 죽은 사람과 아직 죽지 않은 사람만이 남은 왕국. 하지만 그 와중에도 사람들은 셰익스피어의 연극을 보기 위해 극장으로 몰려들었다. 역병에 걸려 당장 내일 죽을지도 모른다는 공포와 그럼에도 불구하고 오늘은 반드시 셰익스피어의 연극을 보겠다는 집념의 대립이, 그 시절 영국의 자화상이었다.

그래, 다른 누구도 아닌 윌리엄 셰익스피어니까. 그 이름이 주는 파급력이란 그런 거였으니까.

그가 죽고 삼백 년은 더 살았지만 나르바는 아직까지도 그를 능가하는 재주와 영향력을 지닌 작가는 본 적이 없었다. 굳이 대적할 자를 떠올려 본다면 장자크루소 정도나 될까?

페스트로 한동안 문을 닫았던 글로브 극장이 재개장을 하던 날, 헨리 8세를 보기 위해 모여든 수많은 인파 속에 나르바도 있었다. 전염병의 불씨는 잡혔지만 화마의 불씨는 미처 잡지 못했던 그 비운의 극장에서 대피를 하던 중, 누군가의 차디찬 손을 스치던 순간. 만약 그녀가 인간이었더라면 정수리가 솟구치고 온몸의 신경세포가 짜릿하게 울리고도 남았을 그런 촉감. 그것이 제논과의 첫 만남이었다. 둘은 단숨에 서로를 알아보았다. 당신도 나와 같은 존재로군요. 이런 곳에서 만나게 될 줄이야. 반가워요. 당신의 이름은 뭐죠?

제논. 아크지오네족 뱀파이어.

본디, 아크지오네족은 인간을 악의적으로 해칠 수도 있고, 변신술도 쓸 수 있는. 기본적으로 방어가 아닌 공격의 성향이 강한 악랄하고 포악한 종족이었다. 하지만 그는, 하얗게 센 머리카락과 백내장이 점령해 본연의 색을 잃은 탁한 잿빛의 눈동자. 그리고 탄력 없이 바싹 마른 피부를 온통 파놓은 주름과 구부정한 허리까지. 마치 죽음의 문턱까지 걸어간 인간을 겨우 잡아다 뱀파이어로 만든 것처럼, 나르바가 이제껏 본 뱀파이어 중 가장 늙은 외형을 가졌으며 성격 또한, 보이는 외형만큼이나 자상하고 부드럽고 침착하고 지혜로웠다. 절대로 인간을 악의적으로 해치거나, 어딘가에 숨겨 두었던 포악하고 사나운 본성을 느닷없이 드러낼 것 같지도 않았다. 그는 정말 한평생을 성인군자로만 살았을 것 같은 노인의 모습을 하고 있었다. 오히려 성향으로는 루베카족에 훨씬 가까운 그런 이. 외면으로 보나 내면으로 보나 하나의 돌연변이 같은 존재.

분명, 그만의 얄궂은 사연이 있을 것이었다. 아크지오네족은 루베카족과는 달리 뱀파이어로 태어나 버찌를 먹고 성장하는 종족이 아니었으니까. 하지만 나르바는 그가 가진 사연에 대해 묻지 않았다. 언젠가 때가 되면 그가 먼저 말해주겠거니 하고.

어쨌든 그날을 시작으로 나르바는 제논과 함께 때론 아버지와 딸로, 때론 할아버지와 손녀가 되어 유럽 전역을 돌며 각종 전쟁이란 전쟁은 모두 겪었다.

신의 의사와는 관계없이 오로지 자신들만의 종교적 신념과 가치를 놓고 30년씩이나 고루한 전쟁을 펼치는 유럽은, 그야말로 곳곳에서 피가 샘솟는 땅이었다. 뱀파이어에겐 천국과도 같은.

하지만 나르바는 그 어린 시체들의 피로 배불리 연명을 하는 것에 있어 깊은 회의감에 빠지곤 했다. 인간이었다가 뱀파이어가 된 이들에게 꼭 한 번씩은 찾아온다는 일종의 딜레마가 그녀를 자주 덮친 것이었다.

제논이 그녀에게 장의업을 해보는 게 어떻겠냐는 제안을 해 온 것도 그 무렵이었다. 이미 죽은 이들에게서 남은 피를 얻는 대신, 그들이 편안히 신의 곁으로 갈 수 있도록 장례를 치러 주자는 것. 기생충이나 들짐승과 다름없는 뱀파이어가 아닌 조금이라도 인간에 가까운 존엄성을 품은 뱀파이어가 되기 위해, 그들은 본격적으로 장의사의 길을 걸었다.

피가 모이는 만큼 돈도 모였다. 그들의 계획에는 없는 일이었지만, 직업이라는 것이 가져다주는 순기능이었다. 일을 한 만큼 돈이 오는 것.

혁명에, 기근에, 경제난에, 전염병까지 일었던 18세기 프랑스에서는 말 그대로 떼돈을 벌었다. 장례를 치러 주면서 돈을 아예 받지 않으면 의심을 살까 봐, 명목상 주는 대로 받았던 푼돈이 눈덩이처럼 불어나 거대한 돈다발이 돼 있었다. 한 해에만 30만 명이 죽어 나간 적도 있으니 그럴 수밖에. 그저 회의감과 죄책감에서 조금이나마 벗어나 최대한 인간적으로 살아보고자 했던 일에 생각지도 못한 횡재수가 귀신처럼 들러붙은 셈이었다.

한 가문이 5대까지 풍족하게 놀고먹을 수 있을 만큼의 돈을 벌었을 때, 나르바는 이제 그만 새로운 곳을 찾아 떠날 때가 됐다고 생각했다. 청조가 무너지고 변혁의 바람이 불 때, 이제 그만 새로운 곳으로 떠나야 겠다고 생각해 조선으로 왔듯이, 유럽에서 중국으로의 이동도 의식의 흐름대로 간단히 이루어진 일이었다.

그렇게 제논과 나르바가 영국 동인도 상단의 배를 얻어타고 중국 광저우 항에 도착한 것이 1821년의 일이다. 그때부터 제물포항에 도착한 1912년까지 자그마치 90년을 그들은 중국에서만 살았다.

광저우에서 창사로, 창사에서 한구로, 그리고 충칭과 청두를 지나 시안 또 뤄양 그리고 스자좡을 거쳐 베이징과 톈진, 다시 산둥, 안후이, 난징, 항저우, 닝보, 마지막으로 상하이까지. 어느 국가에서도 30년 이상을 머물러 본 적이 없고, 하물며 태어난 곳인 불가리아에서조차 고작 20여 년을 살았을 뿐인 나르바가 중국에서만 90년을 산 것이다.

그녀가 그럴 수 있었던 데에는 땅덩어리가 어마어마하게 컸던 중국의 영향도 있었지만, 무엇보다도 그녀의 외모가 가진 힘이 컸다. 그녀의 검은 머리카락과 검은 눈동자는 동양에서도 무리 없이 녹아드는 데 큰 작용을 했다. 나르바에겐 어디서든 그 나라의 복장을 갖추고 그 나라의 언어만 구사해주면 그 나라 사람처럼 보인다는 엄청난 장점이 있었다.

정작 놀라운 건 제논이었다. 말꼬리 털을 땋아 만든 가발을 뒤통수 쪽에 붙이고 지주 모자를 써서 흰 머리만 가렸을 뿐인데, 여지없는 변발의 중국 노인 모습이 되어 있었다. 서양인들을 무서워하고 배척하는 기질이 강했던 중국인들인데, 누구 하나 제논을 서양인으로 의심해오는 이가 없을 정도였다.

따지고 보면 제논은 명백한 백인의 영국 남자였다. 나르바와는 달리, 할 줄 아는 언어도 오직 영어밖에 없는. 어떤 이유에서인지는 몰라도 타국에 가면 그 나라의 언어를 배우기보단 차라리 말을 못 하는 척을 택했던. 하루에 백 번은 넘게 거울만 보고 사는 영국 남자.

아편을 퍼트려 그 거대한 땅덩어리를 쑥대밭으로 만든, 피도 눈물도 없는 나라에서 온 그 백인 남자가 자신들과 같은 인종이라고 철석같이 믿고 거리낌 없이 대하는 중국인들을 보며 나르바는, 결국 인간이란 인종을 초월하고 모두가 비슷한 형태로 늙어 간다는 것을 깨달았다. 빳빳했던 허리는 구부러지고, 팽팽했던 피부는 주름져가고, 태어날 땐 각자 다양했던 머리 색깔도 마지막엔 결국 모두가 똑같이 새하얗게 변하는 것처럼, 다시 자연으로 돌아가는 과정은 모든 인간에게 공평하게 찾아온다는 것이 긴긴 방랑 속에서 그녀가 깨달은 진리였다. 인간은 결국, 신과 자연의 섭리 속에 모두가 공평한 삶을 살고 평등한 존재라는 것. 그리고 그것을 깨우치지 못한 우매한 이들로부터 침략과 약탈의 전쟁이 시작된다는 것.

어째서 인간은 다른 이들을 침략하지 못해 안달인가. 해치지 못해 안달이고 정복하지 못해 안달인가가 늘 궁금했었는데, 그에 대한 답을 찾기까지 그만큼의 세월이 걸린 것이었다. 평균 수명이 30년이라는 인간의 삶으로 계산했을 때, 대략 열네 번은 다시 태어나고 살았을 그 세월이.

그 깨달음을 얻고도 몇십 년은 더 흘러 지금에 이르기까지 체르를 만나지 못했다는 사실이 나르바는 믿기지가 않는다. 500년은 이미 지나고도 남은 시간이었다.

상하이를 떠나던 날, 항구에서 배를 향해 손을 흔들며 배웅해주던 알지 못하는 얼굴들 속에 그가 있진 않았을까? 제물포항에서 노역을 하던 조선인 중에 그가 있진 않았을까? 경성역에 도착했을 때, 동냥을 하며 돌아다니던 어린이 무리에 아직 다 자라지 못한 그가 있진 않았을까? 어쩌면, 그는 영원히 오지 않는 것은 아닐까.

이러한 잡념들이 그녀를 사무치게 할 때마다 그녀는 망토를 두르고 밤하늘로 날아올랐다. 외로움을 잠재우고 피곤한 잡념을 씻어주기에 경성의 밤하늘만큼 좋은 약도 없었다. 반짝이는 별들이 촘촘하게 박힌 까만 하늘 위로 유난히 크고 밝은 달이 떠올랐으므로. 어디서도 본 적 없는 그런 달이. 세계 어디든, 단지 시간차만 있을 뿐 똑같은 달이 뜨는 건데 유독 경성에만 그들만의 새로운 달이 뜨는 듯이, 눈부시게 아름다운 그 풍경을 보며 나르바는 조용히 읊조린다.

"체르, 넌 어디쯤을 오고 있니?"

15

연의 궤도-1

15〉 연의 궤도 - 1.

　　　곧 자정이었다. 안국동의 하숙방에는 어제에 이어 오늘도 잠 못 드는 두 명의 청춘이 있었다. 초조함과 두려움으로 그늘진 낯빛, 간혹 절망의 얼굴까지. 흡사, 요절한 시인의 초상집 풍경을 보는 듯 그들은 착잡했다.

"오늘도 안 오면 어떡하지?"

　무결이 엄지손톱을 잘근잘근 씹으며 말했다. 이미 목소리의 저변에는 비통함이 짙게 깔려 있었다.

"일단은 기다려봐야지."

　마찬가지로 비통한 목소리로 유건이 대답했다.

"설마 체포된 건 아니겠지? 총에 맞았다는 소문은 사실일까?"

"알 수 없지. 손톱 좀 그만 물어뜯어. 피 나겠다."

　유건이 무결의 입에 들어가 있던 손가락을 억지로 떼어냈다. 그러자 이번엔 그의 다리가 심하게 떨려온다. 들썩들썩. 덜덜덜덜.

"아무래도 안 되겠어. 나가서 찾아봐야지!"

무결이 벌떡 일어나 겉옷을 걸쳤다. 유건이 그를 막아섰다.

"이 밤에 어딜 간다 그래. 대체 어디 가서 찾으려고? 이럴 때일수록 신중하게 행동해야지. 하루만 더 기다려보자. 무소식이 희소식이라잖아. 아직 어디에도 죽었다는 소리는 없어."

그때였다. 덜커덩거리며 미닫이문이 열리고 훅 밀려드는 겨울바람과 함께 모두가 기다리던 그가 들어왔다. 절뚝거리는 다리를 끌며.

"채훈아!!"

무결과 유건은 누가 먼저랄 것도 없이 채훈을 와락 끌어안았다.

"죽은 줄 알았잖아!"

"도대체 어떻게 된 거야? 어디 있었어?"

"인왕산에 숨어 있었어."

"뭐? 인왕산?? 어쩌다 거기까지 갔어? 다리는 또 왜 이래? 정말 총에 맞은 거야?"

"그 소문이 여기까지 났어?"

"일단 앉아. 앉아서 얘기하자. 애 숨 좀 돌리게."

두 사람은 채훈을 양옆에서 부축하며 자리에 앉혔다.

"물 한 잔 마시고 천천히 얘기해."

유건은 채훈에게 자리끼 한 사발을 떠서 건넸다.

"많이 걱정했지? 미안. 너희는 괜찮아? 다친 사람은 없어?"

"우린 괜찮아. 그날 밤에 너만 안 돌아와서 얼마나 걱정을 했다고."

"다들 무사했다니 다행이다. 난 결국 총알을 피하지 못했어."

"어디에 맞았어?"

"여기."

채훈은 자신의 왼쪽 허벅다리를 손바닥으로 쓱- 훑었다.

"이 새끼들 진짜!! 전부 죽여 버릴 거야!!!"

분노한 무결은 짐승에 가까운 포효를 했다.

"무결아 흥분하지 마. 나 이제 괜찮아. 다행히 인왕산에서 좋은 분을 만나서 도움을 받았어."

"바지 좀 벗어봐. 상처 좀 보자."

경성의전 학생이었던 유건은 자신의 눈으로 직접 상처를 확인하겠다고 나섰다.

"에이 뭘 봐. 그냥 단순 관통상이었대. 별거 아냐."

"야. 별거 아닌 단순 관통상이 어딨냐? 총상은 다 치명상이야. 패혈증이 올 수도 있고 각종 합병증도 얼마나 많은데! 빨리 바지 벗어. 우리끼리 뭘 내외하고 그래?"

친구들의 성화에 채훈은 마지못해 바지를 벗었다. 백연이란 이름을 가진 인왕산의 기묘한 여인이 정성스레 감아 놓은 붕대가 유건의 손에 의해 다시 풀려나갔다.

"다행히 총알이 신경이나 근육은 안 건드리고 잘 빠져나갔대. 소독도 잘됐고, 봉합도 잘됐다고 했어."

채훈의 설명대로 그의 허벅지에는 아주 작은 흉터만이 남아 있을 뿐이었다. 얼핏 보면 사마귀나 고름을 짜고 난 종기 자국 같기도 했다.

"이게 어제 수술한 흉터라고?"

"응. 왜?"

"총알이 어디로 들어와서 어디로 나간 건데?"

"이쪽에서 이쪽으로."

채훈은 몸을 이리저리 비틀며 총알이 들어왔다 빠져나간 경로를 보여 줬다. 유건의 표정은 점점 더 의아해지고 있었다. 의학 지식이 전혀 없는 무결이 봐도 이 상황은 의혹 투성이었다. 이 상황이 가능하다고 믿는 건 오로지 채훈뿐이다.

"어떻게 총을 맞았는데 하루 만에 이렇게 아물 수가 있어? 얼핏 봐선 티도 안나. 1년은 지난 흉터 같아. 이게 가능한 일이냐 유건아?"

"아니 그것도 그건데, 총알이 이쪽을 통과하면서 어떻게 신경을 하나도 안 건드릴 수가 있었지? 하다못해 근육이라도 찢어졌어야 하는 건데?"

"내가 운이 억세게 좋았나 보지!"

"운이 억세게 좋았다면 총을 아예 안 맞았겠지 이 친구야. 여길 맞고도 이렇게 멀쩡하다는 건 말이 안 되는 거야. 총알에 눈이라도 달려서 일부러 다 피해간 거라면 모를까."

"왜놈들 총알이 그럴 리도 없고."

"인왕산에서 여기까진 뭐 타고 왔어? 인력거?"

"이 밤에 인력거는 무슨. 당연히 걸어왔지."

"엊그제 총을 맞은 다리로 인왕산에서 여기까지 걸어왔다고? 네가 무슨 초인이냐? 두억시니도 총에 맞으면 일주일은 꼬박 누워 있을 거다!"

"치료는 누가 해준 거야? 이 정도면 대수술이 필요한 일인데. 인왕산 쪽에 병원이 있던가?"

"아니 병원은 아니고.. 그게.. 장의사.."

"장의사??"

"장의사한테 수술을 받은 거라고 지금??"

채훈은 갑자기 말문이 막혔다. 한 숟갈의 거짓도 첨가하지 않은, 오로지 사실만을 말하고 있는 건데도 어째서인지 자꾸만 자신이 말이 안 되는 소리만 골라서 하고 있다는 기분이 들었다.

"응.. 사실이야. 장의사라고 했어."

"이런 실력을 가진 장의사.. 거참. 히포크라테스가 살아돌아왔나 보네. 아무래도 조상님이 도우셨나 보다. 그렇게밖엔 설명이 안 돼 이건."

"그래. 너 제물포 방향으로 큰절이라도 올려라. 외할아버지 구해주셔서 감사합니다 하고."

그렇게 요란했던 채훈의 귀환은 한 편의 소동극으로 일단락 됐다.

다음 날 아침, 채훈의 몸은 알 수 없는 기운으로 활력이 넘치고 있었다. 마치 모든 신체 기관이 새것으로 갈아 끼워진 듯 한 번도 상처받지 않은 몸으로 탈바꿈된 것 같았다. 그는 더 이상 다리를 절지도 않았고, 당장에 광화문까지 달음박질하고 올 수도 있을 만큼 쌩쌩했다. 더욱이 놀라운 것은 밤사이 허벅지의 상처가 또 옅어져, 이젠 그 흔적을 찾아보기도 어려울 정도로 하나의 점처럼 작아져 있었다는 것이다. 단순히 자신의 회복 속도가 남들보다 월등히 빠른 거라고만 생각했던 채훈도, 어쩌면 이 모든 변화들이 인왕산 그녀의 신묘한 기운과 초월한 능력의 영향일지 모른다는 합리적인 의심을 안 할 수가 없는 상황이 되었다. 그래, 생각해보면 첫 만남부터 범상치가 않았지. 바로 앞에 있으면서도 과연 저 이는 나와 같은 인간이 맞는가? 라고 끊임없이 의심하게 했던. 비록, 물증은 없었지만 심증으로는 이미 수십 번도 더 평범한 존재는 아닐 거란 확신에 차게 만들었었던.

백연. 도대체 그녀는 누구인가. 아니, 도대체 그녀는 무엇인가.

채훈은 하숙방 어머니로부터 얻은 동치미 한 뚝배기와 종로에서 산 주전부리 한 봉지를 들고 인왕산으로 올랐다.

훤한 대낮의 인왕산은 낭만과 운치가 있던 그 밤의 풍경과는 사뭇 다른 느낌이었다. 당황스러울 정도로 낯설고 어딘지 모르게 삭막함이 감도는 생경한 걸음걸음. 그 밤이 정말 꿈이 아니었다면 분명 걸어 본 길인데, 채훈은 좀처럼 길을 찾지 못하고 헤맸다. 단순히 해와 달의 차이인 건지, 영- 엉뚱한 곳으로 애초에 길을 잘못 들어선 건지 알 수 없는 시간들이 짧은 겨울 해를 다 잡아먹으며 하염없이 흘러갔다. 이쯤 되면 수레바퀴 모양대로 풀이 누워 만들어진 길이 나와야 할 텐데, 동서남북 그 어느 쪽으로도 온통 계절에 맞지 않는 무성한 숲만이 있을 뿐이었다. 마치, 그가 다시 찾아오지 못하도록 일부러 길을 없애기라도 한 듯이.

"이 동치미는 딱 지금 먹어야 맛있는데.."

결결이 아쉬움으로 맺어진 그의 혼잣말이 우듬지 사이로 날아갔다. 결국 채훈은 그대로 산을 내려와야만 했다. 청각이 아주 예민한 누군가라면 들었을지도 모를 그 한 마디만을 남긴 채로.

도심의 거리는 곳곳에서 가로등이 켜지는 중이었다. 채훈은 주머니에서 회중시계를 꺼냈다. 시곗바늘이 막 다섯 시 정각을 지나고 있었다. 그 불빛들 사이로 익숙한 아름다움이 그에게 아는 척을 하며 다가왔다.

"채훈 씨!"

여리였다. 학교 근처에도 문구점 많은데 뭐하러 연필 한 자루를 산다고 청계천까지 다녀오냐는 친구들의 핀잔을 받으면서까지, 채훈이 삼 년째 꿋꿋하게 다니고 있는 그 문구점의 주인 아가씨.

"여리 씨, 여기서 뭐 하세요?"

"전차 기다리고 있었어요. 오늘이 홍릉에 사시는 당숙 어르신 생신이거든요. 그래서 저녁 먹으러 가요."

"아, 그러시구나."

"어디 다녀오는 길이세요?"

"아 네.. 누굴 좀 만나러.. 근데 허탕 치고 돌아가는 길이에요."

"아이고, 저런."

"괜찮아요. 다음에 다시 가보려고요."

"참, 편지가 왔어요."

"그래요?"

채훈은 언제 옮길지 모를 하숙방이 불안하고 안전하지 못하다는 이유를 들어, 모든 우편물을 여리의 문구점으로 받고 있었다.

"보낸 사람 주소가 온통 한자로만 적혀 있던데, 또 북경에서 온 편지겠죠?"

"그런가 보네요. 답장이 올 때가 되긴 했거든요."

"북경에 누가 있는 거예요?"

"일본에서 유학할 때 만났던 친구요. 중국인이거든요."

"우와.. 북경에 있는 조선 사람한테 온 건 줄 알았더니, 그게 아니었군요? 채훈 씨는 중국말도 할 줄 아세요? 일본말도 잘하시고, 도대체 몇 개 국어를 하시는 거예요?"

"아니예요. 중국말은 못 해요. 그저 한자가 같으니까 글만 읽을 수 있는 거죠."

"그것도 정말 대단해요! 저는 한글만 겨우 깨친걸요."

"조선인이 한글만 알면 됐죠. 언젠가는 이 땅에서 한자가 사라지는 날도 올 겁니다. 오직 한글만 쓰는 그런 날이요."

"어서 왔으면 좋겠어요. 그런 날이."

여리가 방긋 웃었다. 그 순간, 채훈의 심장이 덜컹거리며 불규칙하게 요동을 쳤다. 여리를 처음 봤던 삼 년 전 그날처럼, 또 한 번 그녀에게 반한 순간이었다. 뭐 그리 새삼스러운 일도 아니었다. 여리가 좀전처럼 방긋 웃어주기만 해도 채훈은 매번 새로운 마음으로 그녀에게 반했으니까.

연필 한 자루, 종이 한 장을 사기 위해 기꺼이 청계천까지 걸음을 하게 만드는 속절없는 미소를 채훈은 차마 당해 낼 재간이 없었다.

여리를 태운 전차가 떠나는 것을 한참 동안 넋을 놓고 보다 뒤늦게서야, 그는 자신의 손에 들려있던 주전부리 한 봉지를 여리에게 주지 않은 것을 후회했다. 그것이 백연을 위해 샀던 것임을 까마득히 잊은 채로.

16

투신하는 청춘들

16〉 투신하는 청춘들.




　　　1월의 마지막 토요일, 종로 관수동의 한 중국 요릿집에선 몇 명의 청년들이 회동을 갖고 있었다. 조선중앙기독교청년회 간사였던 박현도의 주선 하에 모인 그들은, 각 학교에서 학생 독립운동을 주도하는 학생 대표들이었다. 보성법률상업학교의 강기석, 연희전문학교의 김원혁을 비롯해 채훈과 무결 그리고 유건도 자신들의 학교를 대표하는 하나의 주체로 그 자리에 참석한 상태였다.

　본디 그 자리의 목적은 박현도가 청년회 회원을 모집하는 데, 학생 대표들의 도움을 구하기 위해 만든 자리였지만 학생들의 대화는 그의 의도와는 전혀 다른 방향으로 흐르고 있었다.

　"여러분, 이제 우리 학생들이 일어서야 할 때가 왔다고 생각합니다. 곧 있으면 파리강화회의도 개최될 것이고, 평화의 정착을 위한 민족자결

주의도 주창되었으니, 우리 조선 같은 약소국도 독립할 수 있는 보장이 생긴 게 아닐까요?"

"저도 같은 생각입니다. 지금이야말로 이 나라의 자주독립을 외치기에 최적의 시기라고 생각합니다. 각성의 전단이나 뿌리는 미온적인 시위는 더 이상 의미가 없어요."

"하지만 너무 성급한 건 아닐까요? 하루가 다르게 변하는 것이 국제 정세인데 좀 더 사태를 관망해보는 것도 좋지 않을까 싶어요."

"하지만 모든 일엔 때가 있는 법이잖아요. 그때를 놓치면 두 번 다시 기회는 오지 않을지도 몰라요. 신속히 기회가 왔을 때 잡아야 합니다. 기회를 놓치면 반드시 위기가 오는 법이에요."

"지금이 기회라는 확신이 있으십니까? 큰일일수록 신중해야지요. 기회가 아닌데 착각하고 잡으려 들다 없던 위기도 초래할 수 있습니다. 자충수를 두진 말아야죠."

"맞습니다. 들끓는 마음이야 누가 아니겠습니까? 하지만 지금은 너무 감정만 앞세우는 경향이 보여 조금 우려스러운 감이 없지 않습니다. 큰일을 도모할수록 현실적이고 냉정해져야죠."

"그래요. 우리가 무슨 방식을 택하든 이번에 완벽하게 성공해내지 못한다면 다음은 아예 없을 겁니다. 그러니 반드시 성공한다는 보장과 확신이 있지 않고는 괜히 성급하게 굴어서 더 큰 화를 불러올 수도 있다는 걸 늘 명심해야 해요."

"반드시 성공한다는 보장은 어디에도 없어요. 그런 건 영원히 오지 않을 겁니다. 세상 모든 일에는 늘 변수가 따르는 법입니다. 단 1%의 확률이라도 실패의 가능성은 늘 존재해요. 우린 그저 반드시 성공시키고 말겠다는 열망으로 투신할 뿐이죠."

이후로도 한참은 더 뜨거운 논쟁이 오갔다. 그들은 나이와 학년과는 무관하게 모두가 존대를 하며 저마다의 소신으로부터 도출된 의견을 치열하게 피력했다. 따지고 보면 하나하나가 일리 있는 말들이 첨예하게 대립했지만, 그들은 끝내 마땅한 합의점을 찾지 못했다. 박현도의 중재가 아니었더라면 영원히 끝나지 않았을 하루였다.

채훈, 무결, 유건은 하숙방으로 돌아와 잠이 드는 순간까지도 각자의 머리맡에서 그 문제를 풀었다. 하지만 여전히 어느 쪽으로도 답을 찾진 못했다. 두 의견이 모두 합당하단 생각을 지울 수가 없었기에. 다만, 그들이 위로로 삼을 수 있는 것은 비록 의견은 두 갈래로 갈라졌다지만 결국 그들이 원하는 것은 하나였다는 것. 바로, 조선의 독립.


극적으로 답을 찾은 건, 그로부터 정확히 일주일이 지난 토요일이었다. 2월의 시작과 함께 동경에서부터 별안간 반가운 손님이 도착한 것이다.

"기백아!!"

채훈은 자신의 하숙방 마당에 서 있는 남자를 보자마자 맨발로 뛰어나갔다.

"채훈이! 오랜만이야. 곱상한 얼굴은 여전하구나야!"

기모노를 입고 게다를 신은 모양새는 영락없는 일본인이었지만, 억양에서 한번씩 묻어나오는 평안도 사투리가 그를 꼼짝없는 조선인이라 말해주고 있었다. 그는 채훈이 동경에서 어학원을 다니던 시절, 같은 하숙방을 쓰며 친하게 지냈던 송기백이었다.

"대체 언제 온 거야?"

"오늘 아침에."

"미리 서신이라도 줬으면 마중을 나갔을 텐데."

"독립운동한다는 자가 행선지를 동네방네 떠들고 다녀서야 쓰나. 그냥 쥐도 새도 모르게 들어왔어."

"일단, 안으로 들어가자! 차라도 마시면서 천천히 얘기하게."

"아니야. 나 다시 가봐야 해."

"어디로?"

"어디긴 어디야. 동경이지."

"벌써 돌아간다고? 아침에 왔다면서. 동경에서 온 사람이 어떻게 하루도 안 자고 곧장 돌아가?"

"내 가서 할 일이 많아 그래. 회포는 다음에 풀지. 오늘은 그저 네 얼굴이나 보고 싶어서 가는 길에 잠깐 들른 거야."

"무슨 일이 있는 거야?"

"실은 좀 전에 최린 선생님을 뵙고 오는 길이야. 조만간 동경에서 거사가 있을 예정이거든."

기백은 자신의 기모노에 야무지게 숨겨 들여온 독립선언서의 초안을 보성중학교 시절의 스승이자 천도교 인사였던 최린 선생에게 전달했음을 알렸다. 그것은 일본에 유학 중인 조선인 학생들이 오래전부터 웅변회나 토론회 등을 통해 준비해왔던 항일운동의 결정체였다.

"다가오는 8일, 우린 동경에서 조선의 자주독립을 외칠 거다. 그 사실을 알려주기 위해 들어온 거야. 조선도 너무 늦지 않았으면 해. 우리의 일을 마치거든 다시 돌아올게."

*전조선청년독립단은 우리 이천만 조선 민족을 대표하여 정의와 자유의 승리를 얻은 세계 만국 앞에 독립을 기성하기를 선언하노라.*

*/중략/*

*우리 민족은 오래도록 고등한 문화를 가지었고 반만년 간 국가 생활의 경험을 가진 민족이다. 비록 다년간의 전제 정치의 해독과 우연히 겹친 불행으로 우리 민족이 오늘에 이르고 말았지만, 선진국의 모범을 따라 신국가를 건설한 후에는 건국 이래 문화와 정의와 평화를 애호하는 우리 민족은 반드시 세계의 평화와 인류의 문화에 공헌할 것이다. 이에 우리 민족은 일본이나 혹은 세계 각국이 우리 민족에게 민족 자결의 기회를 줄 것을 요구하며, 만일 그러하지 않는다면 우리 민족은 생존을 위하여 자유행동을 취하여 우리 민족의 독립을 기성하기를 선언하노라.*

그가 전달하고 간 독립선언서는 흩어져서 각자의 운동을 준비하던 모든 이들을 한데 모이게 하는 불씨가 되었다. 천도교와 기독교와 불교가 종교적 신념은 잠시 접어두고 오직 조국만을 위해 하나로 뭉쳐 독립운동을 준비했으며, 성급하게 굴지 말고 적당한 시기를 기다려보자던 학생 대표들이 마음을 바꿔, 지금 당장 실행에 옮겨야 한다던 학생 대표들과 손을 잡게 된 것이었다.

30년 만에 큰 눈이 내렸던 1919년 2월 8일, 동경 한복판에 있는 조선 기독교 청년회관에서 580여 명의 조선 유학생들이 모여 독립선언서를 낭독하고 60여 명이 붙잡혔다는 소식이 조선 땅으로 전해졌을 때, 모두는 실감했다. 이제 판은 돌이킬 수 없을 만큼 커졌고, 우린 지금이 아니면 안될 거라는 것을.

건국 이래 처음으로 나이와 성별과 계급과 종교와 직업에 관계없이 모두가 하나가 되어 오롯이 '독립'이라는 한 가지 목표만을 향해 투신을 마지않는 역사적인 순간이 마침내 도래하고 있었다.

17

시나브로

## 17〉시나브로.

"그가 오고 있어."

"어차피 못 찾을 거다. 지난번에도 그랬잖아."

나르바와 제논은 호리병에 담긴 피를 마시며 겨울바람에 휘청이는 수풀을 가만히 응시했다. 꽁꽁 얼어붙은 산길을 빠르게 오르는 발소리와 곧 끊어질 것 같은 아슬아슬한 숨소리가 정신없이 뒤섞여 들려온다. 나르바가 서 있는 동굴 입구에선 아직 한참은 먼 곳이었지만 그녀는 알 수 있었다. 그가 혼자가 아니라는 것을.

"하나.. 둘.. 셋.. 넷.."

나르바는 들려오는 걸음을 조용히 헤아렸다. 모두 네 명의 발소리다. 그리고 몇 미터 뒤에서 그들을 쫓는 한 무더기의 악인들까지.

"끼어들지 마. 그들만의 일이다. 그들이 알아서 하겠지."

나르바의 의중을 꿰뚫었는지 제논이 먼저 반대를 하고 나섰다.

"다신 안 올 줄 알았는데.."

묘한 애틋함이 말끝에 매달린다.

도대체 왜 이리 마음이 안 좋은 건지 나르바도 알 수가 없다. 그가 동치미와 주전부리 한 봉지를 들고 한참은 헤매다 그냥 돌아가게 만들었던 그날부터, 내내 가슴에 큼지막한 돌덩이가 들어앉은 듯이 무겁고 갑갑한 기운을 지울 수가 없었다.

"도와주고 싶어."

"안 돼. 혼자도 아니고 세 명이나 더 있잖니. 인간을 네 명이나 품는 건 너무 위험한 일이야."

"도와주고 싶어. 구해주고 싶어. 제논."

애달픈 공기가 그들 사이에서 회오리를 친다.

"어휴.. 난 모르겠다. 뒷일을 감당하는 것도 너의 몫임을 잊지 마."

제논은 어쩔 수 없다는 듯, 동굴 안에서 불을 밝힌 장명등을 꺼내와 문 옆에 걸고 안으로 다시 들어갔다. 인간을 맞이한다는 그들만의 신호였다.

"고마워 제논."

차가운 피 냄새가 섞인 산바람이, 헤매는 네 남자를 이끌었다. 바람이 밀어주는 곳으로 홀린 듯이 뛰었더니 이내 수레바퀴 모양대로 수풀이 누운 길이 나타났다.

"찾았다!!"

채훈의 얼굴이 봄 햇살을 정통으로 맞은듯 순식간에 환하게 피어올랐다. 신발 양쪽에 날개를 단 사람처럼 채훈은 그 길을 달렸다. 저 멀리 익숙한 여자의 실루엣이 보이고 있었다.

"백연 씨!!"

나르바가 돌아봤다. 그가 올 줄 꿈에도 생각 못 했다는 듯, 물 한 바가지를 든 채로 천연덕스러운 얼굴을 하고선.

"장채훈 씨. 이 밤에 여긴 어쩐 일이세요?"

"하, 정말 다행이다! 여길 다신 못 찾는 줄 알았어요."

그의 뒤로 세 명의 사내가 차례로 도착을 했다. 까맣고 동그란 뿔테 안경을 쓴 이와, 채훈과 같은 교복을 입은 이. 그리고 일본인 복장을 한 풍채 좋은 이까지. 그들은 곧 숨이 넘어갈 사람들처럼 헐떡였다. 아직 쓰러지지 않고 두 다리로 버티고 서 있는 게 용하다 싶을 정도로.

"백연 씨, 다짜고짜 죄송하지만 저희 좀 숨겨 주세요. 부탁드릴게요."

전래동화에서나 나올 법한 말이 채훈의 입에서 튀어나왔다.

"안심하세요. 여긴 아무도 못 찾아요."

"하지만 저들이.."

라며 뒤를 돌아본 순간 채훈은 말문이 턱! 하고 막혔다. 길을 내며 누워 있던 수풀들이 어느새 도로 일어나 자신들이 달려 온 흔적을 귀신같이 없애버린 것이었다.

"저.. 저게 어떻게 저렇게.."

"그러니 이제 진정하시고 물 한 모금씩들 드세요."

그제야 긴장이 풀린 사내들은 나르바가 건넨 물바가지를 바닥까지 핥아먹고는 그대로 나자빠져 대자로 뻗어버렸다. 코앞에서 타깃을 놓친 악인들이 허공에다 분노의 총질을 해대는 소리가 들려온다. 뭐라도 죽이고 가지 못해 안달이 난, 썩어 문드러진 성질머리를 고스란히 담은 총소리가.

"이번엔 또 무슨 일이신 거예요?"

"하숙방에 있다 급습을 당했어요."

일본인 복장은 했지만, 전혀 일본인스럽지 않은 남자가 그들 무리에 껴 있는 것을 보았을 때, 나르바도 대충 짐작은 하고 있었다. 구류되었다 풀려난 2.8 독립선언의 주역들이 일본의 감시를 피해 속속들이 귀국을 해서는 어디론가 감쪽같이 숨어버려, 가뜩이나 심기가 불편한 일본이 약이 오를 대로 올라 그들을 찾기 위해 혈안이 되어 있다는 풍문이 이미 파다했으므로.

숨어버린 그들이 할 일이야 보나 마나 뻔할 테고, 또 한 번 큰일이 터지기 전에 어떻게든 막아야 하는 일본 입장에선 조금이라도 수상한 낌새가 보이는 무리라면 아무 이유든 만들어서라도 일단 잡아들이고 보자는 심산이 컸을 것이었다.

"참! 그건? 챙겼어?"

비로소 호흡이 안정권에 들자 본인들의 막중한 임무가 떠오른 듯, 안경을 쓴 이가 말했다.

"응. 여기!"

채훈이 가슴팍에서 돌돌 말은 종이 뭉치를 꺼냈다. 그것은 쓰다만 독립선언문이었다.

"다행이다. 혹시라도 그들 손에 들어갔으면 어쩌나 걱정했는데."

네 명의 사내는 다 같이 안도했다. 집이 없어도 그 종이 뭉치만 있으면 살 수 있다는 듯 보였다.

"그럼, 이제 다 괜찮아지신 거예요?"

나르바가 그들의 대화에 살포시 발을 들였다.

"아 네! 이제 괜찮아요. 정말 감사해요. 또 다시 저를 구해 주셨어요."

"아— 이분이 널 치료해주신 그분이신 거야? 장의사라는?"

"응. 맞아. 이분이야. 모두 인사드려. 백연 씨야."

"안녕하세요. 채훈이한테 말씀 많이 들었어요. 저는 한유건이라고 합니다."

"저는 전무결이에요. 채훈이와는 둘도 없는 친구죠."

"처음 뵙자마자 실례가 많았습니다. 저는 송기백입니다. 차림새는 이래도 조선인이지요."

모두가 서둘러 인사를 해왔다. 이렇게 많은 인간들과 동시에 대화를 나눠본 적이 대체 얼마 만이던가. 생경한 기운이 그녀를 붕 뜨게 만든다.

"반갑습니다. 저는 백연이예요."

"참! 어르신은요? 어르신은 어디 계세요?"

"아버지는 주무세요."

"아.. 시간이 참.. 너무 늦었죠?"

채훈은 바지 주머니에서 회중시계를 꺼냈다. 그 모습을 본 순간 문득, 나르바는 그 날이 떠올랐다. 커다란 달빛이 오로지 둘만을 비추고 있던 10시 22분. 그들이 처음 헤어지던 날.

"곧 자정이네."

"우리 이제 어디로 가지?"

"일단 하산해야지. 밤새 여기 있을 순 없잖아."

"하산하면? 산 아래에는 우리가 갈 곳이 있어?"

"어딜 가든 지금은 너무 늦은 시간이야."

"그럼 어떡해야 될까? 일단 흩어질까? 이렇게 넷이 몰려다니는 건 아무래도 위험할 테니."

"흩어진다고 안전하단 보장도 없지. 하숙방까지 급습한 거 보면 이미 우리 정체가 넘어갔단 소린데.."

"그럼 어쩌지?"

자못 민망할 정도로 긴 공백이 이어졌다. 누구 하나 어서 빨리 뾰족한 수를 내달라고, 침묵 속에 서로가 서로를 재촉하는 듯한 공기가 하염없이 흐르는 중이었다.

"그냥 여기 계셔도 돼요."

그 오묘한 침묵을 깬 건 나르바였다.

"정말 그래도 돼요?"

꼭 그 말이 나오기 만을 기다린 사람들처럼 네 명은 동시에 반색하며 외쳤다. 누구 하나 주저하는 이가 없었다. 모두가 처음부터 여기만 한 은신처가 없다고 생각했지만, 차마 그 부탁을 하기엔 너무 민폐인 것 같고, 실리와 예절 사이에서 갈팡질팡하다 제발 누가 먼저 총대를 메고 나서주길 기다리며 눈치 싸움을 했을 그 속들이 뻔히 보이는 게 나르바는 재밌었다. 그들이 우습거나 가소로워서가 아닌 그저 귀여워서.

나라를 구하는 일에는 서로 먼저 총대를 메겠다고 뛰어나가는 사람들이 이렇게 사소한 일에는 약한 모습을 보이는 걸 보면, 아무리 대범하고 용감한 척 굴어도 결국 이들도 보통의 청년들이었구나 싶어 사뭇 귀여워서.

이 작은 나라가 그 세월 억압과 무력 속에서도 아직 다 삼켜지지 않고 버티고 있는 힘은 어떠한 초능력을 가진 위대한 영웅의 존재 때문이 아닌, 저렇게 평범한 청년들의 의지와 정신에서 비롯된 거였구나 싶어 사뭇 대견해서.

"근데 감수하셔야 할 부분이 좀 많으실 거예요. 보시다시피 이곳은 주거용으로 지어진 집이 아니라 그냥 산속에 있는 동굴을 조금 개조한 곳이기 때문에 없는 게 많거든요. 부엌도 없고, 변소도 없고, 손님방도 따로 없죠. 제가 내어 드릴 수 있는 공간은 작업실뿐인데 따로 침상이 마련된 것도 아니거든요. 그리고 무엇보다도 여긴 많이 추워요. 아주 많이. 이 모든 불편함을 감수하실 수 있다면 계셔도 돼요. 대신에 여기 머무시는 동안에는 제가 일감을 받진 않을게요."

나르바의 말은 그들에겐 나의 생업을 포기하면서까지 너희를 물심양면으로 도울게라는 뜻으로 전해졌다. 물론, 아주 틀린 말은 아니었지만 이미 돈도 피도 차고 넘치도록 모아놓은 나르바에게 장의사란 직업은, 사실상 인간 세계에서 정체를 숨기기 위한 하나의 위장에 불과한 것임을 알 턱이 없던 그들로선, 이런 제안은 고결한 희생이자 배려이자 엄청난 조력이 아닐 수 없었다.

네 명의 사내는 당장 엎드려 절이라도 올릴 기세로 나르바에게 달려들었다.

"정말 감사합니다. 이 정도면 저희에겐 궁궐이나 다름없는걸요. 그렇지?"

"물론이죠! 저희 진짜 아무거나 잘 먹고 아무 데서나 잘 잡니다. 가리는 거 없어요. 걱정 안 하셔도 돼요."

"필요한 거는 저희가 알아서 채워 넣을 수도 있어요! 잘 공간이 없으면 나무를 잘라다가 평상 하나 뚝딱 만들면 그만이고요!"

"맞아요! 산에 나무도 많은데 사내 네 명이서 그 정도는 일도 아니죠. 부엌이랑 변소 없는 것쯤은 신경도 안 쓰는걸요! 지붕만 있으면 어디든 제집처럼 살 수 있어요 저희는!"

"그러시다면 뭐.. 맘 놓고 자유롭게 이용하세요. 단! 저와 아버지의 방은 들어오시면 안 돼요. 그 어떠한 일이 있더라도. 아셨죠?"

"네!!!"

감격에 찬 그들의 대답이 인왕산을 흔든다. 벌써 해방이라도 맞은 듯이 기뻐하는 그들을 보며 나르바도 덩달아 가슴이 말랑말랑하게 녹아내리는 기분이었다. 오직 제논만이 보이지 않는 곳에서 깊은 한숨을 쉴 뿐.

그때까지만 해도 나르바는 알지 못했다. 작은 연민과 무어라 형용할 수 없는 일말의 사심에서 비롯된 그 선택이, 자신의 지난 500년생의 기근을 송두리째 뽑아 갈 엄청난 결과를 가져다주게 될 거라고는 차마.

졸지에 인간들의 거주지가 된 나르바의 동굴은 난생처음 활기가 넘쳤다. 그들은 일러주지 않아도 알아서 계곡까지 내려가 물을 길어오고, 자신들의 침상을 만들기 위해 지게 한가득 나무도 베어와 아침부터 부지런을 떨었다.

친구들이 목수 놀음에 심취하는 동안 채훈은 산 아래에 다녀오기로 했다. 밤사이 다른 동지들에게 변고는 없었는지 상황도 살피고 동굴 생활에 필요한 물품들도 챙겨오기 위함이었다.

채훈은 아버지, 그러니까 말 못 하는 아버지인 척 연기를 하고 있는 제논의 옷을 다시 빌렸다. 지금 같은 시국에 이름 석 자가 보란 듯이 박힌 교복만큼 위험한 복장도 없을 테니까.

"백연 씨, 저랑 같이 안 가실래요?"

채훈이 넌지시 물었다.

"저요?"

아무 생각이 없었던 나르바는 살짝 당황한 반응을 보였다.

"네. 아무래도 남자 혼자 다니는 것보단 여성분과 동행을 하는 게 시선을 덜 끌 것 같기도 하고.. 음.. 또.. 이곳 생활에 필요한 물건들을 챙겨오려면 확실히 백연 씨의 도움이 필요할 것 같고 또.."

그럴듯한 이유를 대기 위해 요리조리 말을 돌리던 채훈은 이내 못 참겠는지 솔직하게 이실직고를 해왔다.

"사실은 백연 씨랑 같이 가고 싶어서 그래요. 같이 가주시면 안 될까요?"

그 순간, 나르바는 머릿속에서 커다란 종 하나가 부서진 것처럼 온몸이 댕- 하고 울려왔다. 어떻게든 타당한 이유를 만들어 보려는 그 정성이 갸륵해서라도 못 이기는 척 고개를 끄덕여 줄 참이었는데, 생각지도 못하게 감정의 정곡을 찔린 것이었다. 그 아찔함을 감추기 위해 나르바는 얼른 대답을 했다.

"그럴게요."

나르바의 말이 끝나기가 무섭게 채훈의 입꼬리가 양쪽 뺨에 보조개를 그리며 활짝 올라갔다. 그는 제법, 자주, 나르바를 보며 그런 식으로 웃곤 했었다. 나르바가 뭘 어쩌지도 못하게.

나르바는 검은색 양장을 벗고 저고리와 치마로 환복을 했다. 제물포에서 경성으로 올 때 입은 후로 한 번도 꺼내지 않은 옷이었다. 길게 풀어헤친 머리도 다소곳하게 땋아 내리니 어느새 또 한 명의 조선 처녀가 되어 있었다.

나르바와 채훈은 그렇게 유행에는 뒤처졌지만 소박한 맛이 있는 구한말 시대의 처녀 총각이 되어 나란히 산길을 내려갔다.

달빛이 없는 길은 실로 오랜만이었다. 앙상한 겨울나무들 사이로 수십 갈래의 햇살이 쏟아졌고, 이따금씩 정체를 알 수 없는 새의 울음소리가 들려왔다.

"아주 다른 산을 걷는 기분이에요."

채훈이 말했다.

"왜요?"

"사실은 그다음 날에 다시 왔었거든요. 동굴을 찾아가려고."

안다. 나르바는 이미 다 알고 있다. 찾지 못하도록 길을 없애버린 것이 그녀였으니까.

"저희 하숙방 어머니께서 담그신 동치미가 정말 맛있거든요? 만두 먹을 때 같이 먹으면 맛있겠다 싶어서 챙겨 왔었는데, 아무리 산을 오르고 올라도 길을 못 찾겠는 거예요. 한 다섯 시간은 헤맸나 봐요. 결국 해가 떨어져서 그냥 내려갔었는데 그날하고 오늘하고 분위기가 달라도 너무 다른 것 같아요."

"어떤데요?"

"그때는 엄청 황량하고 삭막한 느낌이었거든요. 근데 오늘은 또 너무 신비롭고 낭만적이에요."

"산이라는 게 다 그런 거죠. 멀리서 보면 늘 똑같고 한없이 우직해 보여도 그 속은 매 순간이 변화무쌍이거든요. 인간들과 똑같아요."

"듣고 보니 그렇네요. 저도 다른 사람들은 알지 못하는 내면의 감정 변화가 하루에도 열 번은 더 넘게 일어나거든요. 그럴 때마다 나도 참 변덕이다 싶어 짜증 났었는데, 산과 같은 거라고 생각을 하니 기분이 썩 괜찮아지는 것 같아요. 제 스스로가 덜 미워진다고나 할까.."

"스스로를 미워하지 마세요. 있는 그대로의 자신을 사랑해 줄 수 있는 건 자기 자신밖에 없어요."

"백연 씨는 말씀을 참 예쁘게 하시는 것 같아요. 백연 씨랑 대화를 하고 있으면 마음이 아주 편안해지고 기분도 좋아지고 그래요."

"그건 저 때문이 아니에요. 장채훈 씨가 모든 말을 예쁘게 들어주시는 거죠. 생각과 마음가짐이 예쁘신 거예요 장채훈 씨가."

"채훈이요."

"네?"

"성 빼고 그냥 채훈이라고 부르시면 안 돼요? 이제 좀 친해졌다고 느끼다가도 한 번씩 백연 씨가 저를 장채훈 씨라고 부르면 다시 멀어진 것 같거든요. 이제 우리 조금은 친해졌잖아요. 그쵸?"

"그래요. 채훈 씨."

"훨씬 좋네요. 참, 근데 백연 씨는 나이가 어떻게 되세요?"

"갑자기 나이는 왜요?"

"생각해보니까 여지껏 나이도 모르고 있었더라고요. 그건 보통, 이름 물어보면서 같이 물어보는 첫 인사의 기본인데.. 저는 올해로 스물넷 됐어요. 백연 씨는요?"

나르바는 잊고 있었다. 이곳이 조선임을. 나이가 권력이 되고 서열이 되는 조선이었음을.

"글쎄요.. 내가 몇 살이었더라.."

처음 리바톤 사람들에게 발견됐던 열두 살 이후로 나르바는 한 번도 누군가에게 자신의 나이를 말해본 일이 없었다. 아무도 물어보는 이가 없었으므로.

존댓말의 개념이 없는 서양에선 인간관계에 있어 상대방의 나이가 그리 중요한 사항이 아니었다. 이는 중국도 마찬가지다. 같은 동양이래도 중국은 조선과 달리, 나이에 그리 구애받는 편이 아니었다. 황족이나 관리들같이 대놓고 신분이 높은 이가 아니라면, 대부분의 사람들끼리는 어림잡아 자신보다 나이가 많아 보이는 이에겐 성 앞에 '라오'를 붙이고, 어려 보이는 이에겐 '샤오'를 붙여 불렀다. 정말 가늠하기 힘든 경우나 초면인 사이라면 '선생'이란 호칭을 붙이면 그만이었다.

나르바가 겪어본 바에 따르면 전 세계에서 나이로 선을 긋는 건 조선이 유일했다. 고작 몇 개월 차이, 아니 몇 분 차이인 쌍둥이 사이에도 형과 아우가 극명하게 갈렸으며 아우는 형이 아무리 개차반이라 할지라도 무조건 존칭을 써주며 대접을 해줘야 했다. 다시 말하자면, 인간이 태어나 아무것도 안 하고 놀고먹으며 한평생을 쓸모없이 살았어도 나이가 많아지면 절로 권력을 얻을 수 있다는 뜻이 됐다.

자신보다 나이가 어린 사람들에게 대뜸 반말을 내뱉고 부려 먹어도 그것이 허용되는 요상한 관습. 존경할 구석이라곤 좁쌀만큼도 없지만 단지 그보다 어리다는 이유로 그를 받들어 모시고 따라야만 예의 있는 사람이 되는 정말 이해할 수 없는 관습.

조선의 관습대로라면 이 땅에서 나르바에게 반말을 쓸 수 있는 자는 아무도 없어야 맞다. 나르바가 지나가는 아무 늙은이에게나 대뜸 반말을 시전한대도 아무도 토 달지 못해야 맞다. 그녀가 아무리 20대의 얼굴을 가졌대도 어쨌거나 나이는 500살이 훌쩍 넘지 않았던가.

"제가 몇 살로 보이는데요?"

나르바는 걸음을 멈추고 채훈을 보며 물었다.

"어…"

채훈의 머릿속이 복잡하게 굴러갔다. 다양한 숫자 조합이 나왔다 사라졌다를 반복하며.

"솔직히 말하면 정말 모르겠어요. 얼굴만 보면 분명 저와 동년배 같은데 또 검은색 양장을 입고 계실 때는 어른스러운 분위기가 나고.. 또 오늘처럼 이렇게 저고리에 치마를 입고 댕기를 땋은 모습은 영락없는 소녀의 모습이라.."

"그럼 그냥 보이는 대로 믿으세요."

"어떻게 그래요. 정확한 나이를 알아야죠."

"왜 꼭 그래야 하는데요?"

"당연히 그래야죠. 호칭 문제도 있고, 동갑내기라면 지금보다 훨씬 더 편하고 좋은 친구 사이가 될 수도 있잖아요."

"나이를 알기 전에는 친구가 될 수 없는 거예요?"

"꼭 그렇다는 건 아니지만.."

"어차피 말해도 믿지 못할 거예요."

"왜요? 믿지 못할 나이라는 게 있어요?"

채훈은 피식 웃었다.

"546살이에요."

"...네? 몇 살이요??"

그는 여전히 웃고 있었다. 세상에 그런 나이가 어떻게 있을 수 있느냐는 듯이.

"거봐요. 못 믿으면서. 그러니까 그냥 보이는 대로 생각해요. 그깟 나이가 뭐가 그렇게 중요해요? 그래봐야 평생 두 자릿수를 벗어나지 못하는 인생들인데. 너무 구애받지 마요. 그깟 숫자, 조선 땅만 벗어나도 그렇게 큰 의미 없어요."

나르바는 다시 걸었다. 채훈은 여전히 웃음기가 가시지 않은 목소리로 두 걸음 뒤에서 따라오며 말했다.

"그럼, 그냥 동갑이라고 믿을게요! 우리 친구 해요!"

"좋을 대로요."

나르바는 대답했다. 쓸쓸하고도 서글픈 목소리로.

그래, 뭔들 어떻겠니. 어차피 네가 알고 있는 나의 모든 것이 가짜인데.

마을로 내려 온 둘은 전차를 타고 곧장 남대문으로 향했다. 복숭아골에 있는 세브란스로 가서 위장 입원 중인 강기석을 만나기 위함이었다.

미국인 선교사가 세운 그곳은 경성 땅에서 유일하게 일본의 영향력이 미치지 못하는 곳으로, 근래에 들어선 항일 운동을 준비하는 독립운동가들의 비밀 접견지로 활용되는 중이었다.

문을 열고 안으로 들어서자 진한 피 냄새가 곳곳에서 날아들어 나르바를 자극했다. 아침에 하루 치의 피를 충분히 섭취하고 나왔음에도, 그곳에 있으니 가짜 허기가 몰려와 현기증이 나는 것 같았다.

"저는 여기 있을게요. 천천히 볼일 보고 내려오세요."

"그럼 잠시만 구경하고 계세요. 얼른 다녀올게요."

채훈은 서둘러 병실이 있는 2층으로 올라갔다.

1층에 혼자 남은 나르바는 천천히 그곳을 둘러보았다. 병원에 구경할 게 뭐 있겠냐마는, 그래도 문 앞에 우두커니 서서 사람들의 시선을 받는 것보단 낫겠지 싶은 마음에.

하나같이 수염을 기르고 안경을 쓴 서양인들의 초상이 걸린 복도를 지나자 작은 강당 하나가 나왔다. 몇몇 사람들은 무대 위로 피아노를 옮기고, 몇몇 사람들은 무대 아래에 의자를 배치하는 중이었다. 중요한 행사가 있는 듯했다.

나르바는 문가에 서서 그 분주한 상황을 가만히 감상했다. 나이도, 성별도, 생김새도 각기 다른 이들이 모여 하나의 목표를 위해 분주히 움직이는 모습은 언제봐도 참 생동감이 넘쳐서 좋았다. 사람 사는 냄새. 과학적으로는 설명할 수 없지만, 무엇인지는 알 것 같은 그런 냄새가 느껴졌다.

"도움이 필요하십니까?"

그녀의 뒤에서 누군가 어눌한 조선말로 말을 걸어왔다. 나르바가 돌아보자 그녀에게 말을 걸었던 초록의 눈동자가 흠칫 놀란다. 그는 복도에 걸린 초상 속 사람들처럼 수염을 기르고 안경을 쓰고 있었다.

"오, 당신은 조선 사람이 아니군요?"

그는 나르바를 보자마자 곧장 영어로 말을 했다. 그녀가 아무리 조선인처럼 하고 있었대도 진짜 서양인의 눈까지 속일 순 없는 법이었다. 여자가 아무리 남장을 한들, 같은 여자의 눈엔 뻔히 보이는 것처럼.

"하마터면 속을 뻔했어요. 한복이 정말 잘 어울리는군요. 어디서 왔어요?"

"불가리아에서요."

"불가리아라.. 어디에 있는 거죠?"

"흑해가 있는 곳이요."

"흑해면.. 오스만 제국 인근의 나라인가요?"

"네.. 안타깝게도.."

"그렇군요. 만나서 반가워요. 근데 병원에는 무슨 일이죠?"

"그냥 친구 따라 왔어요. 친구가 면회 끝나기를 기다리는 중이에요."

"다행이군요."

"뭐가요?"

"안색이 창백해서 혹시나 어디가 아픈 건 아닐까 걱정했거든요."

"전 괜찮아요. 오늘 무슨 행사가 있나 보죠?"

나르바는 이 의사가 청진기라도 들이밀까 냉큼 화제를 돌렸다.

"네. 저녁에 음악회가 있어요. 많은 사람들이 모일 예정이죠."

그는 '많은 사람'이라는 단어에 유독 힘을 주며 말했다.

나중에 알게 된 사실인데, 세브란스에서는 음악회나 독서회같이 사람을 모을 수 있는 구실을 만들어 항일운동을 안전하게 준비할 수 있도록 아낌없는 지원을 하고 있었다.

"그렇군요. 뭘 연주하죠?"

"모차르트요. 아시나요?"

알다마다. 그 꼬마를 직접 본 적도 있는걸.

"그럼요. 신동으로 유명했잖아요."

"맞아요. 모차르트를 연주할 거예요. 당신도 보러와요. 재밌을 거예요."

"저도 그러고 싶지만 애석하게도 시간이 없을 것 같아요."

"아쉽군요. 참, 나는 앨버트예요. 당신의 이름은 뭐죠?"

"제 이름은.."

그때였다.

"백연 씨!"

채훈이 복도 끝에서 나르바를 부르고 있었다. 한참 찾았다는 얼굴을 하고. 다시 백연으로 돌아갈 시간이었다.

"대화 즐거웠어요. 안녕히 계세요."

나르바는 조선말로 인사를 꾸벅하고 서둘러 채훈에게로 돌아갔다. 앨버트의 얼굴에 짙은 당혹감이 드리우고 있었지만 나르바가 신경 쓸 바는 아니었다.

"백연 씨 외국인이랑 대화하고 있던 거예요?"

"네 잠깐."

"와! 백연 씨 영어도 할 줄 알아요?"

"그럴 리가요. 저분이 조선말을 잘하시더라고요. 면회는 잘했어요?"

둘은 병원을 나와 다시 전차를 탔다. 이번 목적지는 채훈의 하숙방이
었다.

"다행히 급습을 당한 건 우리뿐이었어요. 아무래도 기백이가 동경에
서 들어온 게 의심을 산 것 같아요. 그들에게도 나름의 정보는 있었을
테니까. 근데 또 하필 우리가 도망을 쳐버렸으니.."

"괜히 그 의심에 확신만 심어준 꼴이 됐네요."

"그러니까요. 어쨌거나 우리만 끝까지 잘 숨으면 모든 일은 예정대로
진행될 수 있을 것 같아요. 물론 그 과정이 험난하겠지만.."


안국동이 시작되는 길목부터 심상치 않은 분위기가 감돈다. 스산하고
엄숙한. 마치 폭풍전야의 구름 속을 걷는듯 잔잔한 공포가 흐르는 중이
었다. 북촌 풍경에는 전혀 어울리지 않는 사내들이 괜히 얼쩡거리고 신
문을 보는 척 주위를 살피는 거로 보아, 채훈의 하숙방이 요시찰인들의
소굴로 찍힌 것이 분명했다.

채훈과 나르바는 하숙방이 있는 방향으로 일단 걸었다. 이제 와서 급
하게 방향을 틀면 더 위험할 게 뻔했다.

"어때요? 우리를 보는 것 같아요?"

채훈이 들릴 듯 말 듯 한 목소리로 속삭였다. 나르바는 대답 대신 조용

히 그들의 움직임을 살폈다. 시선은 분명 의심으로 가득한데 나르바의 존재 때문에 선뜻 확신을 못 하는 눈치였다.

"조용히 하고 계속 걸어요. 자연스럽게."

채훈의 하숙방이 드디어 시야 안으로 들어왔다.

"저기예요."

채훈이 갈색 눈동자를 굴리며 넌지시 알려왔다. 이제 결정만이 남은 상황이었다. 저 대문을 그냥 지나칠 것인가, 태연한 척 당당하게 들어갈 것인가.

고민이 깊어지던 그때였다. 둘은 동시에 걸음을 멈췄다. 끼이익 하는 소리와 함께 대문이 열리고 물동이를 든 하숙방 어머니가 나온 것이었다. 셋은 동시에 눈이 마주쳤다. 동이의 물을 버리려다 만 어정쩡한 자세로 채훈과 나르바를 번갈아 보고 있는 어머니의 동공이 불안하게 흔들렸다. 요시찰인들의 소굴이 열리니 내내 그들에게서 의심의 눈초리를 거두지 못했던 감시자들까지 일제히 하던 일을 멈추고 이 상황에 집중했다. 꼴깍하고 누군가의 목구멍이 열렸다 닫히는 소리가 들려온다. 극한의 긴장감이 골목을 에워싸는 순간이었다.

"어머 이모! 우리 온다는 연락 받고 마중 나오신 거예요?"

그 긴장을 깬 건 이번에도 나르바였다.

"오라버니 뭐해. 이모가 들고 계신 물동이 냉큼 받아들지 않고. 이모 팔 떨어지시겠다 얼른!"

나르바가 채훈을 툭 쳤다.

"아.. 참! 내 정신 좀 봐. 이모 그거 저 주세요."

채훈이 거의 뺏다시피 물동이를 받아들고 골목으로 물을 휙- 버리는 사이 나르바는 어머니의 손을 잡고 대문 안으로 들어갔다.

"날도 추운데 얼른 들어가요 이모. 나 이모 동치미 먹고 싶어 혼났잖아요."

그녀의 기지가 또 한 번 모두를 구하고 있었다.

대문을 잠그자마자 셋은 비로소 안도의 한숨을 쉬며 다급하게 안부를 확인했다.

"채훈아 너희 괜찮은 거니? 너희들 방을 다 헤집고 난리도 아니었어. 찾는 게 없었던 건지 뭔지 그냥 가긴 했다만, 저렇게 대문 앞에 진을 치고 있지 뭐니."

"죄송해요 어머니. 어디 상하신 데는 없으시죠?"

"나야 멀쩡하지. 늙고 힘없는 아낙네한테 뭐 한다고 힘을 쓰겠니 저들이. 그래, 어디로 간 거야?"

"인왕산에요. 이분의 도움을 받고 있어요. 백연 씨라고 제 친구예요. 여긴 우리 하숙방 어머니."

채훈은 나르바를 친구라고 소개했다. 친구, 친구. 그런 존재가 내 인생에 있었던 적이 언제였던가. 어쩌면 처음일지도. 나르바는 마음이 간지러웠다.

"그랬구나. 세상에 웬 처녀랑 같이 있나 싶어서 너무 놀랐어 아까는. 참 예쁜 처녀네."

나르바는 어색하게 웃어 보였다. 인간으로부터 듣는 칭찬은 또 얼마 만인가.

"들어와. 밥이라도 먹고 가. 얼른 상 차려올 테니까."

"아니에요 어머니. 곧장 가봐야 해요. 어제 너무 급하게 도망을 치느라 짐을 하나도 못 챙겨서 그거 가지러 온 거예요. 다들 기다려요."

"저런.. 한 숟갈이라도 뜨고 가면 좋으련만.."

채훈은 냉큼 이불과 옷가지를 챙겼다. 그러는 동안 나르바는 채훈의 방을 둘러봤다. 손바닥보다 조금 큰 방이었다. 어째서 채훈의 친구들이 그 누추하기 짝이 없는 동굴을 보고 궁궐이라고 했는지 이해가 가는 대목이었다. 이렇게 작은 방에서 그 네 명이 나라를 구하겠다고 복작거렸을 생각을 하니, 나르바는 새삼 짠한 감정이 일었다. 연민과 애정 그 어디쯤으로.

하숙방 어머니도 그새 뭘 잔뜩 챙겨서 한 보따리를 만들고 계셨다. 채훈이 늘 말했던 그 동치미와 오늘 아침에 부쳤다는 전, 그리고 누룽지였다.

"어딜 가든 끼니는 꼭 챙겨야 해. 항상 따뜻하게 챙겨 입고. 응? 산은 여기보다 춥잖니."

"네 그럴게요. 고맙습니다 어머니."

"그리고 이건 백연이 거."

어머니는 대뜸 나르바를 백연이라며 친근하게 불렀다. 꼭 십 년은 알고 지낸 사이처럼.

"제 거요?"

"그래. 아까 보니까 손이 아주 얼음장이더라. 이거 끼고 가."

어머니는 두툼한 장갑 한 켤레를 나르바의 손에 직접 끼워 주었다. 엄지손가락만 분리가 된 형태의 장갑은 빨간 솜이불 귀퉁이를 잘라 만든

듯 투박하고 헐거웠지만, 정성이 느껴지는 물건이었다.

"여자는 몸이 차면 안 되는 거야. 늘 따뜻하게 하고 다녀야 해. 어머나 세상에, 얼굴은 또 왜 이렇게 차담? 안 되겠다. 이것도 두르고 가."

어머니는 자신의 목에 둘러져있던 역시나 투박한 목도리를 끌러 나르바의 목에 손수 둘러준다.

"우리 애들 좀 잘 부탁해. 내가 끝까지 책임을 져야 하는데 어쩌다 보니 우리 백연이한테 그 짐을 지게 했네."

어머니는 여차하면 눈물이라도 흘릴듯이 나르바를 보았다. 진심으로 고마워하고 미안해하고 걱정하는 얼굴. 뱀파이어로 살아 온 지금까지 모든 생을 통틀어 처음 받아보는 호의이자 정이었다. 고작 10분 전에 만난 사이에도 이리 정성스러운데, 몇 년은 제 손으로 먹이고 보살폈을 하숙방 학생들에겐 얼마나 잘했을까.

그녀는 정말 어머니였다. 낳지 않은 정을 기른 정으로 모두 채운 어머니. 나르바는 문득 채훈이 부러웠다. 그동안 이런 사랑을 받고 살았구나. 그 지옥 같던 유년기를 이렇게 보상받으면서. 당신이 그래서 그렇게 밝은 거였어.

"걱정 마세요. 제가 있는 힘껏 채훈 씨를 도울게요. 주신 물건들 감사히 잘 쓰겠습니다."

"어쩜 말도 이렇게 예쁘게 할까."

어머니가 나르바의 머리를 쓰다듬으며 방긋 웃었다. 어머니, 조선의 어머니.

골목을 장악한 감시자들의 따가운 눈초리는 여전히 그들의 등을 타고

스멀스멀 기어오른다. 하지만 확실히 아까와는 다른 눈초리다. 의심과 감시의 눈이 아닌, 그저 조선인이 싫어서 쳐다보는 혐오와 경멸의 눈. 다시 대문을 나서 안국동 골목을 벗어날 때까지, 그 시선을 견디는 건 오로지 채훈과 나르바의 몫이었다.

"오늘 너무 감사했어요. 백연씨 덕분에 또 한 번 위기를 모면했네요. 도대체 목숨을 몇 번이나 빚지는 건지.. 이걸 다 언제 갚죠?"

해가 떨어질락 말락 아슬한 위치에 걸려 있는 산길을 오르며 채훈이 말했다.

"괜찮아요. 도움이 될 수 있어서 나도 좋은걸요."

"사실 원래 계획은 이게 아니었는데.."

"원래 계획이요?"

"네.. 실은 백연씨한테 시내 구경도 시켜드리고 맛있는 것도 사드리고 싶었거든요. 산에서만 지내시는 거 적적하실 테니 내려오신 김에 기분 전환 좀 하시라고.. 그래서 일부러 같이 가자고 졸랐던 건데 갑자기 마음이 다급해지는 바람에.. 죄송해요. 저 때문에 이리저리 다니시느라 힘드셨죠?"

채훈은 진심으로 미안해했다.

"아니에요. 저는 충분히 즐거웠어요. 전차도 처음 타보고, 병원 구경도 재밌었는걸요."

나르바 역시 진심이었다. 근 몇백 년사이 가장 즐거운 날이었는지도 모르겠다.

"정말이에요. 하숙방 어머니한테 선물도 받았잖아요. 잊지 못할 날이었어요 저는."

그녀의 말에 비로소 안심이 됐는지 채훈의 입꼬리가 다시금 스르륵 올라간다. 또 한 번 보조개를 꽃 피우러. 도대체 어쩌자고 저렇게 설레 게 하는 버릇이 들었을까.

"채훈 씨, 앞으로 제 도움이 필요하신 일이 있으면 언제든지 말씀하세요. 목숨까진 못 걸어도 죽지 않는 선에서 최선을 다해 도울게요."

"진심이세요?"

"당연하죠. 하숙방 어머니의 당부도 있고, 저 역시 채훈 씨가 하는 일이 잘 되길 바라거든요."

"이미 충분한데요."

"그렇지 않다는 거 우리 둘 다 알고 있잖아요? 모을 수 있는 힘, 쓸 수 있는 모든 능력을 다 합쳐도 성공의 확신이 없는 일이라는 거. 당신들을 숨겨 주는 거 말고도 제가 도울 수 있는 일은 분명히 있을 거예요."

"전부터 느낀 건데 백연 씨는 보통 사람들하고는 많이 다른 거 같아요."

"제가 어떤데요?"

"정말 영리하죠. 지혜롭고. 아니, 영리한 걸 넘어서.. 영험하다고 해야 할까? 그런 소리 많이 들어보지 않으셨어요?"

"영험하다.."

링링. 영험한 기운을 가진 아이.

나르바를 그렇게 부르던 중국인 아주머니가 있었다. 무려 80년 전에.

광저우 항. 아편굴이 있는 골목에서 장의사를 하며 살 때, 문득 찾아와 피를 달라고 했던 그 아주머니. "여긴 피를 뽑는 곳이 아니에요."라는 말에도 다짜고짜 피 좀 달라며 울부짖다 정신을 잃은 그 아주머니는 폐병 걸린 아들에게 먹일 피만두를 만들어야 한다고 했었다. 그동안은 자신의 몸에서 피를 빼내서 만두를 빚었었지만 더는 한계가 온 것 같으니 제발 피 좀 구해달라고.

결국, 나르바는 자신이 먹기 위해 비축해 놓았던 피를 꺼내, 아주머니가 가르쳐 주는 대로 만두를 빚었었다. 그때 배운 만두가 바로 윈튼이다. 나르바의 신묘한 기운 때문인 건지, 정말 그 피만두가 효력이 있었던 건지, 어쨌거나 아들은 폐병이 나았고 그 아주머니는 나르바에게 감사 인사를 전하며 이렇게 말했었다.

"너는 참 영험한 기운을 가졌구나. 링링."

폐병이 나은 아들이 5년 뒤 아편 중독으로 죽고, 이에 충격을 받은 아주머니가 황린 성냥을 삼켜 스스로 생을 마감할 때까지 나르바는 광저우에 살았었다. 그 아주머니에게 자신은 먹지도 못할 다양한 중국 요리를 배워가며.


"오래전에요."

"그렇죠? 역시, 나만 그렇게 생각한 게 아니었어. 정말 영험하다니까! 다시 한번 고마워요. 이 은혜, 죽기 전에는 꼭 다 갚고 죽을게요. 아니! 다 갚지 못하면 죽지도 않을게요!"

채훈이 환하게 웃었다. 그의 눈동자에 시나브로 달이 떠오른다.

18) 전야.

채훈과 산 아래에 다녀온 이후로 나르바의 삶은 부쩍 바빠졌다. 그들을 위해 삼시 세끼 밥을 짓기 시작했기 때문이다.

이전에도 나르바는 종종 음식을 만들곤 했었다. 유럽에 있을 때는 빵을 만들었고, 중국에 있을 때는 만두와 면을 만들었었다. 물론, 먹을 수는 없었다. 제논도 나르바도.

지금까지도 그녀는 자신이 만들었던 음식들이 어떤 맛이었는지 알지 못한다. 그저, 아무도 먹지 않을 음식을 만들면서 자신이 한때는 인간이었음을 떠올려 보는 것. 그것이 기나긴 나르바 생의 유일한 취미이자 고독을 이겨내는 방법이었다.

하지만 본인의 만족을 위해 취미로 음식을 해보는 것과 진짜로 먹을 사람이 있는 상태에서 음식을 하는 건 아주 다른 일이었다. 누군가를 위해 밥을 짓는다는 건 실로 엄청난 것이다. 끼니마다 그들의 입맛과 식성과 체질을 고려해 모두가 만족할 수 있는 반찬을 준비한다는 건, 웬만한 정성이나 애정 없이는 할 수 없는 일이었다. 적어도 사흘에 한 번씩은 마을로 내려가 장을 봐야 하는 일이었고, 한식을 배워본 적이 없는 그녀로선 조선인 입맛에 맞는 음식에 대한 연구도 필요한 일이었다.

특히 어려운 것이 바로 김치였다. 조선의 전통 음식인 김치는 배추, 무, 오이 등의 여러 채소를 소금에 절이고 양념을 버무려 발효시킨 음식인데, 반찬으로 그냥 먹기도 하고 국이나 고기에 넣어 먹기도 하고 계절이나 지역에 따라 색다른 김치를 먹기도 했다.

이 나라가 조선이기 이전의 역사 속에도 김치는 어느 밥상에나 늘 있었다. 국호가 바뀌고, 왕이 바뀌어도 이 땅의 사람들은 김치를 먹었다는 뜻이다. 다른 반찬 하나 없어도 김치 한 그릇이면 밥 한 공기가 뚝딱이었고, 아무리 상다리가 휘어질 만큼 진수성찬을 차려도 김치가 빠지면 그건 밥상이 아니었다.

나르바는 난감했다. 하숙방 어머니를 찾아가 김치 담그는 법을 배워올까도 했지만, 이 겨울에 어디 가서 배추를 구해 김장을 한담.

하숙방 어머니가 주신 동치미가 바닥을 보일 즈음, 결국 나르바는 서촌의 집집을 돌며 동냥을 하듯 김치를 얻어야 했다. 그래도 다행인 건, 대부분의 조선 아낙들은 흔쾌히 자신의 장독을 열어주었고 덕분에 나르바는 배추김치, 총각김치, 깍두기, 갓김치, 오이소박이, 고들빼기, 나박김치, 섞박지, 열무김치 등등 다양한 종류의 김치를 밥상 위에 올릴 수 있었다.

나르바가 김치를 공수해 온 과정을 알게 된 채훈과 친구들은 돌도 씹어 먹을 나이이니 너무 후하게 차릴 필요는 없다고 만류를 해왔지만, 밥을 지어 먹이는 입장에선 또 그게 아닌 것이었다.

그들에게 밥을 지어 먹이는 일은 나르바의 입장에선 자신의 손으로 그들의 생명을 유지시키고 연장해 주는 것과 다름없는 일이었다. 그리고 그것은 나르바로 하여금 상당한 보람을 느끼게 했다. 몇백 년을 푸짐하게 모아왔던 돈을 식자재를 사는데 써버리고 온종일 그들의 반찬 걱정에만 시간을 다 써도 그녀는 즐거웠다. 매번 음식이 기가 막힌다며 한 톨도 남김없이 싹 먹어 치우는 그들을 보며 나르바는 매일 잔치를 여는 기분이었다. 잔치를 열어 사람들을 초대해 푸짐하게 대접하는 것. 매일 같이 경사가 끊이질 않는 그런 집의 주인이 된 것만 같은 기분. 다시 사람이 된 것만 같은, 그런 기분.

한편, 나르바의 정성과 밥심으로 무탈히 만세운동을 준비해오던 이들은 거사를 앞두고 한 가지 위기에 봉착하게 됐다. 종교계 측에서 학생계와 연합을 원한다는 소식을 전해 온 것이었다.

종교계 측에서는 3월 1일로 잡은 자신들의 거사에 학생들이 적극적으로 참여해주길 원했으며, 하나의 운동에 두 개의 선언서가 발표되는 것은 우스운 일이니 그 또한 자신들이 준비한 선언서로 발표되길 원하고 있었다.

이를 두고 채훈, 무결, 유건, 기백의 설전은 늦은 밤까지 이어졌다.

"원혁 동지가 말하길, 독립운동은 한 번만으로 성공할 수 있는 일이 아니기 때문에 제1회 선언서를 발표한 사람이 체포돼도 제2회, 제3회

운동이 계속해서 이어져야 한다고 했어. 종교계 측이 우리의 협조를 원하는 거라면, 말 그대로 협조 차원에서 함께 해야지 우리가 그들에게로 완전히 종속되어선 안 된다고 생각해."

"맞아. 우리가 우리만의 독자 노선을 지켜야 혹시라도 종교계가 무너졌을 때 공백없이 그 뒷받침을 해낼 수 있는 거야."

"나 역시 동의해. 종교계에서 3월 1일로 거사를 잡았대도, 우린 우리만의 운동을 또 해야 한다고 생각해."

"독립선언서에 대해서는 어떻게들 생각하니? 내일이면 보성사에서 인쇄가 시작될 텐데."

"근데 그쪽에서는 왜 우리의 선언서를 버리고 자신들의 선언서로 가길 원하는 거야?"

"기석 동지 말로는 종교계 측에서 학생들이 독립선언서를 준비하는 것에 대해 탐탁지 않아 하는 눈치가 있다고 해."

"어째서?"

"정확한 이유야 나도 모르지. 그냥 단순하게만 보자면, 아직 경험도 부족하고 더 배워야 할 어린 학생들이 그렇게 큰일을 도모하는 것에 우려를 표하는 것 같기도 하고.."

"나라 구하는 일에 나이가 무슨 상관이라니? 동경에서 선언서를 읽었던 우리도 모두 젊은 학생들이었는데."

"난 오히려 그쪽에서 자신들의 선언서를 고집하는 그 태도가 마음에 안 들어. 자기들도 선언서를 준비해 봤으니 알 거 아냐. 그 선언서를 완성하기 위해 얼마나 많은 공을 들여야 하는지를. 우리의 공을 깡그리 무시하고 자신들의 선언서에 따르라는 것 자체가 벌써 우리를 자신들의 수하로 보고 있다는 반증이 아니겠어?"

"실질적으로 종교계 인사들이 우리의 스승이었던 걸 부정할 수는 없지."

"하지만 독립운동을 하는데 나라의 안위가 아닌 개개인의 나이와 사회적 지위가 먼저 앞선다면 일을 그르치게 될 거라고 생각해."

"역시 우리는 우리만의 선언서를 고수해야 하는 걸까?"

"하지만 한 가지 운동에 두 개의 선언서가 존재한다는 것도 우습긴 해. 민족이 결속력이 없어 보일 수도 있고, 자칫하다간 아예 다른 운동으로 비춰질 수도 있을 테니까."

"좋아. 우리가 반드시 양보해야 하는 상황이라면 양보를 하는 쪽으로 생각도 해보자. 우리가 얼마나 노력했는지를 인정받는 건 그리 중요한 일이 아니야."

"그래. 그래도 우리는 우리만의 운동을 진행하는 거로 하자. 그걸 포기하진 말자고. 3월 1일에 종교계가 하는 운동에 우리의 힘이 필요하다면 기꺼이 협조하고. 어쨌거나 종교계의 행사가 아닌 나라의 독립을 위한 길이니까. 그리고 우린 우리대로 노선을 가는 거야. 어때?"

"좋아. 독립선언서를 쓰는 데 들어간 시간과 노력은 아깝지만 어쩔 수 없지. 그래도 마지막까지 합의는 볼 수 있는 거지? 아직 그들의 뜻에 온전히 따르는 거로 아주 확정이 된 건 아니잖아."

"물론이지. 일단 우리의 의사를 원혁 동지에게 전달해서 종교계와 합의를 보게끔 할 거야."

"어쨌거나 연합이 이루어진다면 세력은 훨씬 커지겠구나. 그건 좋은 거 아니겠니?"

그렇게 긴 밤을 지새우며 흘러간 열띤 토론은 결국 종교계와 네 가지 항목에 합의를 보는 것으로 일단락됐다.

*첫째,*

*학생 측에서 선언서를 발표하지 말 것.*

*둘째,*

*중등 이상의 학생 측 사람은 3월 1일 선언서 발표 때*
*모두 참가하도록 할 것.*

*셋째,*

*그 뒤의 운동은 학생 측에게 맡길 것.*

*넷째,*

*3월 1일 운동에 전문학교 학생들은 가급적 나오지 않게 할 것.*

1919년 2월 28일. 거사를 하루 앞둔 전야. 승동교회에서 있을 학생지도부 회의에 참석하기 위해 하루 일찍 산을 내려가야 했던 동굴의 하숙생들은 옷을 제대로 갖춰 입고 나르바와 제논에게 인사를 올렸다.

"그간 정말 감사했습니다."

네 명의 허리가 반으로 접힌다.

"다시 올 거잖아요. 너무 마지막인 것처럼 인사하지 말아요 우리."

나르바가 그 인사에 답을 했다.

"다시 올 때 오더라도 지금 해야 할 인사는 잊지 말아야죠. 백연 씨도 우리와 함께 독립운동을 한 거나 다름없어요. 덕분에 우리가 여기까지 올 수 있었던 거예요. 정말 고마워요."

"인사는 그만하고 얼른 가보세요. 내일 몸조심 하시고요. 꼭 성공하고 돌아오세요. 백숙을 끓여놓고 기다릴 테니까."

"네! 그럼, 다녀오겠습니다!!"

네 명의 청춘은 그렇게 찬란한 인사를 남긴 채 동굴을 떠났다. 채훈은 몇 번이고 다시 돌아보며 손을 흔들었다. 나르바는 그때마다 연신 환하게 웃으며 같이 손을 흔들었다.

"결국 이렇게 됐구나."

나르바를 유심히 보던 제논이 말했다.

"뭐가?"

"저 남자를 좋아하게 된 거야."

"그럴 리가!"

나르바는 펄쩍 뛰었다. 진심으로 펄쩍 뛰었다. 아니야. 정말 아니야. 이건 그냥 우정이고 연민이야. 내가 체르를 두고 그럴 리 없어.

"시간이 필요하겠군."

"무슨 시간?"

"네가 스스로에게 솔직해지기까지의 시간"

"정말 아니래도."

"두고 보면 알 테지."

제논은 의미심장한 미소를 띠고는 경성이 내려다보이는 절벽 쪽으로 천천히 걸었다. 경복궁 구내에 한창 공사 중인 총독부 청사의 뼈대가 그 흉물스러운 자태를 뽐내며 서 있었다. 전차를 놓는다며 갖은 성벽을 다 허물고 도로를 확장한다며 성문을 없애더니, 이젠 한 나라의 상징이자 정체성이나 다름없는 궁에 자신들의 제국을 세우려 드는 오만함이 기가 찰 뿐이었다.

"도시가 온통 상처투성이야. 한이 서릴 수밖에 없겠어."

제논의 목소리에 안쓰러움이 짙게 배어났다.

"나르바, 그 아이들이 저들을 막아낼 수 있을까?"

"막아야지. 그 어떤 일이 있더라도. 기억나 제논? 우리가 경성에 오고 얼마 되지 않았을 때, 소의문 근처에서 쇠갈고리에 찍혀 죽은 노인을 갈고리에 그대로 꿰어, 보란듯이 행보하던 그 일본 군인? 나는 그의 의기양양했던 얼굴을 아직도 잊을 수가 없어."

"아.. 그건 정말 인간의 얼굴이 아니었지. 돈의문 근처에서 전신주에 묶여, 죽을 때까지 매를 맞았던 여자아이도 잊을 수 없어. 그 아이는 아무것도 안 하고 집에서 가만히 있다가 대뜸 머리채를 잡혀 끌려 나왔었잖아."

"도대체 왜 그런 짓들을 하는 걸까?"

"그걸 누가 알겠니. 저들의 폭력엔 이유가 없어. 그저 세계에 일본이란 나라의 힘이 얼마나 막강한가를 뽐내기 위해 조선을 이용하는 것일뿐."

"그래놓고 이 모든 것들이 미개한 조선인들을 교화시키고 이 나라의 발전을 위해 본인들이 자비를 베푸는 거라고 주장을 한다는 거야. 나는 그 궤변이 너무 역겨워."

"진짜 미개한 게 어느 쪽인지를 모르는 거지. 어리석은 조상들 때문에 후손들이 천벌을 받을 거야."

"내가 본 조선인들은 대부분 영리했어. 매우 자주적이고. 굳이 저 야만인들이 주제넘게 끼어들어 물질적 진보를 이뤄 주겠다고 설치고 다니지 않아도 적당히 때가 되면 그들 스스로 알아서 발전을 했을 거야. 누구의 도움 없이도 조선인들 스스로 눈부시게 성장을 했겠지. 분명 그랬을 거라고 난 생각해."

"그 소녀, 아직도 돈의문 터를 떠돌고 있는 거 아니? 소의문의 노인은 살 만큼 살아서인지 아님 구천을 떠돌 기력조차 없어서인지 몰라도 곧장 이승을 떠났지만 소녀는 아니야. 여전히 그 전신주에 묶여 있어. 소의문과 돈의문을 무력으로 허물었을진 몰라도 그곳에서 억울하게 죽어간 조선인들의 한은 절대로 허물지 못하는 법이지."

"반드시 성공하길 바라. 내일의 운동이. 부디 꼭 그렇게 되기를 바라 정말."

19

대한독립만세

19) 대한독립만세.




　　　1919년 3월 1일 오후 2시. 사람들은 탑골공원으로 모였고, 팔각정에 오른 누군가가 독립선언서를 낭독하자 다 함께 외치기 시작했다.

"대한독립만세, 대한독립만세, 대한독립만세."

그들은 공원의 정문을 나와 창덕궁 방향과 종로 1정목 방향으로 나뉘어 본정에서 다시 모일 때까지 사대문 안을 행진하며 목청껏 외쳤다.

"대한독립만세, 대한독립만세, 대한독립만세."

거리의 시민들이 그 만세 행렬에 동참했고 금세 수천 명의 인파가 몰려들었다.

그것은 고결하고도 거대한 물결이었다. 자유와 독립을 향한 의지와 항쟁의 투지로 이루어진 물결.

일본 경찰들은 총독부와 관공서만 지키는 데 급급해, 순식간에 눈덩이처럼 불어난 거리의 시위대를 막지 못했고 지축을 뒤흔드는 만세 소리는 자정이 넘어서까지 도심 곳곳에서 울려 퍼졌다.

그날의 조선인들은 강제병합 이후 처음으로 자신들의 힘을 보았다. 자신들이 목소리를 높이니 당황해서 오합지졸로 구는 일제 경찰의 민낯을 보며, 오랫동안 자신들을 제압하고 억눌러왔던 공포의 벽이 무너지는 것을 몸소 느꼈다.

절명시를 남기고 자살한 황현 선생도 무덤에서 일어나 춤을 출 일이라며 누군가는 축배를 들었다. 그 한 번의 만세 운동으로 독립을 이미 이루었다고 생각한 조선인도 있었을 만큼 그날의 단합력은 실로 막강한 것이었다.

우리가 이겼구나! 우리의 힘이 모이니 과연 저들도 어쩌지를 못하고 무너져 내리는구나! 우리는 할 수 있었구나!

하지만 그러한 환상에서 깨어나는 데는 그리 오래 걸리지 않았다. 일요일인 다음날에도 일본은 그들의 자리에 그대로 있었고, 고종의 인산일이었던 3일에도 그들은 옆구리에 칼을 차고 거리로 나와, 장례식에 모인 조선인들을 매의 눈으로 감시했다.

이미 독립이 이루어진 거라 여겼던 시민들은 3.1운동 이후 하나도 달라진 것이 없는 세상을 보며 한 편으론 의아했고 한 편으론 절망했다. 그리고 학생들은 서둘러 2차 만세 운동 준비에 돌입했다.

폐쇄된 지 20년 된 보신각종이 별안간 울던 밤, 인왕산 절벽에선 붉게 물든 광목천이 빨랫줄에 걸려 휘날리고 있었다. 5일에 있을 2차 만세

운동을 위한 준비물이었다. 천을 준비한 건 채훈과 무결이었고, 붉은색 염료를 준비한 건 나르바였다.

그녀는 제논의 만류에도 불구하고 자신들이 그간 모아 둔 비상식량과도 같은 몇 년 치의 피를 그 천을 물들이는 데 아낌없이 다 쏟아부었다. 물론, 동굴의 하숙생들은 알지 못했다. 자신들이 가져온 하얀 천을 물들이고 있는 저 붉은 염료가 그간 일본에 의해 억울하게 죽어 나간 조선인들의 피로 만들어진 거라고는 꿈에도 차마.


조선인들의 한이 서린 붉고 선명한 그 천은 채훈과 무결에 의해 3월 5일 오전 9시, 남대문 정거장에 모인 수천 명의 학생들 팔뚝에 묶였다.

"이야- 오늘은 지난번보다 세 곱절은 많이 모였구나야! 좋구나! 이번엔 우리 꼭 끝장을 내보자!!"

걷기도 힘들 정도로 모여든 학생들을 보며 기백이 포효했다. 오늘따라 유독 아드레날린이 치사량 수준으로 과도하게 분출되고 있는 그였다. 아무래도 세 번째 시위인 만큼 그의 넘치는 기운과 자신감은 경험에서 오는 여유일 거라고 모두들 느긋하게 생각했다.

잠시 후, 인력거를 타고 나타난 강기석과 김원혁이 '조선 독립'이란 깃발을 흔들며 시위대를 이끌고 앞으로 나아갔다. 채훈, 무결, 유건, 기백도 학생들 무리에 섞여 그들과 함께 조선 독립 만세를 외치며 행진했다.

남대문에서 일본 경찰들의 저지선을 뚫었을 때 그들은 1차 환호를 했고, 흩어졌던 행렬과 보신각에서 다시 만나 하나의 거대한 무리로 합체되었을 때, 그들은 2차 환호를 했다. 오늘은 정말 독립이, 진정한 독립이 이루어질지도 모른다는 희망과 기대에 모두가 양껏 부풀어 오른 상태로 대한문을 지나던 순간이었다.

어디선가 탕! 하는 신호탄이 발사되고, 온갖 무기로 무장을 한 일본 경찰과 군인들이 무력 진압을 하고 나섰다. 주동자였던 강기석과 김원혁이 체포되는 데는 그리 오래 걸리지 않았다. 시위의 경험이 부족해 지도자를 보호하는 법을 익히지 못했던 어린 학생들의 패착이었다.

두 명의 지도자가 일제의 무력에 의해 체포되고 나니 현장은 곧 아수라장으로 변했다. 채훈과 무결 그리고 유건은 서둘러 학생들을 해산시켰지만, 분기탱천한 마음을 통제하지 못한 일부 학생들은 자신의 팔뚝에 매여진 붉은 천이 본인의 피로 물들어 가는 것도 모른 채 일제의 칼과 총에 맞서고 있었다.

여기저기서 부상자가 속출했다. 학생들을 해산시키랴 부상자를 구하랴, 그 흙먼지 속을 정신없이 뛰어다니던 채훈은 자신의 앞으로 익숙한 뒤통수가 뛰어가는 모습을 보았다. 그리고 이내, 느닷없이 그의 뒤통수가 총알에 뚫리는 광경도 보았다. 예고 없이 순식간에 사라진 그의 뇌후를 채훈은 고스란히 뒤집어 써야 했다.

순간 정신이 아득해졌다. 세상이 멈춘 듯 귀가 멍했고 시야가 온통 붉게 물들며, 저 멀리서 자신을 발견한 두 명의 친구들이 이름을 부르며 달려오는 것이 아주 느리게 보였다. 도대체 무슨 일이 일어난 거지?

"정신 차려 채훈아! 정신 차려! 야 장채훈!!"

눈물로 범벅이 된 무결이 그의 뺨을 세차게 쳤다. 그제야 감각이 돌아온 채훈은 자신의 머리카락 끝에서 뚝뚝 떨어지고 있는 피와 뇌의 조각들이 모조리 기백의 것임을 깨달았다.

"너마저 이러면 안 돼. 여길 빠져나가야 돼. 어서!!"

무결이 채훈을 잡아끌었다. 유건의 등에 업힌 기백의 축 늘어진 몸뚱어리가, 유독 오늘따라 본인의 이름대로 기백이 넘쳤던 그의 몸뚱어리가 볼품없이 매달려 있는 것이 채훈의 눈에 들어왔다. 내가 지금 무엇을 겪고 있는가. 나에게 지금 무슨 일이 일어난 건가. 그 아수라장을 빠져나와 인왕산에 도착할 때까지 채훈의 얼굴은 딱 그러했다.

한편, 도심을 삼키고 있는 저 총소리에 내내 안절부절못하고 있던 나르바는 산 초입에서부터 풍겨져 오는 죽음의 냄새로 심장이 덜컹 내려앉고 있었다.

"기운이 좋지가 않구나. 어서 내려가 보자."

제논이 먼저 수레를 끌고 나섰다.

산 중턱에서 그들과 조우했을 때, 나르바는 피투성이가 된 채훈을 보고 하마터면 기절할 뻔했다. 유건의 등에 업혀 있는 진짜 죽은 이는 보이지도 않았다. 나르바는 체면이고 뭐고 없이 본능적으로 그에게 달려가 덥석 얼굴을 부여잡았다.

"채훈 씨! 무슨 일이에요? 어디 다친 거예요?"

그녀의 얼음장 같은 손이 채훈을 한 차례 깨웠다.

"백연 씨. 나 말고 기백이 좀 봐주세요. 기백이 머리가 나한테 다 쏟아졌어요."

그의 눈동자는 여전히 충격에서 빠져나오지 못한 듯 허공을 떠돌았다. 그냥 무의식이 입을 뻐끔뻐끔 열어주고 있는 것 같았다.

채훈이 다친 데가 없다는 것을 확인한 나르바는 그제야 수레로 옮겨진 기백의 시신을 살폈다. 채훈의 말대로 그의 머리는 사라져 있었다. 목 위로 대강의 형태만 간신히 달려 있을 뿐, 그 안에 있어야 할 모든 것들이 사라져 있었다. 그것은 이미 기백이 아니었다.

"백연 씨는 명의잖아요. 지난번에도 총에 맞은 나를 구했던 것처럼 기백이도 구해주세요. 그럴 수 있죠? 네? 구해주세요 제발. 백연 씨는 그럴 수 있잖아요. 구해주세요. 구해주세요. 구해주세요."

채훈은 어린아이처럼 나르바의 옷자락을 붙잡고 계속해서 중얼거렸다. 그 모습을 보는 유건과 무결은 가슴이 두 동강이 나는 것 같았다.

"채훈아 그만해. 응? 제발 그만해.. 너까지 잃고 싶지 않아 제발."

그들이 소리 내 울기 시작했다.

"채훈 씨.. 이건 채훈 씨가 겪었던 총상하고는 차원이 다른 총상이에요. 기백 씨는 이미 떠났어요. 우리가 어떻게 해볼 수 없는 곳으로.."

나르바의 말이 끝나기가 무섭게 채훈이 그 예쁜 눈동자를 희번덕하게 뜨며 무섭게 발광을 했다.

"아니야! 아니야! 그럴 리 없어! 아니야! 아니야!! 아니야!!!!!!"

나뭇가지에 앉아있던 모든 새가 흩어질 정도로 엄청난 절규였다.

"기백아! 일어나 봐! 일어나 봐 좀!! 이렇게 순식간에 가버리는 게 어딨어!! 인사도 안 하고 그냥 가는 게 어딨어!! 기백아 제발 죽지 마.. 죽지 마.."

채훈은 기백의 시신을 끌어안고 울부짖었다.

이러는 게 어딨냐고. 우리 어쩌다 이렇게 됐냐고. 제발 죽지 말라고 울부짖는 채훈을 보며 나르바는 체르와의 마지막 순간이 떠올랐다. 우리 왜 이렇게 됐어? 어쩌다 이렇게 됐지? 키스 한 번이면 되는 거였는데. 남은 건 그거뿐이었는데라며 울부짖던 자신의 500년 전 모습과 채훈의 지금이 비참할 정도로 똑같았다.

"나 여기 못 있겠어. 먼저 올라갈게."

나르바는 제논에게 속삭이고는 서둘러 발길을 돌렸다. 눈물이 너무 쏟아져서 미칠 지경이었다. 500년 전 그 이별을 다시 겪는 기분이었다. 그때나 지금이나 그들의 헤어짐은, 그들의 의지로 이루어진 일이 아니다. 멀쩡한 이들을 생이별시킨 마왕의 부대가 500년이 지난 시대에도 여전히 존재한다는 사실이 나르바를 미치게 만든다.

혈혈단신 신세라 장례 치러 줄 가족도, 유골 거둬 줄 가족도 없었던 기백은 결국 인왕산 그 동굴 안에서 나르바와 제논에 의해 한 줌의 재가 되었다. 삼베 대신 교복에 붉은 완장을 찬 세 명의 상주가, 재가 된 기백을 고국의 안뜰로 뿌려주었다.

그들은 더 이상 울지 않는다. 오직 이를 악물고 속으로 분노를 삼키고 있을 뿐. 반드시 되갚아 주리라. 반드시 되갚아 주리라. 이 목숨을 다시 바치는 한이 있더라도 반드시 되갚아 주리라.

그리고, 그들이 이 악물고 작별하는 뒷모습을 멀찌감치에서 곤히 지켜보던 나르바는 제논에게 이렇게 말했다.

"당신이 맞았어. 나 아무래도 저 남자를 사랑하게 될 것 같아."

20

연의 궤도-2

20〉 연의 궤도 - 2.

기백이 목숨을 바친 그날의 시위로 대부분의 학생 지도부는
체포가 됐다. 눈이 뒤집힌 일본은 하숙방이란 하숙방은 죄다 급습해 쑥
대밭을 만들었고, 고향 집으로 도망친 학생들까지 쫓아가 잡아들이는
요란을 떨었다. 일제의 감시와 핍박은 전례 없는 수준으로 심해졌으며
일본인 사장을 둔 공장의 노동자들마저 연이은 파업에 들어가니, 도시
는 끝을 알 수 없는 혼란 속으로 빠져들고 있었다.

학생 지도부 중 잡히지 않은 이들은 채훈, 무결, 유건뿐이었다. 그들은
여전히 아무도 찾아낼 수 없는 인왕산 동굴에 숨어 자신들이 할 일을
찾고 있었다. 그들이 은신하는 동안 바깥 사정을 파악하는 건 오롯이 나
르바의 몫이었다.

"강 선생님께서 체포되셨대요."

"배재학교 강 선생님이요?"

"네."

보성사로부터 전해진 소식에 인왕산의 은신자들은 저마다 현기증을 일으키며 분개했다.

"천하의 악귀 같은 왜놈들! 대체 어디까지 잡아들일 심산인 거야?"

"우리 민족을 모조리 말살시킬 작정인 거지. 개놈의 종자들."

"그럼 이제 독립신문은 어떻게 되는 거지?"

끊길 듯 끊길 듯 끊기지 않고 어디선가 계속해서 질긴 생명력을 자랑하며 발행됐던 조선독립신문이 존망의 기로에 서 있었다.

"우리가 만들자!"

채훈이 말했다. 더 고민할 필요도 없다는 듯이.

"우리가 할 수 있을까?"

"해야지 뭐든. 죽고, 잡혀가고, 생사를 알 수 없는 모든 이들의 몫까지. 우린 해야 해."

채훈은 단호했다. 기백의 죽음 이후 그는 아주 딴사람이 돼 가는 중이었다. 마음속에 시도 때도 없이 폭발하는 활화산을 넣어놓고 매일같이 사력을 다해 억누르고 있는 사람처럼 목소리는 차가웠고 눈빛은 표독스러웠다. 노상 나르바를 설레게 했던, 입꼬리 끝에 핀 보조개도 맥이 끊긴 지 오래였다.

"내가 등사기와 종이를 구해올게. 그때까지 너희들은 원고를 작성하고 있어. 백연 씨, 저랑 같이 시내에 좀 가주시겠어요?"

"그럴게요."

나르바와 채훈은 나무를 잔뜩 실은 수레를 끌며 산을 내려갔다. 일종의 위장이었다. 나무꾼 남매 혹은 나무꾼 부부. 이 나라의 안위가 어떻든 그저 하루 벌어 하루 먹고 살기 급급한 무지몽매의 존재들. 무기를 장착하고 떼 지어 다니며 도시를 장악한 일본 군경들의 눈엔 딱 그 정도로만 보이는 제법 괜찮은 위장.

그들의 발길은 종로 2정목에서 관철동 방향으로 내려가다 청계천의 다리가 시작되는 부근에 위치한 작은 문구점 앞에서 멈췄다. 그곳은 2층으로 된 아담한 목조 건물로, 1층은 문구점이고 2층은 가정집으로 쓰이는 보편적인 형태의 상점이었다.

'여리점'이라는 한글이 세로로 큼지막하게 적혀 있는 유리문을 열고 들어가니, 아기자기하게 꾸며진 귀여운 실내와 그보다 더 귀엽고 사랑스러운 주인 처녀가 있었다.

"어서오.. 어머 채훈 씨, 무사하셨군요!!"

물건을 진열 중이던 그녀가 단숨에 달려 나와 채훈의 손을 덥석 잡으며 말했다. 나르바는 통성명을 하기도 전부터 그 여자가 마음에 안 들고 있었다.

"여리 씨, 별일 없었어요?"

"그럼요. 제가 별일 있을 게 뭐겠어요. 근데 소문은 들었어요. 학생들이 많이 잡혀갔다고요. 한동안 오시지 않길래 채훈 씨도 잡혀간 건가 싶어서 얼마나 걱정을 했다고요. 다시 볼 수 있어서 정말 기뻐요!!"

여리는 환하게 웃었다. 홑꺼풀의 가늘고 길게 뻗은 눈매 사이로 눈동자가 초롱초롱 빛이 났다. 꼭 초승달이라도 빼다 박은 듯이.

여리가 웃자 채훈도 덩달아 웃는다. 아주 환하게는 아니었지만, 맥이 끊긴 줄 알았던 보조개를 확인하는 데는 충분할 정도였다.

그 보조개를 보는 순간, 나르바는 정체를 알 수 없는 묘한 기분에 사로잡혔다. 약간 화가 치밀고, 살짝 불안하면서 좀처럼 마음이 갈피를 못 잡는 그런 이상한 감정이었다. 도대체 저 여자는 뭔데 채훈을 다시 웃게 만드는가. 왜 내가 해내지 못한 것을 저 여자는 단 몇 분 만에 해내는 것인가.


"그걸 바로 질투라고 하는 거다."

제논이 그 물음에 대한 답을 주었다. 군더더기 없이 아주 명쾌한 답이다.

"질투? 그게 뭐야 대체?"

나르바는 '질투'라는 단어의 쓰임 자체를 이해하지 못했다. 그도 그럴 것이 그녀는 모든 생을 통틀어 이런 경험을 해본 적이 없었다. 그녀에게 사랑과 연애의 관계라고는 오직 체르와의 관계뿐이었다. 오직 체르만 사랑했고, 체르에게만 사랑받았었다. 그 둘 사이를 방해하는 제3자는 있을 수도 없었다. 그들 사이의 감정의 궤도는 늘 서로에게로 일방통행이었지, 삼각형이나 사각형 같은 변형된 궤도는 존재한 적이 없었다. 그러니 '질투'라는 감정 자체를 모를 수밖에.

"장채훈을 향한 너의 마음이 커지면 커질수록 그 질투심도 같이 커질 거다. 꼭 그 문구점 아가씨가 아니더라도 그냥 친구들과 재밌게 지내는 모습을 보면서도 느낄 수 있는 감정이 질투거든. 저 사람의 안중에 내가 없다는 사실을 깨닫는 순간 밀려드는 감정. 어느 한쪽의 고리가 끊어지거나 이어지기 전까지, 그것은 널 끊임없이 괴롭힐 거야."

"괴로워. 막.. 화가 나. 막.. 그냥.. 막.. 이걸 어떻게 표현해야 하지? 그러니까 막…"

나르바는 답답함에 가슴을 마구 쳐댔다. 500년을 넘게 살았는데 아직도 자신이 처음 느끼는 감정이 있다는 사실은 놀랍고도 신기했으며 무엇보다도 불편했다.

이런 나르바의 심정을 알 턱이 없는 채훈은 이제 막 독립신문 제17호의 인쇄를 끝마치는 중이었다. 기사 작성부터 인쇄까지 모든 것이 채훈, 무결, 유건 세 사람의 손에서 수작업으로 이루어진 첫 결과물이었다. 이제, 완성된 인쇄물을 안전하게 산 아래 보급소로 가져다주는 일만이 남아 있었다.

"언제 갈까? 모두가 잠든 한밤중에 슬그머니 다녀오는 게 아무래도 안전하겠지?"

"근데 요즘은 밤낮 할 거 없이 경비가 삼엄하다던데.. 새벽 3시에도 헌병대가 순찰을 돈대."

"빌어먹을 작자들."

"그냥 여기서 경성 시내로 직접 뿌리는 게 어때요?"

어느새 밖으로 나온 나르바가 그들에게 제안을 했다.

"혹시, 연 만들 줄 알아요?"

나르바의 계획은 이러했다. 아주 크고 튼튼한 방패연을 만들어 그 밑부분에 사냥용 그물을 연결해 신문 뭉치를 담아 매달고 하늘로 띄운 다음, 화살로 그 그물의 밑동을 끊어 신문이 경성 시내에 비처럼 쏟아지게 하자는 것이었다.

고등 교육을 받은 세 명의 남자는 동시에 고개가 한쪽으로 기울어진다. 참신하긴 하다만, 말이 안 돼도 너무 안 되는 계획이었으니까.

"백연 씨.. 그건 과학적으로 너무 불가능한 이야기 같은데요? 신문 뭉치를 매단 연이 애초에 떠오를 리도 없고."

"음.. 그냥 저 믿고 모험 한 번 해보지 않으실래요?"

세 명의 남자는 속는 셈 치고 초대형 크기의 방패연을 만들기 시작했다. 연을 만들면서도 이 상황이 어이가 없는지 그들은 한 번씩 실없는 웃음이 풉! 하고 재채기처럼 터지곤 했다.

연이 완성되고 하늘로 떠오를 준비만을 남겨 두었을 땐, 이미 동쪽 하늘로부터 서광이 비치는 중이었다.

"하지만 바람이 전혀 없는데.."

"그러게.. 미풍조차 불지 않아요."

"연이 정말로 뜰 수 있겠어요?"

그들은 여전히 못 미더운 얼굴이다.

"걱정 마세요. 바람은 곧 불 거니까."

나르바의 의미심장한 말이 끝나기가 무섭게 기다렸다는 듯 정말 바람이 불어오기 시작했다. 마치 이 순간을 기다리고 있었던 것처럼 정말 강하고 풍성한 바람이, 연이 날아오르기 좋은 방향으로 불어왔다. 주저 말고 지금 당장 나를 이용하라고 바람이 말하고 있었다.

"어서 연을 띄워요! 바람이 부는 기회를 놓치지 말아야죠. 안 그래요?"

남자들은 그녀의 말에 홀린듯이 서둘러 연을 높이 띄웠다. 방패연은 거짓말처럼 그 무거운 신문 뭉치를 달고 조선 하늘로 날아올랐다. 세 남자의 손에 들린 얼레가 걷잡을 수 없는 속도로 빠르게 풀렸고, 그들의 연은 서쪽과 동쪽과 중심부로 고르게 퍼졌다.

이윽고 나르바가 커다란 활과 화살을 들고 절벽 끝에 가서 섰다. 대호도 잡을만한 크기의 단단한 서양 활이었다. 도대체 저런 활을 어디서 구했는지, 저런 활을 그녀가 왜 가지고 있는지 의아해하는 얼굴들을 가볍게 뒤로 하고, 나르바는 동쪽 하늘을 날고 있는 연을 향해 거침없이 활시위를 당겼다.

화살은 정확히 그물의 밑동만 끊어내고 태양 속으로 사라졌다. 서쪽의 연도, 중심부의 연도 모두 똑같은 방식으로 정확히 끊어졌다. 단 한 발의 실수도 없는 깔끔한 명중이었다. 순식간에 경성 시내는 독립신문으로 뒤덮이고 있었다. 가히 장관인 풍경. 남자들은 모두 눈이 휘둥그레졌고, 그런 남자들을 향해 나르바는 말했다.

"내가 믿어보라고 했죠?"

남자들은 환호성을 질렀다. 도대체 당신의 능력은 어디까지인 거냐며 그녀를 추켜세우기 바빴고, 채훈의 양쪽 뺨에는 다시 전처럼 깊고 아름다운 보조개가 피어올랐다.

그 보조개를 다시 본 나르바는 더할 나위 없이 행복했다. 나도 당신을 충분히 행복하게 해줄 수 있노라고. 문구점의 그 아가씨만이 아닌 나도, 나 역시도 당신을 충분히 웃게 해줄 수 있는 존재라고, 채훈과 스스로에게 증명해 보인 것만 같아 뿌듯했다.

나르바는 계속해서 그의 보조개를 보고 싶었다. 오직 웃을 때만 피어나는 그 보조개를 한없이 보고픈 열망에, 그녀는 숨겨 두었던 각종 진귀한 능력들을 선보이며 물심양면으로 그를 도왔다. 그렇게 나르바는 얼떨결에 조선의 독립을 위한 일에 크나큰 기여를 하고 있었다.

한편, 나르바의 행복이 지속되는 만큼 일본은 환장 지경에 오르는 중이었다. 만세 운동에 뛰어든 민족 대표들과 학생들을 속속들이 잡아넣고, 밤낮없이 검문과 감시를 해댔음에도 아침만 되면 여지없이 거리를 뒤덮은 독립신문 때문에 소위 혈압이 터지기 직전이었다. 바람도 움직이게 하는 비상한 능력의 두 뱀파이어가 가담한 일일 거라곤 감히 상상도 못할 그들 입장에선, 도대체 이걸 누가 어디서 만들어 어떻게 밤사이 거리에 뿌려놓는 것인지 알 길이 없는 것이었다.

이런 상황에서 일본이 할 수 있는 일이라곤 애꿎은 조선인들에게 치졸한 분풀이를 하는 일밖엔 없었다. 그들은 기어이 서대문역을 폐쇄했으며, 4월 1일에는 천안 아우내 장터에서 만세 운동을 한 열일곱 어린 소녀의 가족을 몰살시키고 개처럼 끌고 가, 차마 인간의 정신으론 상상할 수도 없는 고문을 자행했다.

그래도 인왕산의 그들은 굴하지 않고 계속해서 독립신문을 발행하며 일제의 악행을 고발했다. 반드시 누군가는 이날을 기록하고 세상에 알려야 훗날, 역사가 왜곡되는 일이 없을 거라는 하나의 사명감으로.


그 무렵, 채훈의 앞으로 한 통의 밀서가 도착했다. 그것은 채훈이 소속

되어 있던 독립단체에서 보낸 것으로 조만간 상해에서 임시정부가 수립될 거라는 내용이었다.

채훈은 서둘러 상해로 가는 배편을 알아보았다. 무결과 유건도 동행하는 일정이었다. 2주 뒤인 금요일 오전 9시에 제물포에서 출항하는 배가 있었다. 2주 정도면 그들의 뒤를 이어 독립신문을 맡아 줄 다음 발행인도 찾을 수 있을 것이었다.

"아주 가시는 건가요?"

나르바가 물었다. 철렁 내려앉은 심장을 간신히 부여잡은 채로.

"아니요. 잠깐 다녀오는 거예요. 오랜만에 선생님들도 좀 뵙고, 상황 돌아가는 것도 파악할 겸 해서요."

그가 말하는 잠깐이란 대체 얼마일까. 하루가 잠깐일까, 한 달이 잠깐일까. 나르바에겐 채훈이 없는 단 일 분도 잠깐이 아닌데, 그에게 잠깐은 일 년이고 이 년이면 어떡할까.

채훈이 떠날 시간이 하루하루 가까워져 올수록 나르바는 시시때때로 울컥 솟구치는 감정을 참을 길이 없었다. 무언가를 기다리는 일에는 도가 텄다고 자부했었는데 막상 채훈에게서 떠날 거라는 말을 들으니, 500년의 기다림을 처음부터 다시 시작하는 듯 맥이 툭! 하고 끊어지는 것만 같았다. 아주 가는 것이 아니라는 데도 말이다.


"모처럼 동굴이 조용하구나. 처음 이곳에 왔던 날처럼."

제논이 말했다.

채훈은 상해로 가는 배표를 사기 위해, 유건은 독립신문의 새로운 발행인을 찾기 위해, 무결은 출국 전 수원 고향 집에 들르기 위해 모두가 동굴을 떠난 상태였다.

"미안해 제논. 그동안 편하게 말도 못하고. 많이 답답했지?"

나르바가 뒤늦은 사과를 했다.

"괜찮다. 조금 불편하긴 했어도 나쁘진 않았어. 다시 인간이 된 것만 같고 좋았단다.."

그의 덤덤한 목소리가 유독 쓸쓸하게만 느껴진다.

다시 인간이 된 것만 같은 기분.

나르바는 그 기분이 무엇인지 잘 안다. 너무 잘 안다. 그녀가 링링이란 이름으로 중국에서 사는 동안 제법 자주, 그 기분에 취하곤 했었으니까.

문득, 자신이 중국에서만 45년 가까이 살았다는 것을 알았을 때 그녀는 "내가 태어난 불가리아에서도 고작 20년 조금 더 살았을 뿐인데, 중국에서만 그 두 배의 시간을 살았다니 이쯤 되면 나는 더 이상 불가리아인이 아니라 중국인이라고 해야 되지 않을까?"라며 피식 웃음이 터진 적이 있었다. 하지만 이내, 자신은 인간이 아니라 그저 방랑하는 하나의 뱀파이어에 지나지 않는다는 현실 자각과 함께 폭풍처럼 밀려드는 쓸쓸하고 서글픈 공허함은, 그 어떤 기분과도 비교할 수가 없었다. 별생각 없이 웃으며 던진 말이 가시로 되돌아와 명치 끝을 푹 찌르는 그런 기분. 일장춘몽처럼 늘 그렇게 끝이 나고 마는 기분. 요람에서 무덤까지 변치 않고 인간일 이들은 절대로 알 수 없을 그런 기분.

"이번에 가면 언제 온다던?"

"몰라. 잠깐이라고만 했어. 잠깐만 있다가 온다고."

"그 잠깐이 주는 불확실함이 널 이렇게 두렵게 만드는 거구나."

"정을 너무 많이 줬나 봐. 그러지 말았어야 했는데.."

"정을 준 게 아니라 사랑이 시작된 거지."

"꼭 변절자가 된 것만 같아. 이런 내가 너무 싫어. 천 년이고 만 년이고 오직 체르만 사랑할 줄 알았는데.."

"어쩌겠니. 사랑은 뜻대로 되지 않는 세 가지 중 하나인걸. 너의 잘못이 아냐."

"나머지 두 가지는 뭔데?"

"탄생과 죽음이지."

"…체르는 오지 않을 거야 영원히. 그렇지?"

"알 수 없지."

"안 올 거야. 500년은 이미 훌쩍 넘기고도 남은 시간인데 왔으면 벌써 왔어야지. 환생은 그냥 수많은 설화 중에 하나였던 거야. 바보같이 우린 그 헛소리에 목숨을 걸었던 거고.."

"그땐 그게 너희들의 유일한 희망이었으니까."

"다 부질없는 희망이었지."

"너무 그렇게 단정 짓지는 마. 인생은 끝까지 가보기 전엔 알 수 없어."

"아니야. 체르도 말했었어. 아직까지 환생해서 돌아온 뱀파이어는 없었다고.. 이제 내가 뭘 할 수 있을까?"

"그거야 네가 뭘 하고 싶으냐에 달렸지. 너는 어쩌고 싶은데?"

"모르겠어.. 나는 그냥.. 채훈 씨가 잠깐이라도 날 떠나지 않았으면 좋

겠어. 기약 없이 누군가를 기다리는 일은 정말 너무도 고통스러운 일이
야.”

“그럼 잡아야지. 가지 말라고. 하다못해 어서 돌아오라고 말이라도 해
봐야지.”

“내게 그럴 자격이 있을까?”

“자격은 누가 부여해 주는 게 아니야. 스스로 갖추는 거지. 하지만 그
전에 너의 마음을 확실히 알 필요는 있겠지. 정말 장채훈이라는 인간 자
체를 좋아하는 건지, 아님 체르의 대용품으로 생각하는 건지. 만약 이
길었던 기다림에 대한 보상 심리나 체르의 대용품으로 그를 선택한 거
라면 그건 너에게도 그에게도 못할 짓이야. 알지? 뱀파이어에게 인간을
사랑한다는 것이 어떤 것인지.”

“알아..”

“그런데 장채훈이 체르의 환생일 가능성은 없는 거니?”

“그랬으면 얼마나 좋아. 하지만 아니야. 목덜미에 초승달 흉터가 없어.
그가 체르였다면 첫 만남에 바로 알아봤을 거야. 그는 체르가 아니야.
체르와 아주 많이 닮았지만, 그 점들이 날 이렇게 만들었지만, 어쨌든
체르는 아니야. 체르는.. 아니야."

“네가 만약 장채훈을 선택했는데 뒤늦게 체르가 나타난대도 너의 선
택에 후회하지 않을 자신이 생기면 그때 선택을 해. 장채훈을 붙잡을 건
지 말 건지.”

“그걸 언제쯤 확신할 수 있을까..”

“결정적인 순간이 올 거야. 원래 모든 생은 그런 법이니까.”

제논이 말한 결정적인 순간은 생각보다 빨리, 차마 마음의 준비를 할 겨를도 없이 훅- 그들을 덮쳤다. 수원 본가에 간 무결이 오기로 한 날이 지나도록 오질 않는 것이었다.

　처음엔 날짜를 헷갈렸나보다, 다음엔 차를 놓쳤나보다, 또 다음엔 부모님과 좀 더 있고 싶은가보다, 그러다 마지막엔 혹시 고향 집에서 붙잡힌 다른 학생들처럼 무결도 고향 집에서 체포를 당한 것은 아닐까하는 생각에 이르기까지.

　모든 이의 예상을 뒤집는 청천벽력같은 소식은 세브란스로부터 전해졌다. 무결의 본가가 있는 수원 제암리에서 일본에 의한 대량 양민 학살이 이루어졌다는 거였다.

　그들은 제암리의 양민 스물여덟 명을 교회당에 가두고 마을에 불을 지른 뒤, 다시 인근의 채암리에 가서 불을 지르고 마을 주민 서른아홉 명을 학살해, 두 마을이 형체를 알 수 없는 잿더미로 변했으며 살아남은 주민은 단 한 사람도 없다는 것이었다. 마침 그곳을 방문했던 미국인 선교사가 아니었으면 영원히 묻혔을 이야기였다.

　채훈과 유건은 졸지에 주인을 잃은 배표를 손에 쥐고 산속 어딘가에서 밤새도록 오열을 했다. 그래, 고향 집에 부모님을 뵈러 갔던 친구가 하루아침에 새까맣게 잿더미로 변할 줄 누가 감히 상상이나 했겠는가. 시신조차 찾을 수 없는 지경이 될 거라고 어디 감히.

　기백에 이어 무결까지, 연이은 동지들의 죽음에 충격을 받은 건 채훈과 유건만이 아니었다. 나르바 역시 정수리에 화살촉이 꽂힌 듯, 정신이 번쩍 드는 일이었다. 산 아래에는 지금 당장이라도 채훈을 죽일 수 있는 이들이 곳곳에 포진되어 있음을 다시금 깨달은 순간이었다.

긴 추모의 밤을 보내고, 첫닭이 울기도 전에 배를 타러 제물포로 떠나는 채훈의 옷자락을 나르바는 기어이 잡고야 만다.

"가지 마요 채훈 씨. 가지 말아요 제발."

"백연 씨, 왜 그래요?"

채훈은 심히 당황스러웠다. 늘 똑 부러지고 어른스럽고 영리해 보이기만 했던 그녀가, 마치 엄마랑 떨어질까 잔뜩 겁먹은 어린아이처럼 자신을 붙들고 애원하는 모습이라니.

"당신마저 잃을 순 없어요. 제발. 내 인생에 누군가를 잃는 건 한 번이면 족해요. 단 한 번이면. 그러니 제발. 제발 가지 말아요 채훈 씨. 절 두고 떠나지 마세요. 네? 제발요."

나르바는 채훈의 품으로 파고들어 엉엉 울었다. 그녀의 온도에 순간적으로 채훈은 몸이 부르르 떨렸다.

"백연 씨. 몸이 왜 이렇게 차요? 괜찮은 거예요? 백연 씨 나 좀 봐요. 네?"

"좋아해요."

"...?"

품 안의 그녀를 간신히 떼어 내자 채훈의 귓가로 생각지도 못한 고백이 날아든다. 그녀의 눈에서는 눈물이 후두둑후두둑 쏟아져 내리고 있었다.

"좋아해요. 아니 사랑해요. 사랑해요 채훈 씨. 그러니까 제발 가지 마요. 날 두고 가지 마요."

나르바는 결국 체르가 아닌 채훈에게 자신의 남은 목숨을 바쳤다. 그녀는 진심으로 모든 속을 다 드러내놓고 그의 앞에 서 있었다. 그 순간 만큼은 스물두어 살 언저리의 백연이 아닌, 546살의 나르바 자신으로.

채훈은 당혹감을 감출 길이 없었다. 나르바의 별안간 고백도 고백이지만, 어찌 되었건 자신은 지금 당장 상해로 떠나야만 했다.

"백연 씨. 울지 마요. 나 어디 죽으러 가는 거 아니잖아요. 그냥 선생님들 뵈러 가는 거예요."

채훈은 일단 침착하게 그녀를 달래기 시작했다.

"무결 씨도 죽으러 간 거 아니었잖아요. 그저 먼 길 떠나기 전에 어머니가 지어주신 따뜻한 밥 한 끼 먹으러 갔을 뿐인데도 그렇게 됐잖아요. 체르도 그랬어요. 우린 그저 결혼식을 하고 있었을 뿐인데 모두 죽었다고요!!"

"백연 씨 지금 무슨 이야기를 하는 거예요? 결혼식이요?"

"아무튼 채훈 씨는 죽으면 안 돼요. 그러니까 가지 말아요. 제발."

"백연 씨, 나 안 죽어요. 내가 약속 했잖아요. 백연 씨한테 받은 은혜 다 갚기 전까진 죽지도 않을 거라고. 기억나죠? 나 금방 올게요. 정말 잠깐만 있다 올 거예요"

"언제요? 언제 올 건데요? 채훈 씨한테 잠깐은 언젠데요?"

"…한 달. 한 달만 있다 올게요. 한 달만 기다려줘요. 응?"

"한 달.. 한 달.."

"네. 한 달. 늦어도 두 달. 그 안에는 꼭 돌아올 거예요. 그때 가서 다시 얘기해요 우리. 알았죠?"

채훈은 나르바를 남겨 두고 서둘러 산을 내려갔다. 산을 내려가는 동안 그는 단 한 번을 돌아보지 않았다. 나르바가 주체할 수 없는 눈물을 몇 리터씩 쏟을 동안 단 한 번도.

이제 모든 일은 저질러졌고, 돌이킬 수 있는 건 아무것도 없었다. 나르바는 그저 채훈이 무사히 돌아와 주기만을 바랄 뿐이다. 자신을 떼어내고 내려가던 그의 뒷모습이 불길할 정도로 서늘했지만 그 또한 이미 엎질러진 물이다.

"결국, 그 선택을 하였구나."

동굴 입구에서 장명등을 떼어내며 제논이 말했다. 나르바는 아무 대답도 하지 않았다. 어차피 알고 있었잖아. 결국 이렇게 될 거라는 거.

"돌아오겠지?"

"오겠지. 교복도 두고 갔는데."

"정말?"

일부러인지 깜빡한 건지 알 수는 없지만 채훈의 교복이 아직 그들의 동굴에 있었다. 채훈이 죽지만 않는다면 결국 이곳으로 돌아올 수밖에 없음을 의미하는 그의 교복이.

"깨끗하게 빨아서 반듯하게 다려 놓을 거야. 새것처럼."

나르바는 통통거리는 걸음으로 동굴 안에 들어가 채훈이 두고 간 교복을 찾아냈다. 그의 교복은 그들이 침상으로 쓰기 위해 만들었던 4인용 평상 위에 놓여 있었다. 이젠 절반이 죽어버린 그 4인용 평상 위에 가지런히.

나르바는 채훈의 교복을 끌어안고 평상 위에 가만히 누웠다. 그곳은 주인이 잠시, 아주 잠시 동안만 자리를 비운 곳처럼 온기와 사람 냄새로 가득 차 있었다. 그 속에서 나르바는 조용히 읊조렸다. 곧 돌아올 거야. 곧 돌아올 거야. 죽지 않고 돌아올 거야.

그렇게 꼬박 반나절을 누워 심신의 안정을 취했던 나르바는 채훈의 교복을 빨기 위해 느지막이 몸을 일으켰다.

교복 안주머니에서 두툼한 무언가가 만져지고 있었다. 나르바는 그것을 꺼냈다. 어차피 세탁을 위해서라도 꺼냈어야 할 물건이었다.

그것은 편지 뭉치였다. 발신지는 베이징. 발신인은 덩샤오룬. 모두 한 사람에게서 온 편지였다. 아마도 채훈이 종종 언급했던 그 중국인 친구이리라.

그럴 생각은 아니었는데, 정말 그럴 생각은 아니었는데 찢어진 봉투 사이로 한 장의 편지가 툭! 하고 떨어져 나왔고, 그걸 줍는 과정 속에서 나르바는 본의 아니게 편지의 한 문장을 읽게 된다.

'그래서, 그 문구점 여인한테는 언제쯤 고백할 생각이야?'

그 날벼락 같은 한 문장이 나르바의 목줄을 쥐고 이리저리 흔들었다. 그녀는 부들부들 떨리는 손끝으로 곧장 다른 편지들까지 모조리 꺼내 읽어나갔다. 이미 이성은 통제할 수 없는 지경에 빠진 상태로.

한자 속에 일본 문자가 간간이 섞인 그 편지가 처음 시작된 건 3년 전이었다. 동경에서 내내 붙어살다 헤어진 이후의 안부를 가볍게 물으며 시작된 첫 편지 이후부터 문구점 여인은 빠지지 않고 등장했다. 아니, 편지 대부분의 내용이 그녀에 대한 것이었다고 해도 과언이 아닐 만큼,

여리는 그들의 편지 속에서 주인공으로 살고 있었다.

채훈과 여리가 처음 마주쳤던 황금정의 전차 정거장. 갑자기 날아든 돌멩이에 맞고 코피를 쏟은 채훈에게 여리가 건넸던 자신의 빨간 댕기. 이러저러한 각종 핑계를 구실 삼아 문턱이 닳도록 드나들었던 청계천의 문구점.

나르바는 그 편지들을 통해 채훈의 마음이 어디까지 뻗어나갔는지를 확인할 수 있었다. 동시에 자신의 사랑은 다 끝나버렸다는 것도. 그가 상하이에서 돌아온대도 달라질 건 없을 것이었다. 자신이 아무리 옷자락을 붙들고 구차하게 매달린대도 채훈은 여리에 대한 마음을 접지 않을 사람이었다. 가지 말라던 나르바의 차디찬 손을 기어이 뿌리치고 매몰차게 산을 내려갔던 오늘 새벽의 그 단호했던 뒷모습처럼.

이제 나르바가 할 수 있는 일은 한 가지뿐이었다. 나라 잃은 백성처럼 소리 내어 우는 일. 제논은 무슨 일이냐고 묻지 않았다. 그저 그녀의 마른 등을 토닥일뿐.

"채훈 씨는 문구점 그녀를 사랑하고 있었대. 역시, 그 여자를 처음 보자마자 이상하게 화가 치밀고 마음이 불안했던 건 다 이유가 있었던 거야. 그 불길한 촉을 믿었어야 했는데.. 조금이라도 의심을 했어야 했는데.. 내가 왜 그 촉을 무시했을까? 제논. 나 이제 어떡하지? 이미 사랑한다고 말해버렸는데.. 난 이제 어떡해야 하지?"

"나르바. 너 루베카족이 왜 살아있는 사람의 피는 마시지 않는 건지 그 이유를 아니?"

"이유? 몰라. 그냥 먹지 말라고만 배웠어 나는. 먹을 수 없는 거라고

만.. 다른 이유가 있었던 거야?"

"이제 너에게 나의 이야기를 해줄 때가 온 것 같구나."

제논은 주름진 손으로 나르바의 두 손을 꼭 잡으며 마음을 가다듬었다. 아주 깊고도 긴 호흡을 내뱉으며.

21

제논 그리고 루나

21) 제논 그리고 루나.

　　나르바야. 나는 원래 암스테르담의 작은 수도원에 살던 수녀
였단다. 이름은 루나, 아주 탐스럽고 아름다운 금발 머리를 가진 여인이
었지.

　그날은 열여덟 생일을 이틀 앞둔 밤이었어. 하루의 마지막 기도를 마
치고 침실로 돌아와 눈앞에 켜져 있던 마지막 촛불을 껐을 때, 거대한
새 한 마리가 창을 넘어 나에게로 날아들었지. 아마도 그때 나는 잠시동
안 얼어 있었던 것 같아.

　그것이 나의 목덜미에 자신의 송곳니를 꽂고 나서야 나는 그것이 새
가 아닌, 망토를 뒤집어쓴 흡혈귀였다는 걸 알았단다. 다행히 나는 함께
있던 다른 수녀님들의 도움으로 그 존재에게서 벗어날 수 있었어. 피도
얼마 뺏기지 않았지. 한두 방울 정도? 하지만 그의 침이 내 혈관에 침투

했고, 나는 결국 그와 같은 아크지오네족 뱀파이어가 되고 만 거야.

그렇게 수도원을 떠나 이곳저곳을 떠돌아다녔단다. 하지만 다른 아크지오네족처럼 살아있는 인간을 해치며 살 순 없었어. 비록 더 이상은 인간이 아닐지라도, 마지막 존엄성마저 잃어서는 안 되는 거라고 나 스스로를 다독였지.

셰익스피어가 세상에 있기도 훨씬 전에 나는 영국에 도착했고, 울창한 숲속에서 한 청년을 만났단다. 그는 땔감을 구하는 중이었고 나는 막 잡은 사슴의 목을 물어뜯는 중이었지. 피를 마시는데 정신이 팔려서 인기척도 느끼지 못했어. 프랑스에서 막 넘어간 터라 며칠을 굶은 상태였거든.

얼굴에 혈색이 돌기 시작할 무렵에서야 그가 10미터 정도 떨어진 곳에서 날 보고 있었다는 걸 깨달았단다. 아주 사색이 된 얼굴로 말야. 그때의 수치스러움을 무엇과 비교할 수 있을까. 그날을 떠올리면 아직까지도 몸 둘 바를 모를 정돈데.

나는 서둘러 늑대로 변신해 달아났단다. 그냥 그 청년이, 자신이 숲에서 헛것을 본 거라 여기길 바라면서 말야. 하지만 인연이었던 건지, 이튿날 마을 장터에서 그와 다시 만나게 됐어. 붐비는 인파 속에서 누군가 내 손목을 휙! 하고 잡아채는 게 아니겠니? 놀라 돌아보니 그 청년이었지. 그때 그가 나에게 했던 말이 뭐였는 줄 아니?

"안녕?"

이거였단다.

안녕. 뱀파이어가 되고 150년 만에 처음으로 나에게 인사를 건네준 사람이었어 그는. 놀라웠지. 나의 모든 민낯을 다 보고도 그는 도망가지 않았던 거야. 날 무서워하지도 않았어. 그의 이름이 제논이었단다. 이제 막 열다섯을 지나고 있던 제논.

그는 시장 골목 한편에서 신발을 만드는 신발 공이었어. 하지만 손재주가 워낙 탁월해 신발 말고도 이것저것 다양한 물건들을 만들어 팔았지. 그림을 그리는 일도 아주 뛰어났어. 하루 치의 돈을 다 벌고 나면 가게 문을 닫고 나를 모델 삼아 그림 그리길 좋아했단다.

우린 그렇게 50년을 함께했어. 기적 같은 50년이었지. 그는 한곳에 오래 머물 수 없는 나를 위해 떠돌이 생활도 마다하지 않았어. 산짐승을 잡아서 나는 피를 마시고 그는 고기를 구워 먹었단다. 우린 서로에게 맞는 삶을 최대한 맞춰가며 공존할 수 있는 길을 모색했지. 그 과정 역시 엄청난 즐거움이고 기쁨이었어.

자신의 임종이 가까워졌음을 느꼈을 때 제논이 내게 말했어. 그날 숲에 들어갔던 일이 자신의 생에 가장 잘한 일이었다고 말야. 한 번뿐인 인생을 이토록 특별하게 살 수 있게 해줘서 고맙다는 말도 함께. 조금 더 살 수 있다면 더할 나위 없겠지만, 이만큼 온 것도 이미 충분한 삶이었다고.

나는 그를 잃을 수 없었단다. 그가 없이는 단 한 순간도 살아나갈 자신이 없었어. 그래서 선택했지. 그의 피를 마시기로 말야. 그의 숨소리가 점차 가늘어지고 숨과 숨 사이의 공백이 길어질 즈음, 나는 그에게 마지막 키스를 했어. 사랑한다는 말도 잊지 않았지. 그리곤 그의 목을 물었어. 죽음 직전의 그를.

나르바야 이제 알겠니? 어째서 너희 루베카족들이 살아있는 사람의 피는 마시지 못하게 하는 건지? 그건 바로, 살아있는 자의 피를 마시면 그자의 모습으로 변하기 때문이야. 나같이 족보도 뭐도 없는 떠돌이 아 크지오네족들이야 살아있는 사람을 해치며 주기적으로 모습을 바꾸는 것이 살아가는 데 훨씬 편하겠지만, 처음부터 뱀파이어로 태어나 부족 을 이루고 살았던 너희 루베카족들에겐, 모습이 변한다는 건 정체성을 잃는 거나 다름없는 일인 거지. 그래서 금기시 했던 거고. 수체아바에서 이 사실을 굳이 너에게 알려주지 않았던 것은, 이 점을 악용해서 마음에 드는 외모의 사람을 일부러 해치고 자신의 모습을 바꿨던 뱀파이어들 이 있었기 때문이야. 물론 아주 오래전의 일이지만.

아무튼 그렇게 나는 제논의 모습이 되어 그가 살지 못했던 이후의 생 을 모조리 살아내는 중인 거란다. 내 젊음과 미모를 다 바치면서 얻은 귀중한 껍데기지. 하지만 나는 행복해. 그가 보고 싶을 때마다 거울을 보면 되니까. 왜 그렇게 거울을 보고 있냐고 언젠가 물은 적이 있었지? 나는 제논을 보고 있었던 거야. 내가 아닌 제논을.

나는 지금 이 순간에도 그와 함께 살고 있어. 매일 그와 함께 눈을 뜨 고 그와 함께 잠들지. 그리고 이 선택을 후회한 적은 단 한 번도 없단다.

나르바. 이제 너에게 남은 선택이 뭐냐고 물었지? 내가 해줄 수 있는 말은 이거뿐이구나.

그녀를 물어.

22

Farewell, Me

## 22〉 Farewell, Me.

　　나르바는 벼랑 끝을 딛고 경성의 밤하늘로 날아올랐다. 모처
럼 만에 아무도 죽지 않은 평화로운 밤을 그녀가 곧 깨트릴 예정이었다.
　다른 수는 없으니까. 더 이상 선택의 여지는 없으니까. 이것이 내가 할
수 있는 최후의 수단이자 유일한 희망이니까라고. 청계천 문구점의 2층
창을 넘을 때까지, 나르바는 자신의 결정에 정당성을 부여하려 애를 썼
다. 왜 아니겠는가. 개도 급하면 담을 넘고, 쥐도 궁지에 몰리면 고양이
를 무는 법인데. 사랑에 자신의 과거와 현재와 미래를 모두 바친 뱀파이
어가 못할 짓은 없었다.
　여리는 손바닥만 한, 방 안에서 꽃 자수가 놓인 이불을 살포시 덮은 채
로 깊은 잠에 빠져 있었다. 나르바는 달빛이 깃들지 못하는 구석에 숨어
잠시동안 여리가 자는 모습을 조용히 지켜보았다. 쌔근거리는 그녀의

숨소리가 세상의 유일한 소리처럼 들려온다.

그래, 어떤 남자라도 사랑에 빠질만한 여인이다. 꼭 한 마리의 종달새 같이, 잠든 모습도 얼마나 새초롬하고 사랑스러운지. 다른 세상에서 다른 모습으로 만났더라면 어땠을까. 하필 장채훈이란 남자와 우리가 한 시대에 만나, 졸지에 내가 너의 명을 끊어놓는 사신이 되고 마는구나. 인연도 참.

깊은 참회가 끝나니 작별의 시간이었다. 다른 누구와도 아닌 나 자신과의 작별.

"farewell"

숨소리처럼 이 짧은 한 마디를 내뱉고 나르바는 근 몇백 년 동안 쓰지 않았던 송곳니를 날카롭게 세워 지체 없이 여리의 목을 물었다. 그녀의 피가 봇물 터지듯 나르바의 목구멍으로 세차게 쏟아져 들어왔다.

자다가 봉변을 당한 여리는 찍소리 한 번 못 내보고 그대로 죽었다. 아니, 어쩌면 죽은 건 나르바인지도. 이제 더 이상 그녀의 모습은 세상에 남아 있지 않게 되었으니까.

500년을 넘게 살아온 껍데기가 흔적도 없이 증발하는 데에 단 5분도 걸리지 않았다. 죽는다는 건 그런 거였다. 그렇게 간단하고 순식간에 이루어지는 일이었다.

첫닭이 울기 시작한다. 누군가는 들었을 것이다. 새로운 껍데기를 끌어안고, 사라진 자신과 잃어버린 존엄성을 그리며 목 놓아 우는 한 뱀파이어의 울음소리를.

두 달이 조금 안 돼서 다시 경성 땅을 밟은 채훈은 이상하리만치 고국의 향기가 낯설게 느껴졌다. 연유를 알 수 없는 거대한 상실감이 양쪽 어깨에 쌀가마니처럼 얹어진 듯, 그를 숨 막히게 짓눌러댔다.

채훈은 곧장 인왕산으로 향했다. 백연과의 편치 않았던 마지막이 내내 명치 끝에 체한 듯이 걸려 있었기 때문이다. 서둘러 이 더부룩한 감정을 정리하지 않으면 안 될 것 같은 위기감이 그를 바짝 뒤쫓았다.

성큼성큼 긴 두 다리로 산을 오른다. 새벽에 비가 왔었는지 길이 촉촉하게 젖어, 걸을 때마다 포근한 흙냄새가 났다. 불안한 마음을 조금이나마 진정시켜주는 그 냄새에 취해 걷다 보니 어느새 동굴 앞이었다.

동굴은 썰렁하다못해 삭막할 정도로 고요했다. 입구에 항시 걸려 있었던 장명등도 보이질 않았고, 그들이 만둣국을 해 먹었던 큰 솥단지도, 폭포에서 물을 길어다 담았던 물동이도, 쌓여있던 땔감도 모두 있던 자리에서 사라지고 없었다.

"백연 씨..?"

채훈이 떨리는 목소리로 그녀를 불렀다. 한참을 기다려도 돌아오는 대답이 없었다.

"백연 씨, 저 왔어요. 장채훈입니다. 백연 씨?"

간절함을 담아 한 번 더 그녀를 불렀지만, 여전히 적막이다. 뭐라도 죽은듯이 싸늘한 적막.

못내 불길함이 그를 덮쳐왔다. 예정했던 한 달을 훌쩍 넘기긴 했지만, 그래도 두 달 안에는 돌아왔는데 설마 그마저도 너무 늦었던 건가? 혹시 일본이 이곳까지 찾아낸 거라면? 나 때문에 모두가 변고를 당한 거라면? 세상에 그런 거면 정말 어떡하지?

상상력이 한계를 뛰어넘어 최악의 상황까지 치달을 즈음, 동굴 문이 스르르 열리고 익숙한 얼굴이 모습을 드러냈다.

"세상에 어르신! 계셨군요? 하.. 정말 다행이다! 무슨 일이 생긴 줄 알고 얼마나 놀랐다고요. 잘 지내셨어요?"

제논은 그를 물끄러미 보았다. '무사히 돌아와서 다행이구나'와 '도대체 네까짓 게 뭐라고'의 중간쯤 되는 눈빛으로.

"백연 씨는 어디 갔나요? 아.. 말씀을 못하시지.. 어떡해야 하지? 기다리면 오려나.."

제논은 혼잣말이 터진 그에게 쪽지 한 장을 건네고는 싸늘하게 돌아서서 동굴 안으로 들어가 버렸다. 채훈이 이게 뭐냐는 물음을 차마 다 끝내기도 전에.

그는 무안해진 손길로 쪽지를 펴 본다. 백연의 글씨다.

'채훈 씨, 무사히 돌아오셨군요. 저는 이제 그곳에 없습니다. 채훈 씨는 다시는 저를 보실 수 없을 거예요. 동굴에 있던 채훈 씨의 물건은 모두 청계천 여리점에 맡겨 두었어요. 그쪽으로 찾으러 오세요.'

이보다 더 확실한 이별은 없어 보였다. 문장 하나하나가 매몰차기 그지없어, 꼭 밤송이가 심장을 굴러다니며 생채기를 내는 느낌이었다.

도대체 그녀는 왜 갑자기 사라진 걸까. 혹시 출국 전 자신을 간절히 붙잡았던 일과 연관이 있는 걸까? 어떤 질문을 해도 어르신은 대답해주지 않을 사람이었고, 결국 채훈 혼자 답을 유추해내야 할 문제였다.

그는 연인에게 대차게 차인 사람처럼 처량한 몰골로 산을 내려왔다.

내려오면서도 몇 번을 다시 뒤돌아봤던가. 채훈은 너무도 혼란스러워 쪽지의 마지막 문장이 어째서 '가세요.'가 아닌 '오세요.'였는지에 대해선 차마 생각도 못하고 있었다.

멍하니 터벅터벅. 비켜 달라는 인력거꾼의 목소리를 두 번이나 놓쳐가며 그는 여리점에 도착했다. 문을 열자마자 전에 없던 한기가 숨구멍 안으로 훅- 밀려든다. 인왕산 동굴 만큼이나 여리점도 분위기가 묘하게 달라져 있었다. 그중에서도 가장 달라진 건 바로 저 여인. 채훈을 보자마자 달려와서 덥석 안기는 여리였다.

"드디어 돌아오셨군요! 무사해서 정말 다행이에요 채훈 씨. 보고 싶었어요."

분명 여리의 모습을 하고 있지만, 전혀 여리답지 않은 말투와 행동을 보이고 있는 그녀에게서, 채훈은 낯섦과 일말의 기시감을 동시에 느낀다. 도대체 내가 떠난 사이 경성에선 무슨 일이 있었던 거지.

"여리 씨, 잘 지냈어요? 오랜만이에요."

채훈은 여리를 살포시 떼어내며 물었다. 정말 나에게 달려와 안긴 사람이 여리가 맞는 건가 싶어 다시금 그녀의 얼굴을 정확히 바라본다. 눈코입은 분명 그녀가 맞았다. 3년 동안 자신이 짝사랑했던 그녀가. 근데 왜 이리도 그녀가 아닌 것만 같은 건지.

"상하이는 어땠어요?"

"상.. 상하이라고 하시네요?"

"거기 다녀오신 거잖아요. 아니에요?"

"맞죠. 맞는데.. 보통 우리는 상하이가 아니라 상해라고 말하니까요."

여리는, 그러니까 여리의 탈을 쓴 나르바는 순간적으로 아차! 했다. 여리라는 사람이 어떤 사람이었는지 다 알지 못하는 상태에서 그녀가 되었으니 여러모로 허술할 수밖에.

"그.. 그게.. 이걸 맡기고 가신 여자분이요. 그분이 채훈 씨가 상하이에 가셨다고 하시길래.. 상하이.."

나르바는 냉큼 계산대 밑에서 채훈의 교복과 편지 뭉치를 꺼내 내밀며 둘러댔다. 제법 자연스러운 화제 전환이었다. 껍데기는 바뀌었어도 그녀가 갖고 있던 기지와 눈치는 여전히 유용했다.

채훈은 인왕산 계곡물로 깨끗이 빨아 초여름 볕에 충분히 말리고 다듬이질까지 정성으로 끝낸 자신의 교복을 손끝으로 천천히 매만졌다.

"깨끗하네요. 따뜻하고.. 꼭 새것 같아요. 이젠 입을 일도 없는데.."

채훈의 목소리가 한없이 가라앉고 있었다. 꼭 해질녘의 노곤함처럼. 이상하게 허망하고, 이상하게 서운하고, 이상하게 슬픈.

"잘 간직 하시면 되죠. 추억으로. 영원히 잊지 않으시면 되죠."

"백연 씨가 이걸 맡기고 간 게 언제였어요? 혹시 맡기면서 다른 말은 없었어요? 이를테면 어디로 간다거나 하는 그런 말?"

"아니요. 그냥 맡아달라고 부탁만 하고 가셨어요. 나중에 채훈 씨가 상하이에서 돌아오면 찾으러 올 거라면서요. 한.. 2주 전쯤에."

"2주.. 조금만 일찍 올 걸 그랬네요.."

나르바가 아무렇게나 둘러댄 말에 채훈의 얼굴이 정도를 모르고 서글퍼진다.

"채훈 씨, 괜찮아요? 마음이 많이 안 좋아 보여요."

"백연 씨가 이대로 떠났다는 게 믿기지가 않아서요. 도대체 이유가 뭐였을까요?"

채훈이 나르바의 두 눈을 똑바로 마주치며 물었다.

"글..쎄요.. 저는 모르죠. 그분이 어떤 분이었는지 잘 알지도 못하는걸요.."

나르바는 저도 모르게 채훈의 눈을 피해 고개를 숙였다. 남의 껍데기를 뒤집어쓰고 자신에 관해 이야기를 나누는 것은 생각보다 훨씬 더 불편한 일이었다. 밀려드는 회한과 치열하게 싸워나가며 태연한 척 끝없는 연기를 펼쳐야 하는 일. 나르바는 입술을 감쳐물며 곤혹의 시간을 견뎌 나갔다.

"믿을 수가 없어요. 이렇게 쪽지 한 장만 덜렁 남겨두고 사라졌다는 게.. 하물며 노쇠한 아버지는 그 깊은 산속에 그대로 두고 혼자서 말이죠. 정말 그럴 사람이 아닌데.. 근데 상해로 떠나던 날 새벽이 좀 이상하긴 했어요. 평소의 모습과는 많이 달랐거든요. 백연 씨는 늘 강인하고 어떠한 상황이 닥쳐도 의연하고 단단하게 대처하는 슬기로운 사람이었는데 그날따라 어린아이처럼 굴었어요. 제 옷자락을 붙들고 가지 말라고 울면서 애원을 하고.. 진심인지 아닌지 모를 소리들을 하면서. 그때는 차 시간도 촉박하고 우는 모습을 계속 보고 있으면 마음도 약해질 것 같아, 돌아와서 다시 얘기하자고만 하고 서둘러 떠났었는데 그게 우리의 마지막이 될 줄이야.. 일부러 앞만 보며 내려왔었는데. 한 번 돌아보지도 않고.. 이렇게 될 줄 알았으면 그때 왜 그러느냐고, 무슨 일인 거냐고 좀 성의껏 물어볼 걸 그랬어요. 이렇게 후회할 줄 알았으면.."

"후회.. 하세요?"

"물론이죠."

"만약에 그때 채훈 씨가 좀 더 성의 있었더라면.. 그분이 좀 더 고집스럽게 매달렸더라면.. 채훈 씨가 떠나지 않았을 수도 있었을까요?"

다시 말해 내가 너를, 그러니까 널 향한 나의 사랑이, 널 이 땅덩어리에 붙잡아 놓을 수 있었을까?

"음.. 아니요. 그래도 상해로 떠나긴 했을 거예요. 제게 그보다 중요한 일은 없었으니까요."

"역시 그렇군요.. 그분은 채훈 씨한테 어떤 존재였어요?"

처음으로 묻는다. 너에게 나는 어떤 존재였니? 정말 한 번은 제대로 듣고 싶었던 그 대답.

"은인이죠. 평생을 두고 제가 갚아야 할 게 많은 사람. 그 은혜를 다 갚기 전까진 죽지도 않을 거라고 호언장담을 했었는데.."

이토록 명확한 이유라니. 나르바는 그 이유가 서글펐다. 그말이 꼭, 이유 없인 만나지도 않았을 인연이란 말로 들리는 것 같았다. 남녀 사이에 흔히 있을 감정의 울림이나 설렘 같은 건 존재할 틈도 없는, 그저 채권자와 채무자가 된 기분. 이 빌어먹을 기분.

"그럼 차라리 잘된 거 아니에요? 청산할 빚이 사라진 거나 마찬가진데, 그냥 홀가분하게 잊어버리시면 되잖아요."

나르바의 퉁명스러운 말에

"아니요! 전혀요! 그렇게 말씀하지 마세요 여리 씨!"

라며 깜짝 놀랄만한 노여움이 돌아온다.

"백연 씨는 좋은 사람이었어요. 배울 점도 많고, 함께 있으면 즐거운. 평생을 곁에 두고 사귀고 싶은 좋은 친구였다고요. 그렇게 쉽게 잊어버리고 말 존재가 아니에요. 저는 그 빚을 갚을 길이 없어져서 지금.. 지금.. 정말 너무 속상하다고요!!"

노여움으로 시작된 감정은 원망과 후회의 굴을 지나 지독한 상실감으로 끝을 맺었다.

결국 채훈은 터져 나오는 울분을 참지 못하고 밖으로 뛰쳐나갔다. 그가 터트리고 간 감정의 소용돌이는 공중으로 날아올라 나르바에게로 착륙했다. 나르바는 가늘게 떨려오는 아랫입술을 지그시 깨물었다. 그럼에도 불구하고 몇 방울의 굵은 눈물이 참지 못하고 떨어져 내린다.

그래도 내가 너에게 아주 아무것도 아니진 않았구나. 날 위해 화를 내줘서 고마워. 널 사랑한 보람이 있어. 이거면 됐어.

나르바는 소매로 눈물을 쓰윽 훔치고는 서둘러 채훈을 쫓아 나갔다. 가게를 뛰쳐나가고 몇 걸음 못 갔는지, 그리 멀지 않은 곳에서 홀로 고개를 숙인 채 어깨를 들썩이는 한 남자가 있었다.

나르바는 그 사내의 등을 살포시 다독였다. 토닥토닥. 채훈이 눈물에 잠긴 얼굴로 돌아본다.

"그렇게 말해서 미안해요 채훈 씨."

나르바가 진심으로 사과를 했다. 잠시 멈췄던 채훈의 어깨가 다시 들썩여온다. 그는 눈앞의 그녀를 끌어안았다. 못다 한 말들이 나르바의 어깨를 축축하게 적셨다. 괘념치 않는다. 쏟아내는 쪽도 받아주는 쪽도.

주변의 시선 따윈 아랑곳없이 오직 둘만의 세상이었다. 상투를 틀고 모시 적삼을 걸친 꼬부랑 노인이 남녀가 유별한 조선 땅에서 벌건 대낮에 이게 무슨 벼락을 맞을 짓이냐고 곰방대로 삿대질을 하건 말건.

좋아하는 여자 앞에서 감정과 본능의 밑바닥까지 남김없이 드러냈던 일이 여간 창피한 일이 아니었는지, 그날 이후로 채훈은 좀처럼 여리점에 들르는 법이 없었다.

그가 경성으로 돌아오기만 하면 만사형통일 줄 알았던 나르바는 자신이 인왕산에 있을 때보다도 더 그를 만나지 못하고 있다는 사실에 속이 다 끓었다. 잠은 어디서 자는지, 밥은 어디서 먹는지. 그녀가 여전히 백연이었다면 벌써 안국동 하숙방이나 세브란스로 그를 찾아 다녔을 텐데, 여리가 된 이상 그럴 수도 없는 노릇이었다.

이러지도 저러지도 못하는 날들이 닷새나 흘러가고 나서야 채훈이 여리점을 다시 찾았다. 오랫동안 면도도 못했는지 그 고운 얼굴이 온통 이끼 같은 수염으로 점령당해 있었다.

"채훈 씨, 얼굴이 왜 이렇게 상했어요. 무슨 일 있어요?"

"그냥 좀 바빴어요. 상해로 돌아가기 전에 경성에서 정리해야 할 일들이 좀 많았거든요."

"네? 방금 뭐라고 하셨어요? 상해로 돌아간다고요?"

나르바는 부디 자신이 잘못 들었기를 바랐다. 온 지 얼마나 됐다고 설마. 앞으로 너랑 하고 싶은 일이 산더미인데 설마.

"그럼요. 가야죠 다시."

"왜요? 왜 다시 가는데요? 돌아온 지도 얼마 안 됐잖아요."

"원래 이곳에서의 일들을 정리하기 위해 잠깐 들어왔던 거예요. 사실,

임시정부에서 직책을 하나 맡았거든요.”

“그 말은.. 그러니까 이번에 가면 다신 경성으로 돌아오지 않을 수도 있다는 뜻인가요?”

“독립이 되면 올 수 있겠죠. 남의 땅에 임시로 세운 정부가 아니라, 우리 땅에 정식으로 우리의 정부가 세워지는 그날이 오면요.”

독립이 되면 이라니. 그게 어디 그리 말처럼 쉬운 일이었던가. 어떤 나라는 빼앗긴 이름을 되찾는 데만 500년이 걸리기도 했는데 독립이 되면 돌아온다니. 너는 어째서 계속 나에게서 떠나갈 궁리만 하는 거니 대체 왜.

“저도 갈게요.”

“네? 여리 씨가요?”

“네. 저도 갈래요. 채훈 씨 따라서. 저도 데려가 주세요.”

그녀는 단호했다. 한 번의 도끼질로 천 년 묵은 소나무도 쓰러뜨릴만한 단호함이었다. 자신의 모든 역사를 버리고 오로지 이 사랑 하나에만 투신한 나르바의 입장에선, 망설일 하등의 이유가 없는 일이었다. 그럴 여유도, 물리적인 시간도 없는. 목숨이 걸린 일.

“하지만 여리 씨를 어떻게..”

“왜요? 명분이 필요해요? 저한테 모아 놓은 돈이 조금 있어요. 이 가게도 팔게요. 그 돈 다 채훈씨가 목숨 바치는 일에 쓰세요. 그럼 어때요?”

“말씀은 감사하지만 그건 너무 부담스러워요. 이 가게는 여리 씨의 전부잖아요. 아버지 때부터 얼마나 애지중지 키워온 가게인지 제가 다 아는데 염치도 없이 그걸 다 받을 순 없어요."

"왜 안 돼요? 조선에는 전 재산 다 바쳐서 독립운동하는 사람들이 많다고 들었어요. 신흥무관학교도 그렇게 지어진 거잖아요. 아니에요? 저라고 못할 게 뭐예요?"

"여리 씨. 저는 상해에만 있지 않을 거예요. 만주로 갈 수도 있고, 필요에 따라 전장터를 누비게 될 수도 있어요. 여리 씨의 안전을 제가 보장해주지 못해요."

"채훈 씨한테 제 안전 보장받을 생각 없어요. 저 보살피라고 안 해요. 책임지라고 안 해요. 저는 그런 걸 원하는 게 아니라고요. 전 그저.. 채훈 씨랑 헤어지기 싫은 거예요.. 상해든 만주든 하다못해 가시밭길이든 지옥불이든 어디든. 채훈 씨가 가는 곳이면 기꺼이 따라갈 수 있어요. 기꺼이 그럴 거라고요!"

채훈은 혼란스러웠다. 자신이 보고 있는 사람이 여리가 아니라 백연인 것만 같았다. 이름처럼 마냥 여리고 사랑스럽기만 할 줄 알았던 그녀에게서, 자신이 존경했던 또 다른 여성의 모습을 보는. 참으로 기이한 찰나였다.

"전 재산을 기부하겠다는 명분으로도 부족하다면.. 혼인은 어때요?"

자칫, 기이한 블랙홀에 휩쓸릴 뻔한 채훈의 정신을 번쩍 들게 만드는 제안이 들려온다.

"뭐.. 뭐를 해요?"

"혼인이요. 혼인해요 우리. 제가 채훈 씨의 아내가 돼서 따라가면 되잖아요. 가서 채훈 씨 뒷바라지할게요. 밥도 하고 빨래도 하고 채훈 씨와 그 동지들까지 제가 다 뒷바라지할게요. 채훈 씨는 마음 편히 독립에만 힘써요. 그럼 되잖아요. 안 그래요?"

3년 동안 짝사랑했던 여자에게서 별안간 청혼을 받은 채훈은 온몸이 아찔하게 떨렸다. 아무리 생각해도 꿈을 꾸고 있는 것 같아 손으로 자신의 뺨을 한 차례 갈겨도 본다. 여전히 그 순간이다. 3년간 짝사랑했던 여자에게서 청혼을 받은 순간.

"제가 여리 씨 좋아하는 거.. 알고 계셨어요?"

"물론이죠. 어떻게 모를 수가 있겠어요? 종로에 크고 좋은 문구점 다 놔두고 굳이 이 구석에 있는 작은 문구점까지 시간을 내서 드나드는데. 날 볼 때마다 입가에 보조개 꽃 피우며 환하게 웃어주는데. 그 미소를 보고도 어떻게 모를 수가 있겠어요."

"티 안 내려고 깨나 노력했었는데.."

"숨길 수 있는 게 아니니까요."

"여리 씨 마음은 어떤데요..?"

"그걸 아직도 몰라서 물어요?"

"저는 그저.. 단지.. 확실하게 하고 싶어서.."

모든 용기와 패기는 나랏일에 갖다 바쳤는지, 연애 앞에서는 숙맥이 따로 없는 청춘이다.

"당연히 저도 같은 마음이죠. 언제쯤 고백해주실까 기다렸어요. 근데 이제 그만 기다리고 싶어요. 더는 누군가와 이별하고 싶지도 않고요. 채훈 씨도 짧은 시간 동안 너무 많은 사람들을 잃었잖아요. 제발 그만 잃어요 우리."

그만 잃자는 말이 채훈의 가슴팍으로 날아와 찰싹 달라붙는다. 그래. 이제 겨우 6월인데 올해 들어서만 몇 명을 잃었던가. 나는 더 이상 헤어질 수 없다. 그 누구와도.


"성공했구나."

경성이 잠든 시각. 나르바는 인왕산 절벽에 걸터앉아 제논과 함께 피의 축배를 들었다. 매일 마시는 피였음에도 유독 달고 부드러운 느낌이다.

"기분이 어떻든?"

"좋아. 난 너무 좋아. 그 사람이 내가 아닌 이 껍데기만 사랑하는 거래도 난 괜찮아. 어쨌든 그와 함께 하는 건 나니까."

"그래. 너만 좋으면 됐지. 너만 행복하면 된 거야."

"응. 계속 그렇게 생각하려고."

"그래서 상하이로는 언제 떠나는데?"

"6월 29일 일요일. 제물포에서 오후 세 시에 출발하는 배야."

"내일모레구나."

"응. 늦지 말고 나와."

"그에게 들키면 어쩌지?"

"제논은 변신술을 쓸 수 있는데 뭐가 걱정이야. 개나 고양이로 변신해서 날 따라오면 되지."

"우리를 알던 사람 중에 아직 살아있는 사람이 있을까?"

"이제 난 없겠지. 제논도 없을 거야. 중국에 있을 때는 내내 변발 분장을 하고 살았잖아. 더 이상 상하이에선 그럴 필요가 없어. 제논은 그냥 제논의 모습으로 살면 돼."

"편한 세상이구나."

"편한 세상이지. 좋은 세상이 아직 오지 않았을 뿐."

"그것도 언젠가는 오겠지. 세상만사 늘 그래왔듯이."

"그랬던가."

"그나저나 내일모레가 출국인데 그 안에 혼인식도 올리고 가게도 정리하려면 시간이 다 되겠니?"

"혼인은 내일 천연당 사진관에서 같이 사진 찍는 거로 대신하기로 했어. 그리고 가게는 문구점 건너편에 있는 자전거포 주인아저씨가 맡아주실 거야. 적당한 금액에 가게를 사겠다는 사람이 나타나면 처리하고 금액을 보내주시기로."

"야무지게 다 해결했구나."

"500년을 넘게 살았는데 이 정도도 해결 못하면 헛산 거지."

"아무렴. 나이를 무기로 쓴다는 건 이럴 때나 해당하는 거지. 장하구나."

"이제 이 풍경도 마지막이겠다. 조선은 달이 맑아서 참 좋았는데.."

"이 풍경을 잃는 대신 사랑을 얻었잖니. 그러면 충분하지."

"나의 한 시대가 이제야 비로소 끝난 것 같아. 정말 길었어. 너무 긴 시간을 살았어 나는. 내일부터는 새로운 시대가 열릴 거야. 꼭 다시 태어난 것만 같은 그런 시대가 시작될 거야."

쉬이 잠 못 드는 느린 밤이 흐르고 흘러 겨우 새벽에 닿았을 무렵부터 나르바는 거울 앞에 서서 단장을 시작했다. 난생처음 얼굴에 분칠을 하고, 몇 안 되는 저고리와 치마를 모조리 꺼내 색을 조합하며 입었다 벗었다를 반복하느라 그녀는 어스름한 새벽을 틈타 창밖을 서성이는 수상한 그림자들에 대해 알지 못했다.

도시에 활기가 돌고 모든 이들의 하루가 시작되었을 즈음, 채훈이 문구점으로 그녀를 데리러 왔다. 면도도 말끔하게 하고 머리도 깨끗하게 빗은 상태로 그는, 나르바가 정성껏 빨고 다렸던 교복을 입고 있었다.

"제가 가진 옷 중에 가장 단정하고 깨끗한 옷이 이 교복뿐이라서요. 그래도 명색이 혼인 사진인데 여기저기 기워 놓은 누더기 같은 옷을 입을 순 없어서.."

꽃단장을 마친 그녀의 얼굴에 걸맞은, 그럴듯한 옷 한 벌 해주지 못한 것도 미안한데 자신마저 이런 날에 입을 변변한 양복 하나가 없다는 사실이 어찌나 낯부끄러운지, 채훈은 자꾸만 머리를 긁적이며 시선을 바닥으로 떨군다.

"괜찮아요. 저는 채훈 씨의 교복이 좋아요. 그 어떤 옷보다도."

그제야 고개를 들고 나르바를 본다. 마치 아내에게 허락을 받고 마음이 놓인 남편의 얼굴이다. 나르바는 그를 보며 웃었다. 활짝 웃었다. 그가 오늘 같은 날, 다른 어떤 옷도 아닌 교복을 입고 나타나 준 것이 나르바는 무엇보다도 기뻤다. 여전히 그가 인왕산에 살던 자신을 잊지 않고 있는 것만 같아서.

삐뚤빼뚤한 한글로 정성스럽게 적은 [오늘은 쉽니다] 라는 푯말이 문에 걸렸다. 하루에 열 명이나 올까 말까 한 작은 가게라도 지켜야 할 약조는 있는 법이니까.

둘은 너무 가깝지도 멀지도 않은 적당한 간격을 두고 나란히 서서 사진관이 있는 석정동으로 향했다. 시집가는 길. 나르바는 땅에 발을 딛고 있어도 가마를 탄 기분이었다. 이렇다 할 대화가 없어도, 그저 한 번씩 서로의 얼굴을 힐끔힐끔 훔쳐보다 눈이 마주치면 쑥스러운 듯 웃고, 또 다시 힐끔거리다 눈이 마주치면 웃는 일의 연속이어도 그녀는 더할 나위 없이 설렜다. 아무것도 안 하고 그저 그의 옆에 서 있는 것만으로도 세상을 다 가진 기분. 오직 체르만이 전부였던 그녀의 인생에서 체르가 사라지고 난 새로운 시대는 그렇게 열리는 듯했다.

"자, 찍습니다. 하나, 둘, 셋!"

눈앞에 번개가 내려와 꽂힌 것처럼 번쩍! 하고 플래시가 터졌다. 콧수염을 점잖게 기른 사진사가 투박한 카메라에서 유리건판을 꺼냈다. 진중하고 섬세한 면모가 가히 장인의 모습다웠다.

"다 되었습니다."

뿌리가 깊은 나무처럼 묵직하게 울려오는 목소리가 그들의 혼인이 성사되었음을 말해주고 있었다. 500년 만에 비로소.

나르바의 심장이 거친 돌밭에서 구르는 자전거처럼 덜커덩 소리를 내며 뛴다. 체르와는 차마 끝까지 성사되지 못했던 결혼이 500년이 지나서야 비로소 성사된 것이다. 다른 사람의 모습으로 다른 남자와 함께. 정말 연분이란 얄궂은 것이었다.

"사진은 언제쯤 나올까요?"

채훈이 물었다.

"원래는 보름 정도는 걸려야 완성이 되는데, 내일 상해로 출국을 하신다지요? 해서 저희가 오늘은 다른 손님을 받지 않았습니다. 내일 새벽

출국 전에 들르시지요."

"세상에, 저희가 본의 아니게 폐를 끼쳤네요. 생업을 방해하다니 정말 죄송합니다."

"아닙니다. 나라의 독립에 앞장서시는 분인데 당연히 저희가 해드려 야지요. 오히려 제가 큰 빚을 지고 있습니다. 나라를 위해 애써주셔서 정말 감사드립니다."

그는 채훈을 향해 송구스러울 정도로 허리를 숙여 인사를 했다. 채훈 은 물론이거니와 나르바 역시 감당 못할 송구함이었다. 유교 사상이 뿌 리내린 조선 땅에선 감히 있을 수도 없는 일이 눈앞에서 벌어지는 중이 었으니까. 새파랗게 젊은 청년에게 온 마음을 다해 감사를 전하는 노인 의 정신은, 못해도 200년은 앞서가는 품격이었다.

채훈과 나르바는 차마 말로는 다 형언할 수 없는 감정을 끌어안고 사 진관에서 나왔다. 사진사에게 받은 후대도 후대지만, 무엇보다도 그 문 을 들어갈 땐 남남이었던 이들이 그 문을 나올 땐 부부가 되어 있다는 사실이 그들을 한껏 격양시키고 있었다.

나르바는 가슴 속에서 작은 물방울들이 몽글몽글 피어오르다 하나씩 톡톡 터지는 것 같았다. 심장에 봄날이 고스란히 들어앉은 듯이 막 간지 럽고 따사로운 느낌이다.

"이제 우리 정말 부부 사이가 되었네요."

채훈이 그들 사이에 감도는 어색한 분위기를 깨며 말했다. 크게 표현은 안 해도 그 역시 나르바와 마찬가지로 속이 간질거리고 있을 것이었다.

"부부 사이엔 호칭을 뭐라고 하죠?"

나르바가 물었다. 언뜻 듣기론 조선에서는 여보, 서방님 이런 표현을 쓰는 것 같았다.

"보통은.. 여보, 서방님 이러다가 나중에 아이가 생기면 누구 아버지, 누구 엄마 이렇게들 변하는데 우리는 그냥 이름을 부르는 게 어때요?"

"왜요?"

"그냥요. 이름은 그 사람만이 가지고 있는 고유 명사잖아요. 여보, 서방님, 누구 엄마 이런 사람은 집집마다 한 명씩은 다 있는 사람들인데 여리랑 채훈은 우리 집에만 있는 사람들이잖아요. 우리의 시작이 보통의 사람들과는 달랐듯이, 우리가 이룰 가정도 보통의 사람들과 똑같을 필요는 없다고 생각해요. 그냥 우리만이 이룰 수 있는 그런 가정을 만들어요 여리씨."

전에는 감히 그려보지도 못했던 먼 미래까지 다녀온 기분이다. 나르바는 수줍게 고개를 끄덕였다. 그래. 그럴게. 네가 하자는 대로 나는 다할게. 내가, 내가 아니라는 사실은 미치도록 사무치지만 네가, 너라는 사실이 그 모든 걸 이겨내게 해주니까. 모든 걸 보상해주니까. 나는 뭐든 좋아.

둘은 명치정에서 가장 고급스럽기로 유명한 양식당에서 부부로의 첫 식사를 하고, 황금정 전차 정거장 주변의 가판대에서 은가락지 하나씩을 나눠 끼웠다. 어쩌면 생에 다신 없을 호화스러운 날일지도 모른다.

나르바는 500년 만에 먹은 인간의 음식에 속이 메스껍고 머리가 핑핑 돌고 있었으나, 최대한 티내지 않고 미리 준비해 온 피를 몰래몰래 마시며 희석을 시켰다. 아마 당분간은 뱀파이어의 감각을 완전히 상실하게 될 테지만, 채훈과의 혼인을 결심했을 때 이미 각오한 일이었다. 어차피 상하이로 가게 되면 채훈은 임시정부 일로 바빠질 테고 같이 마주 보고 앉아 식사할 날이 며칠이나 되겠냐 싶은 계산이었다.

황금정에서 청계천으로 돌아오는 길, 나르바는 슬며시 그의 손을 잡았다. 인간의 음식으로 체온이 급격히 올라간 터라 아무 의심도 걱정도 사지 않고 할 수 있는 행동이었다.

채훈의 손은 크고 다부졌다. 그의 긴 손가락들이 나르바의 손가락 사이 사이로 비집고 들어오는 느낌이 너무 부드러워서, 그녀는 지금 자신의 몸에 일어나고 있는 어지럼증과 울렁거림이 인간의 음식을 먹은 탓인 건지 채훈의 손을 잡은 탓인 건지 헷갈릴 정도였다. 아주 오래전에 체르와 마주 보고 있던 그 순간, 그 느낌처럼.

몸에 감각이라곤 황홀함이 다 장악해버린 그녀는 아까부터 자신들의 뒤를 쫓고 있는 간사한 발소리를 듣지 못했다. 오히려 그 움직임을 알아챈 건 채훈이었다.

"어.. 저.. 여리 씨! 나 생각해보니까 어디 좀 들렀다 가야 할 것 같은데 집에 먼저 가 있을래요?"

"네? 갑자기 어딜요?"

"어.. 상해 가기 전에 만나야 할 분이 갑자기 생각나서.."

"그럼 같이 가요. 거기가 어딘데요?"

"아니에요. 그냥 혼자 다녀올게요. 그편이 좋을 것 같아요."

"늦지 않게 올 거죠?"

"물론이죠. 해 떨어지기 전에 올 거니까 걱정하지 말고 집에 가서 문

꼭 잠그고 있어요. 내가 갈 때까지 아무한테도 열어주면 안 돼요. 알겠죠?"

"왜.. 요?"

"그냥.. 그냥 여리 씨 혼자 있으면 내가 걱정되니까. 그렇게 할 거죠?"

"알았어요."

"큰길로만 가야 해요. 골목길로 질러가지 말고요. 무조건 큰길로. 사람 많은 큰길로. 응?"

"채훈 씨 왜 그래요. 무슨 일 있어요?"

"무슨 일은요. 아무 일도 없어요. 그냥 조심하자는 차원에서 당부하는 거예요."

"알았어요. 일찍 오세요."

"걱정 마요. 곧 돌아갈게요."

채훈은 나르바의 등을 슬쩍 떠밀며 얼른 갈 것을 종용했다. 기존의 뛰어난 감각체계가 마비된 그녀는 지금 자신의 등 뒤에서 어떤 일이 펼쳐지고 있는지 알 길이 없었다. 그저 자신의 손아귀를 빠져나가는 그의 손가락이 못내 아쉬워 자꾸만 돌아보게 될 뿐.


얼마가 흘렀을까. 몸을 절반 정도만 회복하고 겨우 뜬 나르바의 두 눈에 가장 먼저 들어온 풍경은 창밖의 불꽃 쇼였다. 그것은 정말 화려하고 아름다운 불꽃 쇼였다. 얼음 숲에서 보았던 반딧불이들의 춤사위를 다시 보는 듯 환상적이고 강렬한 불꽃 쇼.

그 불꽃 쇼의 전모를 파악하기까지 약간의 시간이 필요했다. 세상이 온통 아름답게만 보였던 나르바가 그 불꽃 쇼의 진원지가 보성사라는 것과 함께, 이 시간이 되도록 아직 채훈이 돌아오지 않았다는 사실에 등골이 서늘해지기까지의 시간이.

나르바는 당장 뛰쳐나가 보성사를 향해 달렸다. 신발을 어떻게 신었는지도 모를 정신이었다. 그녀는 보성사로 달리는 내내 중얼거렸다. 제발 거기 있지 마. 거기 있지 마. 거기 있지 마. 거기 있지 마. 거기 있지 마.

늦은 밤임에도 불구하고 보성사 주변에는 많은 사람들이 모여 있었다. 이미 형체를 알 수 없게 몽땅 무너져 내린 보성사는 거대한 무덤처럼 숯 더미가 되어 있었다. 여기저기서 '아이고, 이를 어째' '사람이 있었는데' '세상에나 저걸 어쩌나 그래.'라는 탄식이 쏟아지는 중이었다.

"어떻게 된 거예요? 도대체 어떻게 된 거예요?"

나르바는 눈에 보이는 사람 아무나를 붙잡고 물었다.

"우린들 아나. 근방에서 총소리 몇 방 나더니 이내 불길이 치솟던걸."

총소리, 그리고 이어진 불. 이때, 나르바의 시선에 가죽 재킷을 걸친 사내 서너 명이 들어왔다. 이 계절에 가죽 재킷이라니. 허세와 만용으로 그득그득 차오른 얼굴들은 조선인들에게서 멀찍이 떨어져 자기들만의 영역을 만들어 놓고, 그 안에서 담배를 나눠 피며 만족스럽게 웃고 있었다. 온종일 황홀함에 취했던 나르바가 놓치고 있던 그 존재들.

비로소 불길함을 감지한 나르바는 무덤같은 숯 더미를 맨손으로 파헤치기 시작했다. 아직 곳곳에서 마지막 불씨들이 타오르고 있었으나 나르바는 개의치 않았다. 주변에서 모든 사람이 만류를 했지만 그녀의 귀엔 하나도 들리지 않는다.

머리부터 발끝까지 온몸이 숯검정으로 범벅이 될 때까지 파헤치자 비로소 손 하나가 덥석 하고 튀어나왔다. 맥이 끊어진 왼쪽 손. 그녀의 왼쪽 네 번째 손가락에 끼워져 있는 반지와 똑같은 반지를 끼고 있는 손 하나가 털썩, 그녀의 손바닥으로 주저앉는다.

그녀는 차마 억! 소리조차 내지 못했다. 채훈의 몸에서 온전한 곳은 반지가 끼워진 왼쪽 손뿐이었다. 그 외의 다른 곳은 무너진 보성사 건물과 마찬가지로 형체를 알아볼 수 없는 꼴이었다. 그가 얼마나 고통받으며 죽어 갔는지 사건의 전말을 세세하게 알지 못한대도 충분히 깨달을 수 있을 만큼 그는 끔찍한 자태를 하고 있었다.

나르바는 새카맣게 타버린 그것을 가만히 끌어안고 미친 사람처럼 중얼거렸다.

"어떻게 이래요. 우린 오늘 혼인했다고요. 내가 어떻게 얻은 당신인데.. 내가 어떻게 얻은 당신인데.. 우린 오늘 혼인했다고요. 오늘 혼인했어요. 당신은 내 서방님이라고요…"

정말이지 천지가 개벽한 것 같은 밤이다. 나르바는 눈앞이 캄캄했다. 새로운 인생이 시작부터 이토록 비극일 줄 알았더라면 그냥 아무것도 안 했을 텐데. 아무것도.

그때, 누군가 나르바의 어깨에 살포시 손을 얹었다. 제논이었다. 어떻게 된 거냐고 다급하게 묻던 그녀의 목소리를 듣고 제논이 내려온 것이었다. 나르바는 그제서야 울음이 터진다.

"도대체 내 사랑은 왜 매번 이런 식인 거야!!!!!!"

'간밤에 보성사에서 알 수 없는 화재가 일어나 건물이 전소하였다.'

다음 날 실린 신문 기사였다. 한 남자가 죽고, 한 여자가 첫날밤조차 치르지 못하고 남편을 잃은 그 사건은 그냥 그렇게 한 줄로 정리되었다.

나르바는 그의 죽음이 서러워 미칠 것 같았다. 이름 뒤에 의사나 열사라는 호칭이 붙은 이들만큼의 의로운 죽음까진 아니래도, 역사의 한 파편에 이름 한 줄 정도는 남기고 죽을 수도 있었다. 채훈이 그토록 바라던 나라를 위한 일에 목숨을 바친 한 명의 위인 정도로 죽을 수도 있었다. 이렇게 미미하고 존재감 없는 죽음이 아니라.

어제 찍은 혼인 사진을 찾기 위해 천연당 사진관으로 혼자 가는 길. 거리의 사람들은 여전히 어제의 화재 사건에 대해 수군거렸다. 들리는 말들을 정리해보자면 이러했다. 임시 정부 요원이었던 채훈이 자신의 정체를 알고 뒤를 밟던 일본 형사들과 추격전을 벌이던 중 보성사로 숨어들었고, 그를 쫓던 일본 형사들이 보성사의 문과 창문을 다 막아놓고 불을 질렀다는 것. 그들이 제암리에서 했던 것처럼. 그리고 신문사에 압력을 넣어 보성사에서 죽은 사람이 있었단 사실을 비밀에 부친 것이었다. 그래. 무슨 짓이든 못할까. 늘 상상 이상의 극악무도함을 보여주는 종족인 것을.

"혼자 오셨군요?"

사진사는 의아한 얼굴로 물었다.

"네. 사진은 잘 나왔나요?"

나르바는 차마 입 밖으로 '그이는 어제 죽었어요'라는 말을 꺼낼 수가 없어 서둘러 말을 돌렸다.

"물론이죠. 아주 잘 나왔습니다. 두 분은 정말 잘 어울리는 한 쌍이세요. 괜찮으시다면 저희 사진관에도 두 분의 사진을 걸어두고 싶은데, 허락해주시겠습니까?"

"좋네요. 걸어주세요. 많은 사람이 보고 기억할 수 있도록.. 최대한 오래오래.."

나르바는 흔쾌히 수락을 했다. 그렇게라도 장채훈이란 이름 석 자가 세상에 남을 수만 있다면.

채훈과의 혼인 사진을 가슴에 품고 인왕산으로 돌아가면서 나르바는 생각했다. 이제 그만 조선을 떠나야겠다고. 더 이상 이곳에 머물 이유가 없다고.

사실 제논만 아니면 그냥 딱 죽고 싶은 심정이었다. 껍데기조차 제 것이 아니고, 이제 와서 체르가 나타난다 한들 사랑할 수 있는 것도 아닌데 더 살아 무엇할까. 이미 그녀는 긴 세월을 살았다. 세상 구경은 지겨울 정도로 했고, 더는 새로울 것도 흥미로울 것도 없었다. 하지만 제논은 그렇지 않으니까. 사랑하는 이의 몸에 들어가 영생을 살고픈 제논을 위해서라도 나르바는 차마 죽어버릴 수가 없는 것이었다. 그러니 떠나기라도 해야지. 비극과 시련으로만 가득 찬 이 나라에서.

그때였다. 누군가 대뜸 나르바의 팔을 휙 잡아채고 들었다. 그녀가 독립문을 지날 무렵이었다.

"뭐예요?"

나르바가 놀란 눈으로 돌아본 곳엔 불과 열 살도 채 안 되어 보이는 어린 남자아이가 흰자만 가득한 눈을 치켜뜨고 나르바를 보고 있었다. 그는 소문으로만 듣던 맹인 점술사였다. 일명 판수라 불렸던 자들.

"넌 사람이 아니구나."

나르바는 순식간에 대로 한복판에서 발가벗겨진 기분이었다.

"뭐.. 뭐요? 이거 놔요. 왜 이러는 거예요 나한테."

당황한 나르바가 그의 손아귀에 잡힌 팔을 힘껏 뿌리치며 그에게서 벗어나려 애를 썼지만, 이상하게 몸에 힘이 들어가질 않았다. 순식간에 기력을 다 소진한 것처럼 현기증이 일고 있었다. 맹인 점술사는 몸만 어린아이였지 내뿜고 있는 기운은 호랑이를 방불케 했다. 차마 나르바가 대적하지도 못할 만큼.

"용하네. 그 세월을 다 기다리고."

"정.. 정말 뭐가 보이기라도 하는 거예요?"

나르바는 홀린듯이 물었다.

"안타깝구나. 다 와서 흔들리다니. 마음은 그대로인데 믿음이 흔들린 거야. 오지 않을지도 모른다는 불안함이 널 착각하게 만든 게지. 거미줄처럼 엮인 인연이래도 끝내는 닿을 것인데, 그 조금을 버티지 못하고 저런.. 하지만 너의 연인은 정해진 길을 걸어 이곳으로 널 만나러 올 거다. 네 몸속에 흐르는 그의 피가 너에게로 그를 이끌고 있으니까."

"지금 그는 어디에 있죠?"

"그는.. 이미 네 손 안에 들어와 있단다."

어린 판수는 그 말만을 남긴 채 인파 속으로 홀연히 사라졌다.

그는 이미 네 손 안에 들어와 있단다. 이미 네 손 안에 들어와 있단다.

네 손 안에 들어와 있단다.

　나르바는 어린 판수가 사라진 길을 보며 생각했다. 조금만 더 이곳에
머물러야겠다고.

23

베이징에서 온 손님

23) 베이징에서 온 손님.



긴 밤을 달려 마침내 경성이었다. 플랫폼에 자욱하게 깔린 증기 사이로 그의 검은 가죽 구두가 번쩍번쩍 광을 내며 나타났다 사라졌다를 반복한다. 오늘을 위해 난생처음 거금을 들여 제작한 수제화였다.

깃을 바짝 세운 짙은 갈색 재킷에 역시나 새것처럼 보이는 금색 버클 벨트를 허리에 두른 그는, 한가위를 앞두고 고향으로 모여든 귀성객들 사이에서 단연 돋보이는 행색이었다. 남녀노소 할 거 없이 그가 옆을 지나가면 힐끔거리며 돌아보기 바빴다. 분명 장교급 일본군이거나 외국에서 엘리트 교육을 받고 돌아오는 상류층 자제일 거라고 모두가 으레 짐작하면서.

"모리 타케오?"

입국 심사대의 일본군은 통행증에 적힌 그의 이름을 그렇게 불렀다.

"하이!"

대답과 함께 가볍게 고개를 끄덕이고 지나가려던 그에게 경성은 무슨 일로 왔냐는 질문이 돌아왔다. 모리 타케오라는 이름의 남자는 짐짓 당황했다. 일본인 통행증을 내면 당연히 무사통과일 거라 생각했는데, 혹시 이 멍청이가 위조된 통행증을 눈치채기라도 한 걸까?

그는 침착하게 명절을 맞아 본정에 사시는 이모님을 뵙기 위함이라고 대답했다. 뭐 대단한 검문검색이라도 하는 양 폼을 잡던 멍청이는 '그렇군'하는 표정으로 입꼬리를 턱까지 쭉 내렸다 끌어 올리고는 그를 통과시켰다. 남의 나라에서 허락되지 않은 점유를 하며 돼먹지 못한 거만이나 부리고 있는 꼴이란. 모리 타케오라 불렸던 남자는 차마 눈 뜨고는 보기 힘든 역겨움을 뒤로하고 걸음을 서둘러 그곳을 빠져나왔다.

광장은 역에서 쏟아져 나온 귀성객들과 그들을 마중 나온 사람들, 그리고 그들을 태워 가기 위해 바쁘게 호객 행위 중인 인력거 부대들로 인산인해를 이루는 중이었다.

광장 중앙에 서서 어느 쪽으로 가야 할지 서성이고 있는 그에게 한 인력거꾼이 살살거리며 접근을 해온다.

"아이고 센세~~도꾜로 이끼마스까? 와따시가 모셔다드립죠."

그는 조선말과 일본말을 마구잡이로 섞어서 쓰고 있었다.

"여기가 어딘지 아시나요?"

조선말을 할 줄 몰랐던 남자는 재킷 안주머니에서 편지 한 통을 꺼내 발신지에 적힌 주소를 보여주며 일본말로 물었다.

[관철동 128]

하지만 까막눈이었던 인력거꾼은 편지 봉투에 적혀있던 한자를 읽지 못하고 머리만 긁적이며 슬금슬금 다른 손님을 찾아 떠나 버렸다. 조선말을 할 줄 모르는 이와, 한자를 읽지 못하는 이의 만남은 그렇게 끝이 났다. 이후로도 인력거꾼 서너 명을 더 붙잡고 물었지만, 한자를 읽을 줄 아는 이는 아무도 없었다.

막막함이 손금을 따라 축축하게 흘러나오던 그때였다. 누군가 남자의 팔을 휙 낚아채고 들었다. 몸의 중심축이 휘청거릴 만큼의 엄청난 괴력이었다. 조금의 인기척도 없이 어느새 나타나 그를 흔든 건, 검은 눈동자가 없는 맹인 소년이었다. '이 아이가 방금 날 휘청이게 한 괴력의 소유자라고?' 남자는 흡사 귀신을 마주한 기분이었다.

"양생이구나. 양생이가 왔어."

"양.. 생이?"

맹인 소년은 알아들을 수 없는 말들을 늘어놓기 시작한다.

"먼 길 고생해서 왔는데 너무 늦어버렸으니 이를 어쩔꼬. 참 슬프도다 그 인연. 참 딱하도다 그 운명.."

"죄송하지만 저는 조선말을 할 줄 몰라요."

그가 일본말로 대답을 했다. 그것을 알아들은 것인지 어쩐 것인지, 맹인 소년은 텅 빈 눈동자로 그를 빤히 쳐다보았다. 그 기가 얼마나 세던지, 여차하면 흰자로만 가득한 그 눈 속으로 빨려 들어가겠구나 싶었다. 차마 피하지도 도망치지도 못하는 짧은 순간이 지나가고 소년이 말했다. 모든 걸 꿰뚫었다는 듯이 고개를 끄덕이며.

"너는 끝까지 너의 길을 가겠구나. 널 가로막는 것들을 찢고 무너뜨려서라도 소신을 지킬 운명이야. 단단해. 아주 단단하고도 확고한 뿌리를 내렸어. 전생에서부터 이어진 기운이다. 끝없는 시간을 살겠군. 그래. 그렇다면 네가 가야 할 길은 저쪽이다."

소년은 한 곳을 향해 손을 뻗었다. 그의 말을 하나도 알아듣지 못했음에도 남자는 직감적으로 그 손끝에 관철동 128이 있음을 알 수 있었다.

남자는 홀린 듯이 그 방향으로 걸었다. 마치 맹인 소년이 그의 머릿속에 약도를 집어넣어 주기라도 한 듯 그의 걸음은 거칠 것이 없었다.

한편, 500년을 켜켜이 쌓아 올린 운명이 거대한 소용돌이를 일으키며 들이닥치고 있음을 알 턱이 없던 나르바는, 평소보다 이른 가게 정리 중이었다. 일찌감치 가게 문을 걸어 잠그고 인왕산에 들어가 조선인들의 떠들썩한 명절이 끝날 때까지 돌아오지 않을 생각이었다. 나라는 잃었어도 문화와 전통은 잃지 않았던 조선인들의 축제 속에서 혼자만 고독한 표류를 하고 싶진 않았으므로.

공책과 연필이 누워 있는 진열대 위로 하얀 천이 덮인다. 열려있던 장식장의 유리문들도 하나하나 닫혀갔다. 가게를 정리하는 그녀의 손길에 짙은 무상이 배어났다. 그도 그럴 것이, 채훈이 보성사 안에서 잿더미가 된 지도 벌써 100일이 지나가는 중이었다. 그녀로서는 살아야 할 이유를 잃은 지 100일이 지나가고 있는 셈이기도 했다. 하루하루가 안 사느니만 못한 날들의 연속. 그 시간 동안 나르바는 표정을 잃었고, 생기를 잃었다.

체르가 죽었을 때와 채훈이 죽었을 때의 감정은 근본적으로 차원이 달랐다. 체르가 죽고 스스로 뱀파이어가 되었을 때만 해도 500년. 그 빌어먹을 500년만 버티면 다시 그를 만날 수 있다는 희망이라도 있었지, 채훈은 아니다. 채훈의 죽음은 결국, 그녀의 모든 희망과 미래가 끊어졌음을 의미했다. 그녀의 삶에 더 이상 쓰여질 역사는 없음을 의미하는 그런 죽음. 늦게나마 체르가 온다 해도 그는 그녀를 알아보지 못할 것이고, 그와 이룰 수 있는 것은 하나도 없다.

그럼에도 불구하고 그녀가 이 지긋지긋한 조선을 떠나지 못하고 있는 건 여전히 체르 때문이었다. 자신을 사랑하는 일에 기꺼이 목숨까지 내놓았던 그 뱀파이어의 숭고한 환생을 눈으로 직접 확인하고픈 마음과 일말의 미련. 그 구차한 감정들이 자꾸만 나르바의 발목을 잡고 질척이는 중이었다.

그녀가 나설 채비를 마치고 가게 문을 여니, 방금 전까지만 해도 화창하기 그지없던 하늘이 순식간에 먹구름으로 뒤덮이면서 후두둑후두둑하고 굵은 빗방울이 떨어지기 시작했다. 무시하고 그냥 가기엔 너무 많은 양이었다.

나르바는 내딛으려던 한 발을 다시 뒤로 무르고 가게 구석을 돌며 우산을 찾았다. 분명 이쯤에 있었던 것 같은데, 여름 내내 쓰고 이쯤에 둔 것 같았는데, 그녀가 기억하는 '이쯤' 어디에도 이상하게 우산은 보이질 않았다.

한참을, 사라진 우산과 숨바꼭질을 하던 그때였다. 띠링, 하고 문에 달린 종소리가 울리면서 누군가 가게 안으로 저벅저벅 들어오는 소리가 들렸다. 그 어느 때보다 종소리는 차랑했고, 그 누군가의 발소리는 거대한 북소리처럼 크고 또렷하게 울렸다. 마치 귓가에서 거닐고 있는 듯이.

"죄송하지만 오늘 영업시간이 끝났는데요."

타성에 찌든 영업성 인사와 함께 고개를 들었던 나르바는 순간적으로 자신의 수정체를 덮친 강력한 빛의 공격으로 인해, 외마디 비명과 함께 그 자리에 주저 앉고 말았다.

타닥타닥타닥타닥 정확히 여덟 번의 잰걸음을 걸어 그녀에게 도착한 남자는 나르바의 팔과 어깨를 감싸며 말했다.

"괜찮아요?"

뜻밖의 중국말이 들려온다. 그녀가 모국어 보다도 더 오래 썼던 그 언어가.

"아니요. 괜찮지 않아요."

나르바도 중국말로 대답을 했다. 본능적으로 튀어나온 말이었다. 그러자 놀람과 환희가 섞인 대답이 돌아온다.

"어라? 중국말을 할 줄 아시네요?!"

그 남자의 말투에서 '다행이다'가 짙게 묻어 나왔다. 처음 밟아보는 낯선 땅에서 드디어 말이 통하는 사람을 만났어! 하지만 지금 그녀는 앞을 보지 못한다.

"눈이.. 눈이 안 보여요. 하나도."

나르바는 눈앞이 캄캄했다. 정말 약간의 빛 한 줄기도 새어들지 않는 철저한 암흑이었다. 그녀가 의지할 곳이란 오직 이 낯선 남자의 목소리와 손길 뿐이었다.

"이게 무슨 일이죠?"

나르바는 낯선 남자에게 물었다. 오히려 이 상황이 당황스러운 건 그였음에도 불구하고.

"일단 제 손 잡고 일어나세요. 제가 의자에 앉혀 드릴게요."

남자는 침착하게 말했다. 나르바는 천천히 그의 손을 더듬거리며 찾았다. 목소리는 채훈보다 한 톤이 높은 미성에 가까운데, 그 목소리와는 영 어울리지 않는 북두갈고리같은 투박한 손이 만져진다. 도대체 어떤 삶을 살았길래 손이 이리도 거친걸까. 나르바는 그의 정체 보다도 그 투박한 손 너머의 삶이 궁금해지고 있었다. 분명 오랜 방랑과 고난을 삼켰으리라.

"이쪽으로 앉으세요."

남자는 가게 한 쪽에 있던 낡은 의자를 끌어다가 나르바를 앉혔다. 아주 민첩하면서도 조심스럽고 섬세한 움직임이었다. 등받이가 없고 다리 길이가 조금씩 맞지 않던 세 발 의자는 연신 삐걱이는 소리를 내며 공간의 빈틈을 채우고 있었다.

"아직도 안 보이세요?"

남자가 물어왔다.

"네.."

"아무것도요?"

"네.. 그냥 아무것도 없이 온통 까맣기만 해요."

"갑자기 왜 그럴까요.."

"모르겠어요. 순간적으로 너무 강한 빛이 제 눈을 파고 들었어요. 꼭 눈앞에서 엄청난 폭발이 있었던 것처럼.. 밖에 무슨 일이 있었나요?"

"아니요. 그저 비가 내리는 중이에요. 구름에 다 가려져서 햇빛도 없는 걸요."

"근데 왜 이러는거지.."

"따뜻한 차라도 드셔 보실래요?"

"아니요. 그보다도.."

나르바는 뒷마당 장독에 담아 놓은 노루 피가 절실했다. 아직 통성명도 하지 않은 저 낯선 남자를 따돌리고 안전하게 피를 마실 수 있는 방법을 찾기 위해 그녀는 감은 눈꺼풀 뒤로 눈동자를 바쁘게 굴렸다.

"저.. 가게를 나가서 왼쪽 방향으로 청계천 다리를 건너 5분 정도만 더 내려가시면 약방이 있어요. 거기서 약을 좀 사다주시겠어요?"

"그럼요! 아, 근데 일본인이 운영하는 약방인가요? 제가 조선말을 할 줄 몰라서요."

"그렇다면.. 명치정 2정목에 대화탕이라고 온천이 있어요. 그 맞은편에 일본인이 운영하는 약방이 있는데, 거기로 다녀오세요."

"명치정 2정목 대화탕 맞은편. 알겠습니다!"

"근데 비가 온다면서요. 우산은 있으세요?"

"아니요. 저도 여기로 오는 길에 갑자기 비가 내리는 바람에 신문지를 뒤집어 쓰고 왔는데.. 여기 있는 우산 좀 빌려 쓰겠습니다."

"우산이 어디 있어요?"

"원래 의자가 있던 곳 바로 옆에요."

"거기에 우산이 있었다고요?"

"네. 홍색 지우산. 맞죠?"

"맞아요.. 이상하다.. 한참을 찾아도 없었는데.."

"계속 거기 있었어요. 처음부터. 그럼 다녀올게요!"

그가 문을 열고 가게 안으로 들어서기 전까지 수십 번은 더 뒤져본 곳이었다. 분명히 없었다. 그녀의 눈이 그때부터 멀기 시작한 게 아니라면 우산은 분명히 없었다.

나르바는 가만히 있다가 벼락이라도 맞은 기분이었다. 난데없이 눈이 멀질 않나, 맑았던 하늘이 순식간에 먹구름으로 뒤덮이질 않나, 감쪽같이 사라졌던 우산이 언제 그랬냐는듯 멀쩡하게 돌아오질 않나. 이런 순간을 두고 조선 사람들은 귀신이 곡할 노릇이라고 하던가?

하지만 이런 잡념으로 한가로울 때가 아니었다. 나르바는 그의 발소리가 큰 길을 벗어나자마자 서둘러 일어나 손으로 벽을 짚으며 뒷마당으로 나갔다. 부엌에서 사발을 챙겨 오미자 나무가 심어진 화단에 도착하기까지 5분이 안 되는 시간동안 세 번이나 넘어질 뻔했다. 두 눈 시퍼렇게 뜨고 뻔질나게 드나들 땐 몰랐던 턱이 세 군데나 있었던 것이다.

'정말 기이한 날이야.'

나르바는 오미자 나무 아래를 손으로 파내기 시작했다. 비를 흠뻑 먹은 흙이, 덩어리의 형태로 묵직하게 떠졌다. 머지 않아 화단 아래 묻혀 있던 장독이 모습을 드러냈고 동시에 내리던 비는 빠르게 멎었다. 어쩌면 소기의 목적을 달성했다는 듯이.

나르바는 장독 뚜껑을 열기가 무섭게 사발로 연신 피를 퍼서 벌컥벌컥 마셨다. 마셨다기 보단 목구멍으로 들이부었다는 표현이 더 적절할 행동이었다.

그러기를 몇 번. 눈으로 서서히 빛이 들어왔다. 밤과 낮이 구분될 정도의 감각이 돌아오고, 시야를 뿌옇게 가리고 있던 안개가 걷히면서 오미자 나무의 붉은 열매가 선명해질 무렵, 약을 사러 나갔던 남자의 발소리가 어느새 10미터 가까이로 들어왔음이 느껴졌다.

나르바는 숨을 돌릴 틈도 없이 장독의 뚜껑을 닫고 퍼냈던 흙을 다시 덮기 시작했다. 그 아래 무언가 묻혀 있을지도 모른다는 상상조차 할 수 없도록, 감쪽같이 덮어야 한다는 일념에 사로잡혀 흙더미에 섞여있던 나뭇가지가 손바닥을 긁는 것도 모를 정도로 그녀는 다급했다.

"괜찮아요? 피가 많이 나는데.."

그의 목소리가 등 뒤로 날아와 꽂히는 순간, 나르바는 서늘한 기시감과 함께 온몸에 전율이 인다. 아주 오래전에도 나에겐 이런 순간이 있었지. 머리끝부터 발끝까지 구석구석 촘촘하게 번개가 쳐대는 느낌이다. 나르바는 천천히 뒤를 돌았다. 간절함과 두려움이 교차하는 기분. 설마 너니? 네가 돌아온 거니?

이제서야 보인다 그가. 채훈만큼 큰 키에 다부진 어깨를 가진 남자. 정확히 경동맥이 흘러가는 목덜미에 그녀의 잇자국이 만든 초승달 흉터가 있는 남자. 쌍꺼풀 없이 길고 날카롭게 뻗은 눈매 사이에, 동그랗게 자리잡은 검은 눈동자 뒤로 파란 바다가 넘실대는듯, 일렁이는 눈빛을 가진 남자. 인종이 달라지고 모습이 달라지고 언어가 달라졌어도 나르바가 한눈에 알아볼 수 있는 그 남자. 500년 하고도 스물 네 해만에 비로소 그가 도착한 순간이었다.

"안녕, 체르."

나르바는 떨리는 목소리로 읊조렸다. 들릴 듯 말 듯.

"이제 눈이 보이시는 거예요? 근데 손에서 피가 흘러요. 얼른 지혈을 해야 할 것 같은데.."

그는 재킷 주머니에서 손수건을 꺼내 피가 흐르고 있는 나르바의 손에 갖다대고 지그시 눌렀다. 오래전 그날처럼.

그가 자신의 손을 잡는 순간, 나르바의 눈물은 기어이 터져나오고 만다. 어깨를 사시나무처럼 몇 번 떨다 이내 폭포수 같은 눈물을 쿨럭쿨럭 쏟아내며 그의 가슴팍으로 고개가 떨어졌다.

"그렇게 아프세요? 어쩌지. 눈에 좋다는 약만 사왔는데.."

난생 처음 본 여자가 대뜸 자신의 가슴팍에 안겨 눈물을 쏟아내고 있는 난데없는 상황속에서도 그는 침착했다. 침착하게 한 손으론 피가 나고 있는 여인의 손을 부여잡고 나머지 한 손으론 들썩이는 그 어깨를 두드렸다. 토닥토닥.

"이름이 뭐예요?"

나르바는 파르르 떨리는 입술로 물었다.

"아, 인사가 늦었네요. 오자마자 정신이 없어서.. 저는 덩샤오룬이에요. 채훈이와 일본에서.."

"알아요. 덩샤오룬… 결국 당신이었군요. 채훈 씨가 당신 이야기를 그렇게나 많이 했었는데… 그때 알았어야 했는데…"

"채훈이가 그랬어요? 그렇다면 당신은 분명 여리 씨겠죠? 저한테 편지를 보내주신 분도?"

"네, 제가 보냈어요. 당신은 알아야 할 것 같아서. 물론 이렇게 직접 오시리라고는 생각도 못했지만."

"편지를 받자마자 왔어야 했는데, 일이 좀 있어서 이렇게 늦어졌어요. 죄송해요."

"아니예요.. 내가 미안해요."

"네..? 당신이 왜요?"

"…끝까지 기다리지 못해서요."

"그게 무슨 말씀이신지.. 근데, 중국말을 왜이렇게 잘하세요? 채훈이한테 그런 이야기는 못 들었는데. 완전 중국인이라고 해도 믿겠어요!"

"어떻게 살았어요? 당신이 살아온 이야기를 해줘요."

"그보단 상처 지혈이 먼저.."

"그건 금방 아물어요. 내 걱정은 그만 두고 당신의 이야기를 해줘요 샤오룬. 당신의 이야기를."

24

광저우에서 태어난 아이

24) 광저우에서 태어난 아이.



       광서 22년. 나는 광저우의 가난하고 무지한 하층민 가정에서 태어났다. 내 아버지는 내 친구들의 아버지와 마찬가지로, 낮에는 부둣가에서 일하는 하역 노동자였고 밤에는 아편굴을 점령한 중독자였다. 아버지가 아편 빚을 충당하기 위해 영국 상단에 날 팔아넘긴 아홉 살 때까지 나는 그가 맨정신으로 있는 걸 본 적이 없었다.

  어머니는 그런 아버지에게 하루가 멀다하고 뺨을 맞는 불쌍한 여인이었다. 얼마나 불쌍했던지, 도대체 어머니는 왜 도망을 가지 않고 계속해서 이 집에 살고 있는 거냐고 물었을 정도였다. 내 나이 다섯 살 때.

  "샤오룬. 아버지를 너무 미워하지 말아라. 네 아버지도 자신이 원해서 저 지경이 된 게 아니야."

  "그럼 어쩌다 저 지경이 된 건데요?"

어머니의 설명에 따르면, 하역 노동을 하고 약속했던 임금을 받지 못한 아버지가 다른 노동자들과 함께 관리자에게 항의를 하러 간 자리에서 임금 대신 받아온 것이 바로 광동 아편이라고 했다. 광동 아편은 인도산 수입 아편으로, 가격이 비싸서 정말 부유층 사람들이 아니면 평생 구경도 못할 아편이었는데 그것을 몰래 들여오던 외국 상단의 배에서 한 상자씩 빼돌려 뒷배를 불리던 관리자가 돈 대신 광동 아편 몇 알씩을 손에 쥐여주며 입막음을 했던 것이다. 아편굴에 가서 팔면 임금의 배는 받을 수 있을 거라면서.

아버지는 그때 처음으로 아편굴에 발을 들였다. 입구에 들어서자마자 몽롱한 기운이 덮치는가 싶더니 어느새 자신이 아편에 불을 붙이고 있더라는 거였다. 그렇게 아버지와 우리 가족 인생에 지옥이 시작된 것이다. 원수에게 복수를 하고 싶거든 그를 때리거나 송사를 벌일 필요 없이 그저 그를 아편굴로 유혹하기만 하면 된다던 흔한 농담이, 우리 가족의 모든 인생을 송두리째 집어삼키고 만 셈이었다.

그때 그 관리자가 얼마나 많은 가정을 파국으로 몰고 갔는지 모른다. 정작 본인은 그 빼돌린 아편을 팔아 큰돈을 벌어놓고. 하지만 어디 그자를 탓할 수야 있겠는가. 팔아서 살림에 보탬이 되라고 준 아편을 스스로 삼켜버린 아버지가 문제였지.

어머니가 아버지를 포기 못했던 데에는 한때나마 아버지가 아편을 끊어보려고 수용소에 제 발로 걸어 들어가는 의지를 보인 적이 있기 때문이었다.

아편에 중독됐던 사람들은 아편의 자극이 사라지고 나면 극심한 우울

증에 빠진다고 한다. 아편의 기운 없인 몸을 움직이기도 싫어하게 되고, 머리부터 발끝까지 전신이 빠짐없이 다 아픈데 특히 위와 어깨, 그리고 관절과 뼈가 견딜 수 없을 만큼 아파 온다고 했다. 그로 인해 계속해서 진땀을 흘리고 몸을 떨게 되는 것이며, 아편을 다시 흡입하지 않으면 곧 죽게 될 거라는 불안감에 시달리게 되는 거라고.

아버지는 자신과 마찬가지로 아편에 뼛속까지 절어버린 인간들과 그 곳에 떼로 갇혀 6개월을 저 모든 고통과 싸웠다. 그리고 아버지가 집을 떠났던 그 6개월이 어머니와 내 인생엔 처음이자 마지막 화양연화였다. 그 6개월만큼은 아무도 소리 지르지 않았고, 아무도 울지 않았으므로.

매 순간이 화형당하는 것 같은 고통과 싸우며 간신히 수용소를 나온 아버지는 채 사흘을 못 버티고 또다시 아편에 손을 댔다. 그도 그럴 것 이 아편은 이미 밀가루만큼이나 시중에 널리 보급되어 있는 상황이었 고 문을 굳게 걸어 닫고 모른 척을 할래도 담벼락을 넘어 이불 위까지 날아드는 아편 냄새를 뿌리치고 살 수 있을 만큼의 의지가 아버지에겐 없었다.

결국 박약한 인간은, 아편굴로 피신 아닌 피신을 했고 그 척박한 환경 속에서도 어떻게든 살아 보겠다고 모질게 바둥거리던 아내를 때려죽였 으며, 하나밖에 없는 핏줄을 영국 상단에 쿨리로 팔아 버린다. 이것이 나의 유년기다.

쿨리로 팔려 간 아홉 살 때까지도 나는 내 이름 석 자조차 읽고 쓸 줄 모르는 한 마리의 무지렁이였다. 인간을 셀 때 쓰는 '명' 이란 수사를 갖 다 붙이기에도 낯뜨거운 한 마리의 무지렁이.

파란 눈의 서양인들은 이런 나를 '몽키'라고 불렀었다. "헤이, 몽키!" 이 소리에 나는 반사적으로 달려가 그들이 시키는 일을 했었다. 그 상단에서 5년간 있으면서 영어를 중국어만큼 구사하게 될 때까지도 나는 그저 그것이 하나의 이름인 줄만 알았다. 그들이 서로를 '대니얼' '크리스' '도널드' '마크' '샘' 이렇게 불렀던 것처럼, 나에게도 '몽키'라는 이름을 붙여준 거라고만 생각했었다.

'몽키'의 뜻이 동양인을 비하하는 뜻을 담은 '원숭이'였다는 사실을 알게 된 건, 그들이 나를 일본인 공장주에게 팔아넘기는 과정에서였다.

"모자란 금액은 이 몽키 한 마리로 채우면 어떻겠소?"

시모노세키항에서 일본의 나전칠기 공예품을 구입하던 중, 상단 측이 지불해야 할 대금이 조금 부족해지자 그들이 나를 내세우며 했던 말이었다. 그러자 허리춤에 요상한 채찍을 감고 있던 일본인 공장주는 쿨리들 틈에 껴 있던 또 다른 이를 손가락으로 가리키며 흥정을 해왔다.

"저 몽키까지 두 마리면 허용하리다."

그는 상단에 팔려 온 지 얼마 안 된 인도인이었다. 머무르는 구역이 달라 딱히 대화를 나눠 본 적은 없었지만 다른 인도인 쿨리들이 그를 '아르준'이라 부르는 것을 들은 적이 있었다. 당시 나는 내 몸값이 나전칠기 공예품 몇 개와 맞바꿀 수 있을 만큼의 헐값이라는 사실보다도 어째서 아르준이라는 버젓한 이름이 있는 그가, 몽키라는 나의 이름으로 통용되는 것인지 그것이 더 궁금했었다.

"이봐 아르준. 몽키는 저들이 나한테 붙여준 이름인데 어째서 너도 몽키라고 불리는 거야?"

이런 순박한 질문에,

"몽키는 이름이 아니야. 원숭이라고 원숭이. 저들이 우리 아시아인을 사람으로도 보지 않는다는 뜻이지."

체념에 가까운 대답이 돌아왔다.

현실을 직시한 나는 큰 충격을 받았었다. 나를 몽키라 불렀던 사람들에 대한 배신감이나 분노 때문이 아닌, 몽키가 어떤 뜻인지도 모르고 부르면 냉다 달려갔던 나의 무지함에 신물이 났으므로. 어쨌거나 나는 그렇게 치욕적으로 5년 만에 배에서 내릴 수 있었다.

일본인 공장주는 우리를 '차이나몽키' '인디아몽키'라고 국적만 분리해서 불렀다. 마치 자신은 동양인이 아니라는 듯이. 그리곤 걸핏하면 허리춤에 감아놓았던 채찍을 풀어 우리에게 휘둘렀는데, 대체 그런 건 어디서 났는지 쇠심줄마냥 질기고 단단한 것이 흙바닥에서도 찰싹찰싹 소리를 내며 한 번의 내리침에도 땅을 훅- 파놓을 정도로 위력이 엄청났다.

나와 아르준은 그 채찍을 보며 저걸로 몇 번만 내리치면 없던 우물도 생기겠다고 농담을 하곤 했었다. 그 채찍이 아르준의 몸을 우물처럼 파놓기 전까진.

아르준이 죽음에 이르게 된 그 일련의 과정에 대해서는 지금까지도 나는 잘 알지 못한다. 나는 단지 공장 사무실로 가보라는 누군가의 지시에 따라 달려갔을 뿐인데, 그곳에 가슴이 둥글게 파여 우물 같은 피가 샘솟고 있는 아르준이 누워 있었던 것뿐.

아르준의 눈꺼풀은 이미 무덤까지 떨어진 듯 무거웠고 도대체 이게 무슨 일이냐는 나의 물음에, 공장주를 비롯한 그 안에 있던 모든 일본인들은 심드렁한 태도로 일관했다. 그깟 몽키 하나 죽은 게 뭐 대수냐는 듯이. 그 피비린내 나는 것을 얼른 사무실 밖으로 치우라고. 우린 계속해서 포커를 쳐야 한다고.

나는 피칠갑이 된 아르준의 시신을 짊어지고 사무실을 나왔다. 그의 우물이 닿는 등골에서 아주 미약한 떨림이 전해졌다.

"아르준! 정신 차려. 죽으면 안 돼. 여기선 죽어도 묻힐 곳이 없어. 고향으로 가야지. 죽더라도 거기 가서 죽어야지 아르준."

목이 따가울 정도로 메어왔다. 한 마디 한 마디 할 때마다 바늘이 목을 긁는 느낌이었다. 달빛 하나 없는 밤에, 낯선 땅에서 죽어가는 친구를 짊어지고 갈 곳이 하나도 없다는 사실이 너무나도 원통하고 분해서 참을 수가 없었다. 도대체 우린 어디로 가야 하지? 어디로 가야 해? 공장 앞 외등 아래 서서 갈피를 못 잡고 있는 내게, 끊어져 가는 숨통을 간신히 붙잡고 있던 아르준의 목소리가 들려왔다.

"바다로 가. 바다로."

그래. 바다. 바다로 가자. 바다로.

이 끔찍한 나라에 유일하게 맘에 드는 구석이 있다면 바로, 걸어서 멀지 않은 곳에 늘 바다가 있다는 사실이었다. 정해진 길이 아닌, 그저 발길 닿는 곳 아무 데나 가도 그 끝엔 바다가 있다는 것.

"날 바다로 던져줘. 그럼 인도까지는 내가 알아서 가볼게. 고마워 샤오룬. 덕분에 견딜 수 있었어."

"아르준. 아르준. 아르준."

나는 뭐라 할 말을 찾지 못하고 마냥 그의 이름만 연신 불러댔다. 잘 가라고 하자니, 그가 잘 갈 수 없다는 사실을 너무나 잘 알고 있고, 날 두고 가면 어떡하냐고 신파를 떨자니 숨통 끊어져 가는 친구의 마지막 길을 정신 사납게 하는 것 같아 그것도 싫었다.

결국, 나는 그의 유언대로 그를 바다로 떠내려 보냈다. 피 냄새를 맡은 물고기들이 쏜살같이 달려들어 그를 덮쳤다. 나는 눈에 보이는 대로 돌멩이를 들어 냅다 던지며 물고기를 쫓아보려 애를 썼다. 그냥 둬. 제발 그냥 둬. 고향 땅으로 무사히 돌아갈 수 있게 제발 그냥 두란 말이야.

결국 아르준은 뭍에서 얼마 나아가지도 못한 채 영원히 사라지고 말았다. 그의 누더기 같은 옷자락만이 둥둥 고향 땅을 향해 떠내려갈 뿐이었다. 그 모습을 하염없이 보면서 나는 중얼거렸다. 어떻게든 부디 뱅골만까지 찢기지 말고 도착하거라. 그럴 수 없다는 걸 알면서도.

그러는 사이 태양은 또다시 떠올랐고, 커다란 여객선이 항구에 정박하는 것이 보였다. 한 사람이 이 땅을 떠나도 수백 명이 다시 이 땅을 채운다. 아르준의 공백은 느낄 새도 없이. 그러니 얼마나 미약한 죽음인가.

나는 다시 공장으로 터벅터벅 걸음을 옮겼다. 분명, 아무도 벌 받지 않을 것이었다. 어느 누구도 아르준을 그리워하지 않을 것이었고, 그의 죽음에 일말의 책임감이나 죄책감을 느끼는 이도 없을 것이었다. 그럼에도 불구하고 나는 그곳으로 돌아가야 했다. 달리 갈 곳이 없었으니까. 이런 지리멸렬한 인생. 이참에 그냥 죽어버릴까 생각하던 찰나, 누군가 말을 걸어왔다.

"괜찮습니까?"

상냥한 일본어였다. 매번 듣던 억센 일본어가 아닌 처음 듣는 상냥한 일본어.

새카맣게 때가 낀 발가락에 고정되어 있던 시선을 소리가 나는 쪽으로 옮기니, 방금 배에서 내린 것으로 보이는 한 무더기의 청년들이 나를 둘러싸고 있었다. 하나같이 걱정스러운 얼굴로. 그제서야 나는 아르준의 피가 내 뒤통수부터 발뒤꿈치까지 덕지덕지 붙어 하나의 해산물 같은 꼴로 걷고 있었다는 걸 깨달았다.

"괜찮습니다."

나는 중국어로 대답을 해버렸다. 그냥 본능적으로 튀어나온 말이었다. 심신이 피폐해지거나 위로가 필요한 순간이면 여지없이 찾게 되는 모국어의 힘. 그러자,

"어라? 너 중국인이니?"

라는 대답이 돌아왔다. 상냥한 일본어가 아닌 그리웠던 중국어로.

"중국인이세요??"

발가락에 붙어 있던 정신머리가 순식간에 기어 올라 집을 찾아간 듯 정신이 번쩍 들었다.

그들은 중국에서 온 관비 유학생들로, 도쿄에 있는 대학을 가기 위해 기차를 타러 가는 길이라고 했다.

"근데 너 괜찮니? 어디 다친 거 아니야? 이 피는 다 뭐야?"

"제 피 아니에요. 친구 피예요. 오늘 새벽에 일본인 공장주한테 맞아 죽었어요."

라고 말하는 순간 나는 참았던 울분이 터져 나와 난생처음 보는 그들

앞에서 격랑 같은 몸을 들썩이며 울음을 터트렸다. 그들은 쿨리로 살게 된 나의 자초지종을 들으며 격하게 분노했고 격하게 위로했다.

"우리랑 가자! 열네 살이면 공부를 해야지. 벌써부터 이렇게 살 필요는 없어. 형들이 도와줄게."

형들은 각자 들고 있던 물통을 열어 내 몸을 대충 씻긴 뒤, 자신들의 옷과 신발을 내주었다. 간신히 해산물 꼴에서 벗어나 사람 행색이 가능해지자 십시일반 돈을 걷어 나의 차비를 마련해 주었다. 나는 자진해서 형들의 짐가방을 들었다. 동냥을 받는 것보다 짐꾼으로 고용된 쓸모 있는 모양새이고 싶었다. 그 속내를 꿰뚫었는지 형들도 마다하지 않고 자신들의 짐을 내게 넘겼다.

나는 그렇게 도쿄로 갔다. 따로 관리해주는 주인이 없이 방만 내준 형태의 하숙방에서, 그들을 위해 밥을 짓고 빨래를 하고 청소를 하고 심부름도 하는 동안 형들은 내게 일본어는 물론, 그때까지도 여전히 읽고 쓸 줄 몰랐던 중국어까지 가르쳐 주었다.

나는 열심히 배웠다. 몽키라는 부름에 냅다 달려갔던 무지한 어린 날의 수치심을 매일 아침 상기시키며 정신을 가다듬고 열심히 공부했다. 한 번씩 아르준의 얼굴이 글자 사이를 비집고 튀어나와 나를 울렸어도 나는 멈추지 않고 공부했다.

내가 어느 정도 읽고 쓰기가 가능해지자 형들은 심부름이란 명분하에 필사를 시켰는데, 그때 형들이 준 책이 바로 [혁명군]과 [경세종]이었다.

중국이 독립을 하고 세계열강과 나란히 서고자 한다면 혁명하지 않으면 안 된다는 내용을 세 번이나 옮겨 쓰고 나서야, 나는 그 형들의 진짜 정체를 알 수 있었다.

그들은 쑨원 선생과 함께 중국 혁명을 주도하는 단체의 일원들이었고, 덕분에 나는 그들로부터 이념과 사상을 깨우치며 쑨원 선생이 난징에 새로운 정부를 탄생시키는 역사의 모든 과정을 가까이에서 고스란히 지켜볼 수 있었다.

1912년 1월, 난징으로 돌아가는 형들은 내게 1년 치의 하숙비와 학비를 건네며 절대로 배움을 멈춰선 안 된다고 당부했다. 끝까지 공부를 하라고. 그리고 네가 옳다고 생각하는 길을 가라고.

그렇게 돌아간 형들은 북부 군권을 장악하고 대총통에 취임한 위안스카이와 국민당의 대립 과정에서 차례대로 죽었다.

나는 그들이 세상에 남긴 유일한 유산이었다. 같은 동양인에게조차 짐승 취급이나 받던 쿨리에서, 3개 국어를 하는 유학생으로 신분을 상승시켜 준 그 노고와 은혜를 기리기 위해서라도 나는 이 세상에 이름을 남겨야 했다.

형들이 떠나간 자리를 새롭게 채운 건 조선인 유학생들이었다. 일본과의 강제 병합 이후 조선에서는 수많은 학생들이 일본으로 건너왔었는데, 그중에는 학업 능력이 뛰어나 장학생으로 후원을 받아 들어온 이들도 있었지만, 대부분은 아버지나 할아버지가 친일 계열의 고관대작인 경우가 많았다.

채훈이 내 방 문을 열고 들어왔을 때, 나는 그 역시도 고관대작의 자제들 중 한 명일 거라고 아주 당연하게 생각했었다. 그가 1인실 기숙사가 아닌 3인실 하숙방을 거처로 정한 것이 다소 의외였지만, 훌쩍 큰 키에 다부진 체격과 곱상한 생김새, 무엇보다도 모든 상황을 긍정적으로 바라보는 여유와 온순한 성격은, 평생을 튼튼한 기둥과 넓은 지붕 아래서 배불리 먹으며 살아온 사람이 아니고서는 절대로 가질 수 없는 조건이라고. 나는 첫 만남에 그렇게 단정 지었었다.

그러니, 그가 나의 비극과 맞먹는 역사를 지녔다는 것을 알았을 때 내가 받은 충격이 어떠했겠는가. 그것은 내 머릿속에 심어져 있던 같잖은 편견 바위가 모래알이 될 정도로 산산이 부서지는 일이었으며, 뒤따라오는 유대감의 밀도란 실로 엄청난 것이었다.

우린 마치 하나의 뿌리에서 갈라져 나온 줄기 같았다. 고대에는 하나였던 존재가 윤회를 거치면서 둘로 나뉘어 다시 태어난 것만 같은 그런 유대감이었다. 끈끈하고 질긴. 어떠한 상황 속에서도 부러지거나 끊어지지 않는 둘도 없는 형제 사이가 되는 데 그리 오랜 시간은 필요치 않았다.

서로의 언어를 몰랐던 우린 일본어로 대화를 했으며, 채훈의 일본어가 능숙해지기 전까진 한자를 이용한 필담을 주로 나누었는데 그 과정에서 나는, 사람과 사람 사이에 언어라는 것이 그리 큰 장벽이 아니라는 걸 깨달았다. 마음을 기꺼이 열 의지만 있다면 사람과 사람 사이에 장벽은 아무것도 없는 거라고.

채훈이 일본 생활에 적응을 마쳤을 무렵, 우린 하숙방 부근에 있는 양조장에서 배달 노동을 시작했다. 매일 새벽, 양조장에서 갓 나온 술을 받아 자전거를 이용해 계약된 가게로 배달하는 일이었는데, 새벽 4시에 일어나야 한다는 부담이 있었지만 업무 시간이 3시간밖에 되지 않아 등교 전에 일을 모두 마칠 수 있다는 엄청난 장점이 있었으며, 일본에서 외국인이 할 수 있는 일 중에 이만한 돈벌이가 되는 일도 없었다.

술 배달이 끝나고 나면 우린 하숙방으로 돌아와 물 말은 보리밥에 일본식 절임 반찬 한 두 가지를 얹어 아침을 먹고 등교를 했는데 일반 고등학교에 다녔던 나나 다른 유학생들과는 달리, 채훈은 정식 교육 과정으로 인정되지 않는 동네의 작은 교습소로 일본어를 배우러 다녔었다.

처음에는 그가 학비 때문에 상대적으로 저렴한 교습소를 다니는 건 줄 알았다. 1년 정도는 교습소를 다니며 언어를 익히고 그 이후에 정식 학교를 입학하는 경우들도 더러 있었으니까. 하지만 우리와 함께 방을 쓰면서 일반 고등학교에 다녔던 또 다른 조선인 유학생 송기백이 저녁마다 그 교습소로 향하는 모습을 보고는 그곳이 일반 교습소가 아님을 짐작할 수 있었다.

그 교습소는 일본인으로 위장한 조선인 선생이 조선 학생들을 상대로 일본어를 가르친다는 명분하에 운영하면서 뒤로는 몰래 항일운동을 준비하는 일종의 비밀기지 같은 곳이었다.

채훈은 그 교습소에서 오전에는 일본어를 배우고, 오후에는 하교하고 온 다른 유학생들과 함께 이러저러한 일들을 도모하는 것 같았다. 그들이 정확히 무슨 일을 했는지 상세한 내용까진 알 수 없었지만, 어쨌거나 몸을 담고 있는 그릇이 그러하니 나 역시도 자연스레 그들의 항일운동에 영향을 받을 수밖에 없었다.

내가 봤던 조선인들은 매우 영리했으며 상당히 민첩한 구석이 있었다. 그들은 모든 상황을 계획할 때 반드시 세 개의 대비책을 마련하는 일명

교토삼굴 작전을 썼으며, 무엇보다도 나라를 사랑하고 나라를 위해 희생을 마다하지 않는 투철한 애국심을 지니고 있었다. 목에 칼이 들어와도 변절하지 않을 것 같은 그런 애국심의 향연들. 그땐 그랬었다.

고등학교를 마치고 베이징으로 돌아오기까지 2년을 채훈과 그 무리들과 함께 시간을 보내며 나는 조선의 독립이 곧 이루어질 거라 예상했었다. 그들의 투지력과 영민함은 당장에라도 뭔가를 이뤄낼 것처럼 대단해 보였고, 그들을 이기기엔 일본인은 다소 멍청한 종자들이었으니까.

일본인이 조선인보다 뛰어난 것이 있다면 세계를 경악시킬 수준의 잔인함과 극강의 변태 습성을 지녔다는 것인데, 나는 이 잔인함과 변태스러움이 영민함과 투지력을 이겼다는 사실을 지금까지도 믿을 수가 없다.

베이징으로 돌아온 나는 1년간 공부 끝에 베이징 대학교에 합격을 했다. 그 사이 채훈은 조선으로 돌아가 고등보통학교에 입학을 했으며, 기백만이 계속해서 일본에 남아 그곳에서 대학을 갔다.

채훈과 나는 계속해서 서신을 주고받으며 소식을 전했었다. 나는 그 편지들을 통해 기백이 도쿄에서 독립선언문을 읽었다는 사실과 조선에서 있었던 대규모 만세운동의 전모를 들을 수 있었다.

기어이 목숨을 나라에 바친 기백과 그럼에도 불구하고 끝까지 투쟁을 하겠다는 채훈의 신념을 보며 나도 뭔가를 해야겠다는 생각이 단전에서부터 부글부글 끓어올랐다. 당장에 산동반도가 일본으로 넘어갈 판인데 밥이 넘어가고 책장이 넘어가냐고 스스로를 매질하면서.

1919년 5월 4일. 나는 3000여 명의 학생 동지들과 함께 천안문 광장에 섰다. 베이징의 학생들이 애국선전을 위한 동맹 휴업을 선언할 때 동참했으며, 일본인 공장의 노동자들이 파업 선언하는 것을 적극 지지했고, 6월 3일에는 베이징 시내에서 가두 강연도 시작했다. 170여 명의 학생들이 체포됐지만 나는 아랑곳없이 그다음 날에도 가두시위에 참석했고, 그곳에서 700여 명의 학생들과 함께 체포되어 100일간의 구금을 받았다.

계절이 바뀌고 나서야 기숙사로 돌아온 내겐 조선으로부터 온 한 통의 편지가 있었다. 익숙한 발신지, 낯선 글씨체. 그 편지에 적힌 한 문장.

[장채훈 사망]

나는 이제 조선으로 가야겠다.

25

돌이킬 수 없는

25) 돌이킬 수 없는.


　　좀처럼 그칠 줄 모르는 눈물이었다.

　한가위 보름달이 높게 떠올랐다 서서히 기울어 새벽녘의 작은 빛으로 사라져 갈 때까지도, 자책과 회한이 엿가락처럼 엉겨 붙은 그 울음소리는 차마 멈출 줄을 몰랐다.

　사랑도 잃고 목숨도 잃어 한이 그득그득 맺힌 처녀 귀신처럼 나르바는 목놓아 울었다. 인왕산 일대의 민가는 물론이거니와 서대문 밖까지 때아닌 귀신 소동으로 한바탕 홍역이 휩쓸건 말건, 지금 이 순간 만큼은 그 무엇의 눈치도 보지 않고 오직 자신만을 위해 울 뿐이었다.

　"거의 다 왔었는데.. 정말 코앞까지 도착해 있었는데 아니, 애초에 우린 그리 멀리 있지도 않았었는데 그저.. 바다 하나만을 사이에 두고 있었을 뿐인데.."

500년을 켜켜이 쌓아 올린 설움들이 목구멍을 턱턱 막아온다.

그래, 솔직히 가끔은 억울하기도 했다. 이 500년을 홀로 견딘다는 것이 가끔은.

모차르트의 연주를 직접 들을 때나, 셰익스피어의 초연을 볼 때는 인간으로서는 절대로 경험해보지 못했을 시간이었다며 감사해 마지않다가도, 기나긴 전쟁과 역병의 시대 그리고 피로 얼룩진 살육의 순간들을 지나올 때면 그 마음들이 꼭 벌을 받는 심정으로 변질되곤 했었다. 나는 어째서 이런 시대를 겪고 있어야 하는 거냐고. 마치 억울하게 지옥으로 떨어져 감당할 수 없는 형벌을 치르는 양, 그토록 원망스러울 수가 없는 것이었다. 그 모든 것이 전부 스스로의 선택에 의한 일이었음에도 불구하고.

인간도 아니면서 어찌나 간사했던지. 영생이라는 신의 영역에 발을 걸쳐 놓고는, 50년도 겨우 살아남는 인간들처럼 간사하게 굴었다는 사실이 나르바를 할퀴고 지나간다. 체르에게도 500년은 지옥과 다름없는 시간이었음을 왜 잊고 있었던 걸까. 환생이라는 것이 얼마나 힘든 일인지 몰랐던 것도 아니면서.

"내가 다 망쳤어. 우리의 약속을. 세기를 거슬러 거슬러 맺어 놓았던 우리의 약속을. 다신 맺을 수도 없는 그 약속을 내가 다 깨버린 거야. 그 잠깐의 흔들림을 참지 못하고."

도무지 용서할 수 없는 밤이 흐르는 중이다. 씻을 수 없는 죄책감이 돌덩이처럼 마음속을 굴러다니는 밤이.

이 비극에서 자유로울 수 없는 제논 역시, 마른 목구멍으로 한주먹의 소금이 넘어가는 기분이다.

그저 나르바를 위한 일이었다. 뱀파이어의 환생이라는 건 전설로만 내려오는 이야기라고 생각했었으니까. 한 번도 본 적 없고, 들은 적 없는 이야기에 영생을 걸고 있는 그녀의 삶이, 그녀의 아름다움이 너무도 안타까웠으니까. 후회가 없는 자신의 영생처럼 나르바도 영생 중에 원 없이 사랑 한 번은 받아보길 바랐던 작은 날갯짓이, 이토록 거대한 폭풍우를 몰고 올 줄 누가 알았겠는가.

누구의 죄도 아니었고, 누구의 탓도 아니었다. 그들은 다만 의심했고, 다만 흔들렸으며, 다만 끝까지 버티지 못했을 뿐이다.

차디찬 계곡물에 얼굴을 한참 담그며 퉁퉁 부었던 눈을 간신히 가라앉히고 문구점으로 돌아왔을 땐, 이미 해가 중천까지 높게 솟은 뒤였다.

체르는, 그러니까 샤오룬은 문구점 뒤뜰 화단에 걸터앉아 오미자나무에 주렁주렁 열린 붉은 열매를 감상하는 중이었다.

최대한 침착하게. 그리웠던 마음도, 미안한 마음도, 설레는 마음도 모두 내려놓고 아무 감정 없는 사람처럼 굴자고 수백 번은 더 다짐하고 문을 열었음에도, 샤오룬의 모든 몸짓과 소리는 나르바를 계속해서 리바톤의 얼음 숲으로 데려다 놓고 있었다.

"여기 계셨네요."

나르바는 시선을 흙바닥에 던져둔 채, 겨우 입만 열었다.

"오셨어요? 오미자 열매가 너무 풍성해서요. 하나하나 빛깔도 너무 곱고 아주 실해요. 산도 아니고 가정집에서 어쩜 이런 열매가 맺어졌을까요? 직접 기르신 건가요?"

"네."

"와.. 정말 손재주가 뛰어나시네요."

뱀파이어의 손길로 키워졌으니 그럴 수밖에. 한때는 너의 손에서도 저렇게 빛이 나는 열매들이 피어난 적이 있었단다 체르. 네가 기억하지 못하는 아주 오래전에.

"그저 여름 장마를 잘 견뎠을 뿐인걸요. 잠자리는 어떠셨어요? 불편하진 않으셨어요?"

"아니요. 아주 편하게 잘 잤어요. 친척 집은 잘 다녀오셨어요? 명절 지내러 가신 거 아니었어요? 더 계시다 올 줄 알았는데, 혹시 저 때문에 일부러 일찍 오신 건.."

"아니에요. 충분히 있다 왔어요."

"제가 너무 느닷없이 와서 폐를 끼치네요."

"괜찮아요. 폐 아니에요. 친척 집은 여기서 가까워서 금방 오갈 수 있는 거리예요. 그러니까 신경 쓰지 마시고 편히 계세요. 식사는 하셨어요? 집에 먹을 게 없을 건데.."

"황금정에 있는 작은 식당에서 국수 한 그릇 먹고 왔어요. 번화가라 그런지 대부분의 상점에서 일본말을 쓰더라고요. 간판도 모두 일본어로 써 있고."

"조선말을 쓰다가 걸리면 태형을 면치 못하니까요."

"조선 땅에서 조선인들이 조선말을 쓰는 일이 매 맞을 짓인가요?"

"저들에게는 그런가 봐요. 정말 이해할 수 없는 족속들이죠."

"그럼, 당신도 평소에는 일본말을 쓰나요?"

"아니요. 저는 일본말을 배우지 않았어요."

"어째서요?"

"그들은 너무 야만적이니까요. 언어라는 건 한 민족의 정체성이자 얼이고 혼인데, 그 야만적인 언어를 배우고 이해하는 데 시간을 쓰고 싶지 않았어요. 그럴 바에야 차라리 개의 말을 배우는 게 낫죠."

"그러다 혹여 불심검문이라도 걸리면 어쩌시게요? 일본인 손님이라도 오면?"

"음.. 그럴 땐.. 그냥 사람이 아닌 척을 하죠 뭐."

그 말에 샤오룬이 피식! 하고 터졌다. 그의 서늘한 눈매에 살포시 주름이 잡히고, 북두갈고리같은 손이 입가에 잠시 머물다 사라진다. 가만히 있을 때는 차갑기 그지없던 인상이 한순간에 만개한 꽃처럼 화사해지는 것이 숨 막힐 정도로 아름다웠다. 어쩌자고 우리의 인연을 의심했을까?

"참! 경성역에 도착했을 때, 한 맹인 소년과 마주쳤었어요."

"맹인 소년이요?"

"네. 나이는.. 열 살이나 됐을까? 아무튼 어린아이였는데, 눈동자가 없었어요. 온통 흰자뿐이었죠."

나르바의 머릿속을 빠르게 스쳐 가는 누군가가 있었다. 조선을 떠나려던 그녀의 발목을 잡았던 아이.

"그 아이가 저에게 이곳을 알려주었어요."

"그래요?"

"생각해보면 정말 신기해요. 저에게 많은 인력거꾼이 말을 걸어왔지만 아무도 제가 보여준 편지 봉투의 주소를 읽지 못했거든요. 저 또한 이곳을 조선말로 뭐라고 불러야 하는지 몰라서 어쩌지 못하고 있는데, 대뜸 그 아이가 제 팔을 잡더니 이렇게 말했어요. 양생이가 왔다고."

"양생이요?"

"네. 양생이. 그렇게 말했어요 조선말로. 양생이. 나는 조선말을 할 줄 모른다고 말했는데도 그 아이는 계속해서 저에게 말을 했죠. 그러다가 손가락으로 어느 한 곳을 가리켰는데, 무슨 뜻인지 하나도 못 알아들었어도 왠지 그 방향으로 가야 할 것만 같았어요. 그래서 무작정 걸었는데 여기가 나오지 않겠어요? 정말 홀린듯이 걸었던 것 같아요. 그 아이의 정체는 뭐였을까요? 그리고 양생이는 무슨 뜻이죠?"

역시 너였구나. 그런데 양생이는 정말 뭘까?

"판수라고 불리는 아이들이 있어요. 맹인 점술사죠. 아마도 그런 아이를 만나신 것 같아요. 양생이는.. 글쎄요. 그건 정말 저도 잘 모르겠어요."

양생이. 양생이는 정말 무슨 의미였을까. 분명 그 맹인 점술사는 체르가 된 샤오룬을 알아봤을 것이다. 그러니 내가 있는 곳으로 그를 인도했겠지. 나르바는 끊임없이 궁금해진다. 양생이. 양생이. 양생이. 양생이는 대체 무슨 의미였을까.

"저 오미자 맛볼 수 있나요?"

"물론이죠."

"이곳에서는 오미자를 어떻게 먹어요?"

"이곳 사람들은 보통 차로 마시더라고요. 종로나 명치정, 혼마치 같은 곳에 있는 고급 찻집에서 주로 팔죠. 모두가 즐겨 먹는 차는 아니고, 부유한 사람들의 별미 정도로 소비되는 것 같아요. 한 잔 드릴까요?"

"그럼 한 잔만 부탁드릴게요."

나르바는 가게를 좀 봐달라는 핑계로 샤오룬을 마당에서 내보낸 뒤, 냉큼 열매를 따서 즙을 내고 차로 우렸다. 그리곤 오미자나무 아래 묻어 놓은 항아리에서 한 국자의 피를 떠 자신의 잔에 담았다. 마치 같은 오미자차인 양. 여리는 이런 순간을 예상하고 오미자를 심어 두었던 걸까?

"드셔보세요. 처음 우려보는 거라 맛이 어떨지 모르겠네요."

"감사합니다."

샤오룬은 두 손으로 잔을 맞들고 한 모금을 마신 뒤 천천히 음미했다.

"음.. 처음 입에 닿을 땐 단맛이었는데 이내 신맛이 오고, 짠맛과 매운맛이 복합적으로 느껴지다가 마지막엔 쓴맛이 와요. 정말 신기한 맛이네요. 마음에 들어요!"

"마음에 드신다니 다행이네요."

"중국에서는 오미자를 약으로 먹어요. 소화가 안 되거나 빈혈이 심한 사람들이 주로 먹죠. 저희 어머니께서도 자주 드셨어요. 어머니께서 저를 낳으실 때 피를 너무 많이 흘리셨거든요. 일주일이 넘도록 사경을 헤매다 간신히 살아나셨다는데, 이후로 내내 빈혈을 달고 사셔야 했어요."

"그럴 때는 오미자보단 작약꽃이 효과가 더 좋았을 텐데요."

"작약꽃이요?"

"네. 여성의 빈혈에는 오미자보다 작약꽃이 더 잘 통해요. 하지만 광저우에선 아무래도 구하기가 힘들었겠네요. 추운 산지에서 주로 피는 꽃이니까. 산시성에서 허베이로 넘어가는 산길에 작약꽃이 흐드러지게 핀 구간이 있어요. 강보약재상 할아버지도 일 년에 한 번씩 그곳으로 작약을 구하러 다녀오시곤 했는데, 먼 길 떠나는 수고스러움에 비해 돈이 안 되니까 언제부턴가 가지 않으시더라고요."

".. 강보약재상이요?"

"네. 광저우 성북지역에 있는 작은 약재상인데 아마 모르실 거예요. 너무 오래된 일이기도 하고.."

"꼭 광저우에서 살아보신 분처럼 말씀하시네요?"

"아.. 저 그게.."

나르바는 그제서야 아차! 하고 입을 닫았다. 샤오룬의 눈에는 자신이 조선 처녀 여리로 보인다는 사실을 까마득하게 잊었던 것이다.

"살다 오신 거죠? 그렇죠? 광저우에 계셨던 거예요? 성북에? 그런데 왜 광동어를 안 쓰세요? 발음도 북방 지역에 더 가까운데..?"

"어..릴때.. 중국에 잠시 살았었어요. 광저우에도 잠깐 있었고.. 뭐.. 북방 지역도.. 여기저기.."

쏟아지는 물음표의 홍수 앞에 나르바는 더 이상 변명거리를 찾지 못하고 이실직고를 해버렸다. 물론, 그 과정에서 살아온 시간의 5분의 1에 해당하는 엄청난 시간을 '잠시'라는 단어로 홀대한 불미스러움이 있긴 했지만.

"어쩐지, 중국어가 너무 능숙하다 했어요! 역시 그러셨구나.. 괜히 반갑네요. 타국에서 동향 사람 만난 것만 같고. 왜 채훈이는 이런 이야기를 편지에 써주지 않았을까요?"

"채훈 씨는 몰랐으니까요. 저에 대해 아무것도.."

"녀석도 참.. 어떻게 죽었어요 채훈이는?"

조금 전까지만 해도 새털처럼 가볍게 떠다녔던 그의 목소리가, 어느새 빈 잔처럼 공허해져 있었다. 맞다, 너는 아직 모르지 참.

"고문을 당했나요?"

".. 불에 타 죽었어요."

"불이요?"

생각지도 못했다는 표정이 돌아온다. 고문이거나, 총살이거나, 독살이거나. 으레 독립운동가들에게 숙명처럼 따라붙는 사인들 중 하나겠거니 했는데, 화재사라니.

"6월 말에 보성사에서 화재가 있었어요. 보성사가 흔적도 없이 잿더미가 됐죠. 채훈 씨는 그 안에서 발견됐어요. 잠시 누구 좀 만나고 오겠다고 갔던 사람이 어쩌다 그 안에서 새카맣게 타 죽었는지는 알 수 없지만, 일본 경찰들이 보성사에 불을 질렀다는 것만은 확실하죠. 사람들을 한 장소에 가둬놓고 문을 잠가 불을 질러 태워 죽이는 것이 그들의 특기니까.. 별로 새삼스러울 것도 없는 일이었을 거예요 그들에겐."

"…보고 싶네요"

샤오룬의 덤덤한 목소리가 낮은 파도처럼 뒷마당에 가라앉는다.

"…보러 가실래요?"

그곳엔 아직 그가 있었다. 석정동의 사진관엔 여전히 살아있는 그가. 나르바가 뒤집어쓴 껍데기와 함께 결혼사진을 찍었던, 세상에서 가장 행복한 얼굴의 채훈이 있었다.

"채훈 씨의 마지막 모습이에요. 아침에 이 사진을 찍고 밤에 집으로 돌아오지 못했죠."

"교복을 입었네요."

"마땅히 입을 옷이 없었거든요. 그날 채훈 씨는 교복을 입고 결혼사진을 찍어 미안하다고 했지만, 덕분에 이 사진을 보는 사람들은 모두 그가 장채훈이란 남자였다는 사실을 기억하겠죠. 이렇게라도 세상에 살다 갔다는 기록을 남긴 거예요. 얼마나 다행이에요."

"사람의 인생에는 돌아보면 필연이었던 경우가 꽤 많더라고요. 결국 그렇게 될 일을 위해 그런 과정들이 있었던 것 같은 그런 일들이."

지금 이 순간도 결국 그렇게 될 일들 중 하나였을까? 영생을 기다려 온 남자와, 한때 사랑했던 남자의 얼굴을 보는 기분. 나르바는 이 오묘함을 뭐라 설명할 길이 없다.

"감사해요."

사진관을 나오는 길에 문득 샤오룬이 말했다.

"뭐가요?"

"채훈이를 좋아해 주셔서요."

"..네?"

차마 들을 줄 몰랐던 그 말이, 정작 듣지 말아야 할 사람에게서 들려온다.

"채훈이가 여리 씨 많이 좋아했거든요. 아주 오랫동안.. 가족도 잃고, 나라도 잃은 녀석인데 사랑마저 잃으면 무슨 힘으로 살 수 있었겠어요. 여리 씨 덕분에 그 녀석이 인생에서 한 가지는 이루고 떠난 거예요. 그의 삶에 의미가 생긴 거죠. 감사해요 여리 씨."

나르바는 처음으로 채훈에게 미안해졌다. 그는 결국 여리에게 사랑받지 못했다. 아니, 어쩌면 진짜 여리도 채훈을 좋아했을지 모른다. 하지만 그럴 수 있는 기회를 나르바가 빼앗았다. 껍데기만 여리에게 사랑 받았던 채훈은, 정말 행복했을까? 여리의 목을 물 때까지만 해도 왜 채훈이 진짜 사랑하는 사람과 사랑할 수 있는 기회를 빼앗는 일이 될 수도 있다고는 생각하지 못했던 걸까. 정말 사랑에 눈먼 자들의 이기심은 그 무엇도 이길 수가 없는 거라고 합리화를 해본들, 그녀가 지은 죄는 사라지지 않을 것이었다.

"…샤오룬. 당신은 사랑하는 분이 있으신가요?"

"아니요. 저는 인생이 너무 고달파서 사랑 같은 거 할 정신이 없었어요."

"그럼, 평생 아무도 사랑하지 않으신 거예요?"

"겉으로 보자면 그렇긴 한데.. 늘 마음 한구석에 묘한 설렘이 있긴 했어요."

"묘한 설렘이요?"

"네. 그러니까 아무도 만나지 않았고, 아무에게도 마음을 주지 않았지만 늘 누군가를 사랑하고 있는 것 같았달까?"

"…?"

"광저우에는 다리 밑 운하를 지나다니는 쪽배들이 많잖아요? 그곳에 새장을 들고 다니면서 점을 쳐주는 점쟁이가 있었어요. 점괘가 든 통이 새장 안에 있었는데 점쟁이가 뭔가를 생각하면서 휘파람을 불면 새가 점괘 하나를 뽑아서 주고 그걸 해석하는 형식이죠. 제가 아주 어렸을 때, 어머니랑 쪽배를 탈 일이 있었는데 그때 그 점쟁이를 만났어요. 근데 그 점쟁이가 제 눈을 가만히 들여다보더니 갑자기 휘파람을 부는 게 아니겠어요? 그러자 새장 안에 있던 새가 기다렸다는 듯이 점괘 하나를 뽑더라고요. 근데 그 점괘가 너무 기묘했어요."

"어떤 점괘가 나왔는데요?"

"저에겐 이미 정해진 짝이 있다고요. 전생에서부터 이어진, 태어날 때부터 쥐고 태어난 운명의 끈이 있다는 거예요 저한테. 물론, 모든 사람마다 그런 인연은 다 있겠지만 저는 유독 그 인연의 힘이 강하다고 했어요. 그 인연의 힘으로 제가 세상에 나올 수 있었다나? 아무튼, 그 끈이 제 온몸을 칭칭 동여매고 있는데 그게 결국 제 목숨줄을 좌지우지할 거라더군요. 옆에서 듣던 어머니가 이제 고작 일곱 살밖에 안된 애한테 무슨 소리를 하는 거냐고 했는데, 그 점쟁이는 아랑곳하지 않고 이 말을 해줬어요."

"무슨 말이요?"

"서둘러라"

"..네?"

"서둘러라. 이렇게 말했어요. 제가 서두르지 않으면 저와 끈으로 연결된 운명의 여인이 귀신이 돼서나 만나게 될 거라고요."

양생이. 나르바는 그제서야 생각이 났다. 김시습의 소설 금오신화의 [만복사저포기]편에 나오는 양생이. 이미 죽은 여인을 사랑하게 된 양생이. 넌 양생이의 운명을 타고난 거구나 하필이면.

"좀 황당하죠? 근데 이상하게 그때부터 정말 누군가를 사랑하고 있는 기분이었어요. 전생에서부터 이어진 누군가가 있다고 하니까. 그 여인을 언제서야 만나게 될까 하는 설렘이 그때부터 있었던거죠. 그래서 저는 늘 사랑하고 있는 기분이었어요. 고통스럽고 잔혹한 항해의 끝에 그 여인이 있을거라는 하나의 믿음 같은 게 있었죠. 그래서 아무하고도 사랑하지 않았지만 마음 속으로는 늘 누군가를 사랑하고 있는 그런 기분이에요. 제 말이 너무 이상하죠?"

샤오룬은 머쓱한 듯 머리를 긁적이며 희미하게 웃었다. 숨겨왔던 비밀 하나를 들킨 사람처럼.

"하나도 이상하지 않아요. 믿어요."

나르바는 미안하다는 말을 믿는다는 말로 대신했다. 그리곤 생각했다. 어제 다 울어서 다행이라고. 아직 남은 눈물이 있다면 분명 이 자리에서 또 한바탕 거세게 쏟아냈을 테니까. 나르바는 덤덤하게 믿는다고 말했다. 그저 덤덤하게. 믿는다고.

인왕산으로 돌아온 나르바는 오랜만에 체르의 망토를 쓰고 경성 하늘로 날아올랐다. 구름이 잔뜩 끼어 한 치 앞을 내다볼 수 없는 밤이었다. 눈에는 보이지만 손아귀에는 잡히지 않는 구름들이 나르바의 전신을 쓰다듬으며 흩어져갔다.

더 이상 그 어떤 것도 위로가 되지 않는다. 아니, 더 이상 그녀는 위로를 받을 입장이 아니다. 남은 것은 오로지 죄책감. 식지 않는 불구덩이처럼 내내 타오르는 죄책감뿐이었다. 그녀의 머리 위로 수많은 '만약'이 자라난다.

만약, 내가 여리가 되지 않았더라면 채훈 씨는 여리와 진짜 사랑을 이루었을까? 어쩌면 죽지 않았을지도 몰라. 근데, 채훈 씨가 죽지 않았더라면 샤오룬이 경성으로 오지도 않았겠지? 그렇다면 결국 샤오룬을 이곳으로 오게 하기 위해 채훈 씨가 희생된 걸까? 채훈 씨의 죽음은 결국 피할 수 없는 죽음이었을까? 하지만 채훈 씨가 죽고 나서 도착한 샤오룬이 무슨 의미가 있을까. 이미 모든 일은 물거품이 됐는데. 만약, 내가 여리가 되지 않고 백연인 상태로 채훈 씨를 따라 상하이로 갔더라면, 우리에겐 또 다른 미래가 있었을까? 그렇다면 우린 모두 행복하게 오래오래 살았을까?

이제 와 다 부질없는 생각들이 나르바의 머릿속을 맴도는 사이, 망토는 그녀를 샤오룬이 잠들어 있는 문구점 지붕 위로 실어다 준다.

나르바는 그가 잠들어 있는 방 안으로 들어가서 조용히 그의 옆에 누워본다. 마치, 별을 박아 놓은 듯, 샤오룬의 목덜미 초승달이 어두운 방을 환히 밝히고 있었다. 오로지 나르바만이 볼 수 있는 빛이다. 리바톤의 반딧불들을 모조리 품은 듯한 황홀함.

잠들어 있는 그의 얼굴, 빛나는 초승달, 쌔근쌔근 들려오는 그 숨소리까지 모든 요소가 나르바를 울게 만든다. 체르, 리바톤 목장 2층 방으로 몰래 날아들던 너의 심정이 딱 이러했었구나. 이토록 애달프고 간절한 마음으로 날 사랑해줬구나. 그걸 채 갚지도 못하고 나는 이미 죽어버렸네.

"괜찮니? 그를 계속 만나도?"

아침은 다시 오고, 어김없이 산길을 내려가려는 나르바를 향해 제논이 물어왔다.

"안 괜찮아. 그래도 어쩔 수 없지. 보고는 싶으니까.."

".. 미안하구나."

제논이 잠시동안 머뭇거리더니 슬며시 사과를 해왔다.

"제논이 왜?"

"내가 괜히 널 부추기는 바람에 일이 이렇게 다 틀어진 게 아닐까 싶어서.."

나르바는 당황스러웠다. 제논이 이 일에 죄책감을 느끼고 있을 거란 생각까진 차마 하지 못하고 있었는데, 나의 이기심이 도대체 몇 명의 인생을 불편하게 만든 걸까. 쥐구멍이라도 찾아 몸을 욱여넣고 싶은 수치심이 나르바를 뒤덮는다.

"제논. 이번 일은 너와는 아무 상관 없어. 모든 건 나의 선택이었으니까. 설령 네가 그때의 나를 말렸다고 해도, 나는 분명히 똑같은 선택을 했을 거야. 나의 인연과 운명을 의심하고 흔들렸던 건 결국 나였으니까. 나한테 미안해하지 마. 이건 순전히 내 탓이고, 내가 감당해야 할 나의 몫이야."

".. 한번 데리고 와 이곳으로. 궁금하구나 어떤 모습으로 돌아왔는지."

"응. 기회가 된다면.."

나르바는 애써 미소를 띠고 돌아섰다. 등 뒤로 제논의 시선이 계속해서 머무는 느낌이 들었지만, 나르바는 일부러 돌아보지 않는다. 울컥 터지기라도 할까 봐.

인왕산에서 내려와 관철동까지 오는 동안 나르바는 매일 수많은 번뇌로 시달린다. 시작은 당연히 샤오룬을 보러 간다는 설렘과 기쁨의 감정이지만 그것은 이내 거대한 죄책감과 시대를 향한 분노로 뒤바뀌고, 상점 유리창에 낯선 겉모습이 비칠 때면 그때부터는 돌이킬 수 없는 슬픔이 밀려와 한 걸음 한 걸음을 눈물과 맞바꿔야 했다.

그렇게 도착한 곳에 샤오룬이 있다. 어쨌든 이렇게라도 널 다시 볼 수 있어서 다행이야라는 씁쓸한 안도감으로 나르바는 오늘의 인사를 건넨다.

"일찍 일어나셨네요?"

"오시기만 기다렸어요. 제가 가야 할 곳이 있는데 그곳으로 좀 데려다 주셨으면 해서요."

"어딜 가시는데요?"

"어.. 씨샤오믄딩?"

"씨샤오믄.. 서소문정이요? 거기는 무슨 일로요?"

"그곳에 중국인 거리가 있다고 들었거든요. 맞나요?"

"아, 그래요? 제가 그쪽으로는 한 번도 가본 적이 없어서.."

"그럼, 이참에 저랑 한 번 가봐요!"

어제에 이어 오늘도 둘만의 외출이다. 500년 전 체르와는 리바톤이 전부였던데 반해, 지금의 샤오룬과는 제법 많은 곳을 다니는 중이었다. 한 번도 가보지 못한 길도 함께 가는 사이. 별거 아닌 것 같지만 결코 별거 아니라고 치부해 버릴 수는 없는, 온기가 느껴지는 외출. 그래, 이거면 됐지. 이거면 충분하지.

신작로와 구로를 번갈아 걷기를 30여 분, 코끝을 자극하는 진한 기름 냄새가 풍겨오기 시작했다.

"여긴가봐요!"

둘은 서로를 보며 동시에 외쳤다.

좁은 길을 사이에 두고 양쪽으로 즐비한 요릿집에서 풍기는 진한 향신료와 돼지기름 냄새. 호떡을 파는 노점상이 두 집 걸러 하나씩 있고 방물장수의 가판대가 펼쳐진 그곳은, 마치 산동성의 마을 하나를 뚝 떼다가 옮겨 놓은 듯 완벽한 중국이었다.

"세상에.. 경성에 이런 곳이 있는 줄 몰랐어요.."

나르바의 휘둥그레진 눈동자가 종달새처럼 정신없이 날아다녔다. 26년 전에 머물렀던 산동성을 고작 30분 만에 다시 도착한 기분이다. 시간을 되돌린 듯한 기분.

꼭 어린아이마냥 신이 난 나르바를 데리고 샤오룬은 자허루 라고 적힌 간판 앞에 멈춰섰다.

"이곳인가요?"

나르바가 물었다.

"네."

"들어가 보세요. 방해하지 않을게요."

"오래 걸리진 않을 겁니다."

"네. 근처에 있을게요. 일 보고 나오세요."

샤오룬은 고개를 한번 끄덕이고는 삐걱대는 문을 열고 안으로 들어갔다.

혼자 남은 나르바는 자허루 옆으로 꺾어지는 작은 골목 안으로 시선을 돌렸다. 혼자서 걷기에도 좁을 정도의 골목길은 담벼락이 다른 곳보다 유난히 높았는데, 특이하게도 담벼락과 담벼락 사이에 색색의 우산들이 활짝 펼쳐진 채 꼭 지붕처럼 걸려 있었다.

나르바는 그 지붕 아래를 걸었다. 우산을 투과한 햇빛이 평범한 흙바닥을 꽃길처럼 붉게 물들이고 있었다. 춥지도 덥지도 않은 적당한 온도와, 풀냄새를 실어 나르는 바람까지 모든 것이 완벽했다. 악명 높은 일제의 치하 속에 어떻게 이런 거리가 살아남을 수 있었을까? 나르바는 그 길을 새색시처럼 걸어갔다. 천천히 사뿐사뿐. 이곳에 사는 사람들은 매일같이 사랑받는 기분으로 살겠구나 생각하면서.

분위기에 취해 한참을 걸어 그 길 끝에 있는 아편굴에 도착하고 나서야, 그곳이 밤에만 불이 켜지는 매음굴이라는 것을 알았다. 상하이에서는 남자들이 꿩을 잡으러 간다며 오는 그런 곳. 낮에는 꽃길을 만들어 줬던 저 우산들이 밤에는 몸 파는 여인들의 이름을 걸어놓는 장명등을 대신한다는 사실을 깨달았을 때 오는 허망함. 꽃길은 더 이상 꽃길이 아니고, 바람에 실려 오는 풀내음도 더 이상 자연의 그것이 아니다. 그 길은, 당장 눈앞에 보이는 환락과 야욕만 좇다 인생을 나락으로 떨어트리는 사람들의 비통한 최후가 있는 길이었다.

나르바는 왔던 길을 되돌아 도망치듯 골목을 달렸다. 살면서 무언가로부터 그토록 도망쳐본 적이 없었을 정도로 죽기 살기로 달렸다. 그리고 돌아 나온 골목의 시작점에는 샤오룬이 서 있었다.

"여리 씨! 어디 갔었어요? 왜 이렇게 뛰어와요. 거기 뭐 있어요?"

나의 뒤틀어진 운명도 이렇게 도망쳐서 빠져나올 수 있으면 얼마나 좋을까.

"아무것도 아니에요. 그냥 길을 잘못 들었어요. 볼 일 다 보셨어요?"

"네. 이 근처에 윈툰을 아주 맛있게 하는 집이 있다 그래서 여리 씨 기다리는 동안 가봤는데 하필이면 오늘 문을 닫았네요. 한 그릇 대접해드리고 싶었는데.."

"윈툰 드시고 싶으세요?"

"어렸을 때 어머니께서 자주 만들어 주셨거든요. 제가 제일 좋아했던 음식인데.. 어머니 돌아가신 이후로 한 번도 못 먹었어요."

".. 괜찮으시면 제가 해드릴게요."

"여리 씨가요? 직접요?"

"네."

"윈툰을 만들 줄 아세요?"

"그럼요. 저도 광저우에 잠깐 있었으니까요. 당신의 어머니만큼은 아니어도 비슷하게 흉내는 낼 수 있을 거예요. 가는 길에 장을 보고 들어가요."

샤오룬의 두 뺨에 홍조가 가득 피어났다. 중국인 상점에서 식재료를 구입하고 그와 함께 인왕산을 오르는 길. 나르바의 가슴도 샤오룬만큼이나 휘몰아친다.

"왜 관철동으로 가지 않으시고..?"

샤오룬이 물었다.

"그냥.. 이곳에서 대접하고 싶어서요."

"여기가 목멱산인가요?"

"아니요. 여긴 인왕산이에요."

"아! 채훈이가 편지로 말한 적이 있어요. 인왕산에 사는 친구가 있다고. 백..연?"

나르바의 심장이 덜커덩하고 잡음을 내며 멈췄다. 한자와 함께 편지의 절반을 채우고 있던 일본의 문자들. 내가 일부러 배우지 않았던 그 문자들 속에 설마 그 이름이 적혀 있었던 걸까?

"채훈 씨가 그 이름을 편지에 적은 적이 있었나요?"

"그럼요! 여리 씨도 아는 분이에요? 채훈이가 그분한테 신세를 아주 많이 졌다고 했거든요. 일본 경찰에게 쫓기다 총에 맞았을 때도 그를 구해줬고, 독립신문을 만드는 데도 많은 도움을 주신 분이라고."

"그리고요? 또 다른 말은 없었어요?"

"또 다른 말이요? 음.. 또 다른 말이라.. 그냥 도움을 많이 받았다는 내용뿐이었어요. 이 나라의 독립으로 반드시 그 은혜를 갚겠노라고."

"그분에 대한 채훈 씨의 감정이 어떻던가요? 그런 말은 없었나요?"

"딱히 그런 말은 없었는데.. 마음 놓으세요. 채훈이랑 백연이란 분 사이에 이렇다 할 감정은 없었을 거예요. 채훈이에게는 오로지 여리 씨 뿐인걸요."

나르바는 정녕 궁금했다. 여리의 껍데기가 마음 상하지 않도록 샤오룬이 적당히 포장을 해주는 것인지 아님, 정말 채훈은 나르바에게 감사 그 이상의 마음은 품지 않았던 것인지.

"전 괜찮아요. 그러니 솔직하게 말씀해주세요. 채훈 씨가 백연이란 분에게 어떤 마음이었는지."

"채훈이는 그분을 존경했었어요. 편지 내용만 봐도, 백연이란 분은 아주 멋지고 위대한 영웅 같은 분이셨으니까.. 사실, 그분에게 관심이 있던 건 저였어요."

"..네?"

"꼭 한번 만나보고 싶었거든요. 도대체 어떤 여성분인가, 얼마나 위대한 인물인가 너무 궁금해서요. 채훈이가 죽지 않았어도 저는 조선에 올 계획이었어요. 그분을 만나고 싶었거든요. 원래는 기백이 죽었다는 편지를 받았을 때 곧장 오려고 했었는데, 마침 그때 중국에서 일이 일어나는 바람에 계획에 차질이 좀 생긴 거죠. 여리 씨도 그분과 아시는 사이라면 혹시, 그분을 뵐 수 있을까요?"

나르바는 기절할 것만 같았다. 그녀가 인간이었으면 딱 심장마비가 왔을 순간이었다. 내가 너를 알지 못하는 순간에도 너는 나를 사랑하고 있었구나. 도대체 왜 너는 그때 오지 못했니. 도대체 왜.

"아니요. 그분은 더 이상 이곳에 없어요."

"왜요? 어디로 갔는데요?"

"…죽었어요."

날 때부터 어미에게 버림받은 가혹한 운명은 뱀파이어가 되어서까지 그녀의 생을 조종한다. 뭐 이런 거지같은 인생이 다 있담. 기껏 500년에 걸려 환생을 해놓고는 귀신을 사랑할 운명이나 타고난 샤오룬과, 어떻게 해도 평생 사랑 한 번 제대로 할 수 없는 나르바 중 어느 쪽이 더 비참한 생인지 차마 가늠할 수도 없을 만큼 그들은 모두가 불쌍했다.

그녀의 비통한 발소리를 들은 제논이 대문 앞까지 마중을 나와 있었다.

"인사하세요. 제 삼촌이세요."

나르바는 제논을 삼촌으로 소개했다.

"안녕하세요! 저는 샤오룬이라고 합니다."

제논은 대답 없이 샤오룬의 전신을 훑어본다. 너였구나. 이제야 왔구나.

"제 삼촌은 말씀을 못 하세요."

"아, 그러시군요."

"들어가요."

샤오룬은 채훈과 마찬가지로 경성 시내가 훤히 내려다보이는 절벽에 서서 감탄을 했다. 누구라도 감탄할 수밖에 없을 만큼 아름다운 풍경이니까.

"화장한 채훈 씨를 이곳에 뿌렸어요. 비록 왼쪽 손뿐이었지만.. 기백 씨도 모두 이곳에 잠들어 있죠. 그래서 일부러 당신을 이리로 데려온 거예요. 늦었지만 친구분들과 작별 인사를 하시라고."

"기껏 도착했는데.. 모두들 죽어버렸네요. 제가 서둘렀어야 했는데.."

"인간의 목숨이 바람 앞에 촛불 같은 시대니까요. 모두가 어쩔 수 없는 인생들이에요. 아무도 어쩌지 못하는. 그러니 자신을 탓하지 말고 좋은 마음으로 보내줘요 우리.”

그건 나르바 자신에게 하는 말이기도 했다. 일이 안 되려면 어떻게도 안 될 수가 있다는 걸 비로소 깨달은 나르바가 자신을 다독이는 말. 더 이상 너 자신을 탓하지 마.

나르바가 가마솥에 윈툰을 끓이는 내내, 샤오룬은 그 절벽 끝에 서서 경성을 내려다 보았다. 언젠가 채훈이 편지에 썼던 말이 생각나는 순간 이다. 조선은 공기가 너무 좋아서 바람이 오랫동안 부는 날이면 목멱산 의 솔 냄새가 인왕산까지 날아든다는 말. 그게 이런 거였구나.

“식사 준비 다 됐어요.”

나르바가 조심스레 그를 불렀다. 부디 울지 않았기를.

돌아서는 그의 얼굴은 다행히도 덤덤한 듯 보였다. 산을 오르기 전 홍 조로 가득했던 얼굴은 온데간데없어졌지만, 얼굴이 젖지 않은 것만으 로도 다행이라고 나르바는 생각했다.

“드셔보세요. 부디, 원하시는 그 맛이었으면 좋겠어요.”

“두 분은 왜 같이 안 드시고..?”

“저희는 괜찮아요. 배고프지 않아요. 당신이 먹는 걸 보기만 할게요.”

“그래도 돼요?”

“네. 얼른 드세요. 식기 전에.”

“그럼.. 잘 먹겠습니다.”

샤오룬은 사뭇 긴장한 얼굴로 젓가락과 그릇을 들었다. 한 번의 심호 흡을 한 뒤, 국물과 함께 윈툰 하나를 입에 넣었던 샤오룬은 결국 그릇 을 내려놓고 무릎에 얼굴을 파묻은 채 울기 시작한다. 오랫동안 참아왔던 눈물이 쌓이고 쌓여 한꺼번에 터진 샤오룬의 어깨는 걷잡을 수 없이 들썩였다.

"어머니가 해주신 그 맛이에요.. 정말 그 맛이에요.. 그 맛이에요.."

어머니도, 어머니를 대신하던 친구도, 보고 싶었던 여인도, 모두가 사라져 버린 이 세상에서 혼자만 남겨졌다는 외로움이 샤오룬을 덮친 밤은 그렇게 속절없이 흘러갔다. 흘러만 갔다.

26

|

끝나지 않은 이야기

26〉 끝나지 않은 이야기.

머지않아 조선을 떠날 것 같았던 샤오룬은 나르바의 예상을 깨고 계속해서 조선에 머물렀다. 다만, 전과는 달리 종종 어딘가를 다녀오곤 했는데, 짧게는 두어 시간, 길게는 온종일이 걸리기도 했다.

"경성 지리도 익숙하지 않으실 텐데 어딜 그렇게 다니시는 거예요?"

라는 나르바의 물음에는

"그냥 산책이요. 어렵게 왔는데 금방 돌아가면 아쉽잖아요."

라는 대답이 돌아올 뿐이었다.

하루가 다르게 추워지는 날씨 속에 어떤 이가 그리도 오랫동안 바깥 공기를 쐬며 돌아다닌단 말인가. 애석하게도 샤오룬은 거짓말에는 영- 소질이 없는 사람이었다.

나르바는 더는 묻지 않았다. 어쩌면 조선 땅에 더 이상 용무가 없을 샤오룬이, 조선을 떠나지 않고 계속해서 뭔가 이곳에 남아야 할 이유를 만들고 있는 것이 차라리 다행이다 싶었으니까. 다만, 그 역시 채훈처럼 위험한 일을 하고 다니는 것은 아니기만을 바랄뿐.

그 무렵 경성에서는 일본 고관대작들을 중심으로 한 암살 시도가 유행처럼 번져나가고 있었다. 열흘 전에는 왜성대에서 한 명이 총에 맞았고, 닷새 전과 사흘 전에는 혼마치에서 두 명이 칼을 든 괴한의 습격을 받았지만 모두들 생명에는 지장이 없는 사건이었다. 하지만 오늘 아침 태평로에서 비로소 한 명이 죽어 나가자 도시 전체에 전운이 감돌기 시작했다.

태평로에서 죽은 이는 총독부의 토지조사국 부국장이었던 이로, 출근을 하던 중 차량 내에서 터진 폭탄에 즉사를 했다. 누군가 달리는 차량을 향해 폭탄을 던진 것인지, 아니면 미리 설치된 폭탄이 시간에 맞춰 터져준 것인지는 알 수 없었다.

정오가 막 넘어가던 시간, 평소보다 느지막이 인왕산에서 내려온 나르바는 관철동의 문구점까지 가는 내내 칼과 총으로 무장한 일본 헌병대들을 볼 수 있었다. 이토록 삼엄한 감시는 조선인 강우규가 남대문 역에서 사이토 총독에게 폭탄을 던졌던 9월 이후 처음 있는 일이었다. 거리는 물론이고 전차 안까지도 헌병대 무리가 없는 곳이 없을 정도였다.

나르바가 황금정에서 내렸을 땐, 흡사 전시 상황을 방불케 하는 풍경이 펼쳐지고 있었다. 큰 건물마다 헌병대들이 인간 성벽을 세운 것은 물론이거니와 곳곳에서 불심검문이 이루어지고 있었는데, 일본 헌병대들의 질문에 일본어로 대답을 하지 못하는 조선인들의 뺨이 가차 없이 날아가는 중이었다.

나르바는 처음으로 긴장을 했다. 혹, 저들이 말을 걸어오면 어떡하지? 말을 못하는 척을 하면 저들이 믿을까? 차라리 중국인인 척하면 조금 나을까?

나르바는 최대한 고개를 숙이고 저들과 눈이 마주치지 않으려 애를 쓰며 빠른 걸음으로 걸었다. 다섯 걸음만 더 걸으면 문구점으로 갈 수 있는 샛길이 나온다. 다섯 걸음만 무사히. 다섯 걸음만.

하지만 불길한 예감은 좀처럼 비껴가는 법이 없다. 황색 군복에 종아리까지 올라오는 가죽 부츠가 나르바의 앞에 멈추는 것이 보였다.

"어-이"

기어이 올 것이 왔구나. 나르바는 체념하는 얼굴로 고개를 들었다. 그래, 뺨 한 대 맞아주고 만다 내가.

눈앞에 서 있는 일본 헌병은 툭 튀어나온 구강구조에 어울리지 않게 카이저수염을 한 이였다.

"목적지가 어딘가?"

도대체 뭐라고 한 걸까. 뭐라고 대답해야 하지?

"왜 대답을 하지 않지? 감히 대일본제국의 군인이 묻는 말에 대답을 안 해? 죽고 싶은가!"

그의 앙칼진 목소리가 쩌렁쩌렁 나르바의 귓속을 후벼파던 그때였다. 누군가 나르바의 어깨를 감싸들며 이 사태에 끼어들었다.

"이 여자는 내 아내요. 내 아내는 말을 못합니다."

샤오룬이었다. 나르바는 고개를 들어 그를 본다. 도대체 어디 있다 갑자기 나타난 거니 너는. 그것도 이렇게 말끔하고 귀티 나는 복장으로.

"나는 일본인이요. 확인해 보시오."

샤오룬이 재킷 안주머니에서 모리 타케오라는 이름이 적힌 통행증을 내밀었다. 통행증을 확인한 헌병의 눈썹이 미묘하게 움직인다. 반신반의하는 것 같았다.

"아내는 조선인 같은데?"

헌병의 말투는 다소 공손해져 있었다.

"맞소. 내 아내는 조선인이오. 그게 무슨 문제라도 있는가?"

"흠.. 당신 같은 사람이 어찌 이런 여인과 연을 맺었지?"

"경성제대에서 유학하는 동안 신세를 진 것이 인연이 되었소만."

"헌데 부부라면서 내외가 어찌도 이리 옷차림이 다른 것이오?"

"내 아내가 검소해서 그렇소. 조만간 일본으로 돌아가면 그땐 이이에게 허름한 조선 옷을 버리고 화려한 기모노를 입게 할 테니 걱정 마시오."

"흠.. 벙어리 조선인 주제에 멀쩡한 일본인 남편을 두다니, 참 억세게 운 좋은 아낙이군. 가보시오."

헌병은 혼잣말처럼 중얼거리다 이내 통행증을 건넸다.

"갑시다 부인."

샤오룬은 아주 자연스럽게 나르바의 손을 잡았다. 그녀의 손이 차갑지도 않은지 샤오룬은 놀라는 낌새도 없었다. 늘 잡고 다녔던 사람처럼, 그렇게 샤오룬은 나르바의 손을 잡고 있었다.

나르바는 일단 그가 이끄는 대로 따라가다 그 헌병이 다른 타깃을 향해 걸음을 옮기는 것을 보고서야 조용히 물었다.

"뭐라고 한 거예요?"

"나중에요. 서둘러 여길 빠져나가야 해요. 여긴 위험하니까. 내 손 꽉 잡아요. 무슨 일이 있어도 절대 놓치면 안 돼."

샤오룬이 나르바의 손을 다시금 고쳐 잡던 그때였다.

천지를 뒤흔드는 굉음과 함께 헌병들이 모여있던 건너편 건물이 거대한 불꽃을 일으키며 폭발했다. 그곳은 동경에 본사를 두고 있는 부동산 투자회사 청수조 경성지점으로 크기로는 황금정에서 다섯 손가락 안에 들 정도로 큰 건물이었다.

황금정은 순식간에 아수라장으로 변했다. 그 거대한 건물이 한순간에 폭발하면서 일으킨 위력은 엄청났다. 주변의 사람들은 여기저기로 튕겨져 나갔고, 하필 그 순간에 정거장으로 들어섰던 전차는 하늘로 높이 솟았다가 땅으로 곤두박질치며 불이 붙었다. 회색 잿더미와 불구덩이의 조화가 지옥이 따로 없는 풍경이었다.

다행히 큰 외상 없이 잿가루만 뒤집어쓴 걸로 끝난 샤오룬과 나르바는 그 아수라장 속을 헤치며 달려 나갔다. 곳곳에서 피투성이가 된 사람들이 튀어나왔고, 주인을 알 수 없는 황색 군복의 팔다리가 잿더미 속을 뒹굴어 다녔다.

"이쪽이에요!"

나르바는 관철동으로 가는 샛길로 샤오룬을 이끌었다. 둘은 숨도 안 쉬고 달렸다. 등 뒤로 계속해서 불꽃이 좇아오는 기분이었다.

가까스로 문구점에 도착한 둘은 가게로 들어서자마자 문을 잠그고 창문마다 종이를 붙여 최대한 밖과 차단을 시켰다.

"당신이 그런 거예요? 그래요?"

나르바가 가쁜 숨을 몰아쉬며 물었다.

"..."

샤오룬은 말이 없었다. 그저 나르바의 눈을 똑바로 쳐다만 볼뿐.

"오늘 아침 태평로 차량 폭발 사건도?"

"..."

"이러려고 조선에 남아 있었던 거예요? 이러려고?? 당신은 조선인도 아니잖아요! 대체 왜 이렇게까지 하는 건데요!"

"나는 조선의 독립과 아시아의 평화에 힘을 보태고 싶은 한 명의 중국인일 뿐이에요. 옳은 일에 국적은 중요치 않아요. 이번 일은 채훈이를 위한 복수였다고 이해해주세요."

"그 폭탄은 다 어디서 난 거예요? 설마 직접 폭탄 제조도 하는 거예요?"

"만주에 있던 폭탄 제조 업자 선생이 얼마 전에 경성으로 들어왔어요. 조선에서 제일가는 폭탄 제조 업자죠. 중국인으로 위장해 지금 자허루에 머물고 계세요. 그분에게서 받은 거예요."

"그래서 거길.. 근데 왜 하필 그 건물이에요? 그 건물은 채훈 씨의 죽음과는 아무 상관도 없잖아요."

"청수조는 최근에 다롄과 하얼빈 그리고 타이베이에도 출장소를 냈어요. 부동산 투자회사라는 그럴듯한 명분을 내세워 조선과 중국의 토지를 수탈하고 식민지화 시키는데 앞장서는 회사죠. 그리고 그렇게 얻은 이익으로 군수 물자를 만들어요. 동양척식회사나 다를 바가 없는 곳이죠. 아시아의 평화를 위협하고, 세계의 평화를 위협하는 그런 곳을 나는 그냥 둘 수가 없어요."

"그렇다고 폭탄을 터트려요?! 도대체 뒷감당을 어떻게 하려고 그래요! 당신은 안 잡힌다는 보장 있어요? 채훈 씨는 기껏해야 각성의 전단이나 돌리고, 태극기 들고 만세만 불렀을 뿐인데도 그렇게 가혹하게 죽었어요. 무기 하나 들지 않고 맨손으로 대한독립만세를 부른 게 다였던 사람도 시신을 온전하게 찾지 못할 정도로 죽었는데 하물며 폭탄이라뇨. 정말 죽으려고 작정한 거예요??"

나르바는 끝내 울음이 터지고야 만다. 왜 내가 사랑하는 사람들은 이토록 한 치 앞을 모르는 불안한 인생들만 사는 걸까. 대체 그놈의 조국이 뭐라고. 그냥 좀 모르는 척 무던하게 시류에 편승하고 살 순 없는 걸까?

"왜들 그렇게 목숨을 걸어요.. 당신들의 삶도 있는 거잖아요. 어떻게 태어난 삶인데 그걸 이렇게 희생시켜요."

"여리 씨.. 그만한 가치가 있는 일이었어요."

"됐어요. 긴말 필요 없어요. 얼른 돌아가요. 중국으로. 이 정도면 할 일 다 했잖아요. 그렇죠? 어쩌면 지금이 기회일 수도 있어요. 모든 시선이 황금정에 쏠려 있을 테니까. 지금 당장 경성역으로 가세요. 내일 아침에 제물포에서 상하이로 가는 배편이 있을 거예요. 아니, 꼭 상하이가 아니어도 좋으니 제발 어디로든 떠나요. 목숨을 보전할 수 있는 곳이라면 어디로든."

이젠 더 이상 사랑 타령을 할 때가 아니었다. 나르바는 그가 어디로든 가서 부디 목숨이라도 건질 수 있기를 바랐다. 그를 영영 다시 볼 수 없게 될지라도.

나르바는 서둘러 샤오룬의 가방을 챙겨 가게를 빠져나왔다. 모두들 황금정으로 구경을 나간 것인지 거리가 한산했다. 나르바는 종로에서 쉬고 있던 인력거 한 대를 불렀다.

"어서 타요."

망설이는 건 오히려 샤오룬이었다. 이 긴박한 헤어짐이 아쉬운 것도 샤오룬이었다. 그새 정이라도 든 걸까. 그녀의 손에 이끌려 조선을 떠나는 길이 왜 이리도 무겁고 힘든 건지 샤오룬은 알 수 없었다.

"경성역으로 가주세요."

"예 알겠습니다요!"

나르바는 인력거의 덮개를 최대한 끌어내려 모습을 감췄다. 인력거가 경성역을 향해 달리는 내내 그 작은 천막 안은 오직 침묵만이 흐를 뿐이었다. 누군가는 분명 속으로 울고 있었을 침묵.

경성 바닥이 좁아서인지 인력거꾼의 걸음이 날래서인지 아님, 그 둘 다인지. 인력거는 금세 경성역 앞에 도착했다. 야속할 정도로 금세.

샤오룬이 먼저 내렸고 뒤이어 나르바가 내리려 하니 샤오룬이 손을 내민다. 나르바는 그 손길을 거절하지 않았고, 샤오룬은 그렇게 잡은 손을 경성역 안으로 들어갈 때까지 놓지 않았다.

"제 손.. 차갑지 않으세요?"

나르바가 제물포행 표를 건네며 물었다.

"아니요. 저도 차가운걸요."

샤오룬이 표를 받으며 대답했다.

"10분 뒤에 출발이에요. 얼른 가세요."

"…조금 더 있고 싶었어요. 당신이랑.. 꼭 만나야 할 사람을 만난 것처럼. 느낌이 그랬어요. 오미자차도, 윈툰도, 인왕산의 동굴도 모두. 고마웠어요 정말."

샤오룬이 덤덤한 목소리로 고백을 해온다. 나르바는 그것이 얼마나 어렵게 나온 고백인지를 안다. 너무나도 잘 안다. 그녀의 정체에 대해 알 턱이 없을 샤오룬의 입장에선, 여리의 껍데기를 뒤집어쓴 나르바가 죽은 친구의 과부나 다름없는 존재였으므로. 자칫 잘못하면 그것은 제법 불편한 고백일 수도 있었다. 그럼에도 불구하고. 그럼에도 불구하고.

"꼭 살아 남으세요. 부디. 오래오래 그 누구보다도 긴 세월을 건강하게 살다 가세요. 꼭 그러세요 제발."

나르바는 자신이 건넬 수 있는 최선의 인사를 했다. 샤오룬의 시선이 두 사람의 발끝에 머무른다. 서로의 구두 앞 코를 마주 보고 있는 발끝에. 아쉬워 미치겠는 듯, 그녀의 손을 매만지기를 몇 번. 이내 샤오룬은 나르바를 부서질듯 한 번 끌어안고는 휙 돌아서서 개찰구 안으로 들어가 버렸다. 나르바의 인생에서 도망치듯 샤오룬은 그렇게 떠났다.

이 정도면 완벽한 이별이었다고 생각했다. 눈에 살기가 득실거리는 죽음의 사신 같은 얼굴들이 경성역으로 우르르 들이닥치기 전까지는 말이다. 그 무리 안에서 나르바는 익숙한 얼굴을 발견했다. 황금정에서 마주쳤던 카이저수염. 도대체 저 이는 무슨 천운을 타고났기에 그 폭발 현장의 중심에서도 얼굴에 작은 상처 하나 입지 않은 걸까. 그 얼굴이 개찰구 안으로 들어가는 것을 보고 나르바는 직감했다. 샤오룬은 오늘 제물포로 떠나지 못하겠구나.

나르바의 인생에서 도망치듯 떠났던 샤오룬은 겨우 5분 만에 나르바의 인생으로 다시 돌아왔다. 카이저수염과 그 무리에게 결박당한 채로.

나르바는 기둥 뒤에 숨어 그들에게 붙잡혀 가는 샤오룬을 속수무책으로 볼 수밖에 없었다. 이대로 샤오룬은 죽기 직전까지 고문을 당할 것이다. 불에 달군 인두로 온몸이 지져질 테고, 거꾸로 매달린 채 살이 너덜너덜해질 때까지 채찍질도 당할 것이다.

그녀는 생각했다. 그가 잡혀가는 것까진 막지 못했지만, 그가 이대로 죽게 내버려 둘 순 없다고. 그런 개같은 죽음은 단 한 번이면 족하다고.

나르바는 곧장 인왕산으로 달려갔다. 그녀의 거친 숨소리에 불길함을 예감한 듯 제논이 산 아래까지 마중 나와 있었다.

"어디로 갔니?"

"아직은 몰라. 종로, 남대문, 서대문 셋 중 하나겠지 분명. 그를 빼내야 해 제논. 이번에도 그가 죽게 내버려 둘 순 없어. 도와줘!"

"일단 올라가자. 준비를 해야지. 한 번에 성공하려면."

제논의 눈이 반짝반짝 빛나고 있었다. 빚을 갚는 심정으로. 내내 묵은 체증처럼 숨통을 턱턱 조여오던 그 죄책감에서 벗어날 수 있는 활로를 찾은 듯이.

동굴로 돌아온 제논과 나르바는 그 안에 남아 있던 모든 피를 마셔 자신들이 부릴 수 있는 역량을 최대치로 끌어올렸다.

다행히도, 황금정의 폭발사고로 인해 경성 시내의 전기선은 모두 끊겼고 덕분에 어둠은 빠르게 찾아왔다.

나르바는 체르의 망토를 두르고 하늘로 날아올랐다. 제일 먼저 도착한 곳은 종로 경찰서였다. 그녀는 동그란 형태로 솟은 종로서의 지붕에 바짝 엎드려 귀를 기울였다. 샤오룬의 작은 숨소리만이라도 들려 온다면 나르바는 그 즉시 인왕산에서 대기 중인 제논을 부를 것이었다.

세상 모든 잡음을 없애고 오직 그의 숨소리만을 위해 모든 감각을 집중한다. 샤오룬, 너 거기 있니? … 웬일로 종로 경찰서가 평화로웠다. 아무 소리도 들려오지 않았고, 피 냄새도 나지 않았다. 남대문 경찰서도 마찬가지였다. 모두들 황금정 폭파 현장에 지원을 나간 듯 보였다. 그렇다면 마지막 남은 곳은 하나.

나르바는 지체없이 서대문으로 날아갔다. 벌써부터 피 냄새가 그녀를 자극하고 들었다. 꼭 샤오룬이 아니래도 누군가는 반드시 피를 흘리고 있을 공간. 이 넓은 곳에서 내가 너를 어떻게 찾지?

"여기서부턴 나에게 맡기거라!"

제논이 나섰다.

"부탁해. 그를 꼭 구해와 줘."

제논은 집채만 한 회색의 늑대로 변신해 악명 높은 서대문의 담을 가뿐히 넘었다. 제논이 일본인 간수들을 딱 죽지 않을 정도로만 갈가리 찢어버리는 동안, 나르바는 서대문 감옥의 지붕 위를 달렸다. 조선인들을 고문하고 가두기 위해 이토록 으리으리한 옥사를 지었다는 사실에 개탄하면서.

얼마가 지났을까. 멀지 않은 곳으로부터 늑대의 하울링이 들려온다. 제논의 신호다. 나르바는 그 울음소리를 찾아 달렸다. 늑대의 발톱에 작살이 난 역겨운 금수들을 지나, 지하 고문실 맨 끝방에 샤오룬이 있었다. 채찍을 얼마나 맞았는지 살가죽이 갈가리 찢어져 썩은 고깃덩어리처럼 버려진 채로. 붙잡혀 온 지 고작 몇 시간 만에 몰골이 이게 뭐야.

"얼마 안 남은 것 같다. 벌써 몸이 식고 있어."

제논이 말했다.

"살려낼 거야. 어떻게든."

나르바는 피냄새가 진동하는 그를 안고 고문실을 나왔다. 오래전, 체르가 그랬던 것처럼 그녀는 샤오룬을 안고 오직 달과 별만이 빛나는 밤하늘을 날아 인왕산 동굴로 도착했다. 기껏해야 3분 정도가 흘렀을 뿐인데, 이미 그의 얼굴에선 핏기가 사라지고 있었다.

나르바는 서둘러 샤오룬의 몸을 살폈다. 피가 흘러가는 자리마다 작정하고 채찍질이 되어 있었다. 숨이 붙어 있는 게 용하다 싶을 정도였다.

"수혈!! 수혈을 해야 해!!"

나르바가 다급하게 외쳤다.

"…잊었어? 우리에겐 더 이상 사람의 피가 없어."

"…뭐?"

"그때.. 장채훈을 위해 다 써버렸잖니."

나르바의 심장이 철렁 내려앉는다. 몇 년 동안 차고 넘치도록 모았던 피로 장채훈이 만세운동에서 쓸 완장을 염색했다는 사실을 까마득히 잊고 있었던 것이다. 제논과 나르바는 그날 이후로 줄곧 동물의 피만 먹으며 살았다. 조선인들이 어떻게 죽음에 이르게 되는지를 옆에서 직접 보고, 겪고 나니 차마 죄스러워 그들의 피를 더 이상 마실 수 없었기에.

"아.. 어떡해.. 어떡해 정말.. 어떡해.. 내가 왜 그랬지? 어쩌자고 그걸 하나도 남김없이 다 써버렸지…"

나르바는 죽어가는 샤오룬을 끌어안고 미친 사람처럼 중얼거렸다. 오로지 장채훈을 위해서 그 많은 피를 다. 이런 날이 올 줄을 차마 모르고서 다.

"이제 뭘 해야 하지? 내가 뭘 할 수 있지?"

그 긴 세월을 살고도 여전히 한 치 앞을 못 본 자신의 어리석음에 한탄을 금치 못하는 나르바의 머리 위로 커다란 보름달이 떠올랐다.

"나르바. 보름달이 떴어. 마지막으로 그에게 해야 할 것을 해."

키스. 샤오룬에게 체르의 기억을 되돌려주는 키스.

"나를 용서하지 않을 거야."

"이제 와서 그건 중요하지 않아."

나르바는 샤오룬의 얼굴을 조용히 바라보았다. 힘겹게 내뱉는 그의 숨소리가 들린다. 그래, 여기까지 오느라 고생 많았다고 인사는 하고 보내야지.

나르바의 입술이 그에게로 닿는다. 500년 하고도 24년 만의 키스. 그의 메마른 입술 사이로 나르바가 숨결을 불어 넣는다. 달빛이 샤오룬의 목덜미 찢어진 초승달 사이로 파고드니, 감겨있던 그의 두 눈에서 한줄기 눈물이 뚝! 하고 떨어진다.

"나르바."

비로소 그가 나르바의 이름을 다시 부른 순간이었다.

"체르?"

나르바가 그를 바라본다. 겉모습은 여전히 샤오룬이지만 그의 영혼과 기억은 체르로 돌아와 있었다.

"못 알아보겠다 얼굴."

그가 희미하게 웃었다.

"체르야? 체르? 다 기억이 났어?"

"그럼.. 보고 싶었어 나르바."

"미안해. 너무 미안해."

"뭐가 미안해. 그래도 된다고 했잖아. 얼마든지 사랑할 수 있는 기회가 오면 사랑해도 된다고. 넌 아무 잘못이 없어. 서두르지 못한 내 잘못이지. 그리고 상대가 누구도 아닌 채훈이었잖아. 채훈이라면 나는 충분히 이해해. 그 녀석이라면 목숨 걸고 사랑할 수 있어. 그럴 수 있어."

"내가 다 망쳤어. 너는 오직 나를 다시 만날 그 일념 하나로 오늘날까지 온 건데 내가 기다리지 못해서 오늘을 다 망친 거야."

"망치지 않았어. 어쨌든 다시 만났잖아. 겉모습은 나도 변했는 걸 뭐. 네가 백연이었지?"

"응.."

"그 이름도 예쁘다. 역시, 내가 괜히 끌린 게 아니었어. 네가 백연이든 여리든 뭐든. 어떤 이름과 어떤 겉모습을 가졌든 상관없이 나는 널 사랑해. 너는 여전히 너니까."

"미안해.. 미안해.."

"괜찮다니까.. 나 정말 괜찮아. 이렇게라도 다시 볼 수 있어서 난 정말 괜찮아. 너무 오래 기다리게 해서 내가 미안해."

그의 눈동자가 아주 느리게 제논에게로 움직였다.

"감사해요. 덕분에 나르바가 혼자 외롭지는 않았겠어요."

제논은 차마 목이 메여 대답은 못 하고 손사래만 쳐댔다.

"나르바.. 더 얘기를 나누고 싶은데.. 내가 지금 너무 아파. 너무 아파서.."

그의 눈이 자꾸만 감기고 있었다.

"안돼. 안돼 체르! 안돼! 안돼!! 왜 우린 매번 이렇게 끝나는 거야 왜!!!!!!"

"이런 세상에 온 김에 해야 할 일이 많았는데.. 시작도 못해보고 끝이 나네.. 다른 세상에서..우리가 다시 태어나면.. 그땐 잘해볼 수 있을까?"

"미안해. 정말 미안해.."

나르바는 밀려드는 죄책감을 눈물로 다 쏟아내고 있었다. 그러는 사이 체르는 샤오룬의 몸 안에서 죽어가고 있었다. 그의 호흡은 점점 주기가 길어졌고, 끊어질 듯 끊어질 듯 위태로운 강을 건너는 중이었다.

"…나르바…"

체르는 목숨줄을 쥐어 짜내며 그녀를 불렀다. 정말 간신한 힘으로.

"…사랑해… 안녕…"

그가 힘겹게 내뱉은 유언은 나르바의 정신을 번쩍 들게 했다. 아무리 생각해도 이대로 그를 보낼 수는 없는 것이었다. 이 가련한 나라의 독립을 위해서라도.

"체르. 네가 날 원망한대도 어쩔 수 없어. 기왕 미안한 거 끝까지 미안할 게."

나르바는 자신의 왼쪽 손목을 물어뜯었다. 그리곤 피가 철철 넘치는 손목을 체르의 입술에 갖다 댔다. 그녀의 피가 그의 목구멍 안으로 콸콸 콸 쏟아졌다. 제논이 차마 말릴 새도 없이 벌어진 일이었다.

"나르바!!"

"어차피 이건 체르의 피였어. 나는 그에게 빌린 시간을 살았던 것뿐이야. 모든 것이 원래대로 돌아가는 거지. 다시 뱀파이어의 삶을 살아야 하는 체르가 날 원망할 수도 있겠지만 그래도 이 세상은, 나보단 체르가 더 필요해. 제논, 그동안 고마웠어. 앞으로 체르를 잘 부탁해."

"안돼 나르바!!!!"


체르가 다시 눈을 떴을 땐, 그의 옆에 핏기가 사라진 나르바가 누워 있었다. 여리의 껍데기가 아닌, 본연의 모습을 되찾은 나르바가. 다만 그 흑진주처럼 까맣고 아름다운 눈동자를 볼 수 없을 뿐.

"어떻게 된 거죠?"

"너에게 모든 피를 주고 떠났단다. 너에게 받은 시간을 되돌려준 것뿐이라면서. 차마 말릴 새도 없이 벌어진 일이었어."

체르는 얼음장처럼 식어버린 나르바를 끌어안고 흐느꼈다. 그래, 이젠 네가 울 차례지. 도대체 너희들은 왜 사랑 한 번을 마음껏 못해보고 그러니..

"…흑해로 돌아가야겠어요."

한참을 흐느끼던 체르가 눈물을 멈추고 말했다.

"조선에서 흑해까지는 너무 먼 길이구나."

"상관없어요. 얼마가 걸리든. 나르바를 환생시킬 겁니다 저처럼. 오백 년이 걸리든 천 년이 걸리든 반드시 기다렸다가 다시 사랑할 거예요."

체르는 이를 악물고 말했다. 제논은 그 긴 세월을 살아오는 동안 저토록 결의에 찬 얼굴은 본 적이 없었다. 어쩌면 넌 정말 해낼지도 모르겠구나하는 강한 신뢰를 주는 그런 얼굴. 그런 눈빛. 그런 목소리.

"저와 함께.. 가시겠습니까?"

제논은 비로소 알았다. 이들의 이야기는 아직 끝나지 않았음을.


1919년 11월 초의 어느 새벽.

어쩌면 누군가는 보았을지도 모른다. 새벽이 내려앉은 푸르스름한 거리 위로 관을 짊어지고 유유히 떠나는 두 남자의 모습을.

작가의 말

# 작가의 말

2013년 여름,
불가리아의 작은 도시 발칙에서 봤던 해 질 녘 흑해의 풍경이
이 소설의 시작이었습니다.
과연, 어디까지가 바다고 어디부터가 하늘인지 그 경계를 찾고자
한참동안 넋을 놓고 바라봤던 그날의 풍경.
언젠가는 저 풍경을 배경으로 이야기를 만들어야지 생각 했었는데,
그것이 소설로 완성되기까지 자그마치 9년이란 시간이 걸렸네요.
이야기를 구상하는 동안 태어났다 소멸된 수많은 등장인물들이 떠오릅니다.
죽은 남편의 유해를 들고 흑해를 찾아 온 여인도 있었고,
흑해가 보이는 성에서 사랑하지 않는 여자와 결혼식을 올려야 하는 파이프를 문 남자도 있었죠.
그들의 서사 속에서 헤매는 동안 〈서촌의 기억〉과 〈소년기〉가 먼저 발표되고
그로부터 또 한참이 지난 이제서야 비로소, 흑해가 종이 위에 활자로 적혀 세상 밖으로 나옵니다.
인생의 큰 숙제 하나를 끝낸듯이 기분이 묘해요.

살아보지 못했던 시대, 가보지 못했던 공간을 배경으로 글을 쓴다는 건

무척이나 흥미로운 일입니다.

오로지 나의 상상력에만 기대어 긴 서사를 완성해야 하는 일.

심지어 주인공 마저 내가 살아본 적 없고 살아볼 수 없는 뱀파이어라니.

하지만 세상에 이미 너무 많은 뱀파이어 캐릭터들이 존재하고 있죠.

그들은 하나같이 큰 화제성을 일으키며 많은 사랑을 받았었습니다.

어쩌면 유행이 한참 지난 소재일지도 모르겠네요.

이젠 좀비들의 세상이니까요.

이미 많은 뱀파이어들과 나의 뱀파이어 사이에 뚜렷한 차별점을 두고,

좀비에게 뺏긴 인기를 다시 되돌려와야 한다는 부담감이

타자기 두 대를 깨먹은 건지도 모르겠습니다.

(타자기 세 대 중에 멀쩡한 거 한 대 남았어요 ㅠㅠ)

흑해, 뱀파이어, 환생, 오스만 제국의 불가리아 침략 500년, 일제강점기, 독립운동, 상해임시정부

이런 키워드의 조합이 절묘하게 맞아 떨어질 땐 그렇게 짜릿할 수가 없다가도,

마땅한 단어, 그럴듯한 문장 하나가 채워지지 않아 며칠이고 답보상태에 이를때면

또 그렇게 괴로울 수가 없었죠.

너무 거대한 역사를 겁도 없이 품었다는 생각에 그만 두자, 지금이라도 그만 두자

이 말을 수천 번도 더 내뱉었던 것 같아요.

그럼에도 불구하고 끝을 보았으니 이 책은 저에게 기적일 수밖에요.

그 어떤 작품보다도 소중해요.

그동안 제가 썼던 어떤 이야기들 보다도요.

내내 사랑하는 심정으로 한 줄 한 줄을 써내려갔고

처음부터 끝까지 온전히 제 손으로 완성한 첫 번째 책이기도 합니다.

흑해를 출간하기 위해 도서출판 안김을 세웠으니까요.

하지만 저의 다음 소설이 또 있을지는 솔직히 모르겠습니다.

큰 맘 먹고 출판사까지 세웠으니 계속해서 다음 소설을 써야할 것 같지만

흑해에 모든 걸 쏟아부어서인지, 새로운 이야기를 시작할 기력이 아직까진 없거든요.

쓰다 만 이야기는 차고 넘치지만 지금은 그저, 흑해가 오래오래 널리 사랑받길 바랄 뿐입니다.
14세기 유럽 역사부터 20세기 아시아의 역사까지 끌고 오는 바람에 봐야 할 책이 너무 많았지만,
오랜 시간 공부하고 연구하신 결과를 좋은 책으로 집대성 해주신 많은 전문가분들 덕분에
'소설 속에는 인생이 있어야 하고, 그 인생 안에는 시대가 있어야 한다' 는
저의 작가적 신조를 지킬 수 있었습니다.
참고문헌에 수록된 저자 및 출판사 관계자분들께 깊은 감사의 인사를 올립니다.

장편소설을 두 편이나 발표했음에도 여전히 무명에 지나지 않는 저를
꾸준히 좋아해주시고 관심 가져주셨던 독자님들 진심으로 감사드리며,
우리의 역사에 광복이란 이름이 있듯이
지금 우리의 삶을 좀먹는 전염병도 결국에 끝날 것입니다.
그때까지 조금만 더 힘을 내서 버텨보아요
함께 :)

2022년 2월, 안채윤 올림.

참고 문헌

# 〈흑해〉 참고문헌 목록

01. 역사와 인물로 동유럽 들여다보기 / 저자 김철민 / 출판사 한국외대출판부 지식출판원
02. 만세열전 / 저자 조한성 / 출판사 생각정원
03. 삼십오년 / 저자 박시백 / 출판사 비아북
04. 한말 외국인 기록 시리즈 (총11권) / 출판사 집문당
05. 한국과 그 이웃 나라들 / 저자 이사벨라 버드 비숍 / 출판사 도서출판 살림
06. 양자강을 가로질러 중국을 보다 / 저자 이사벨라 버드 비숍 / 출판사 효형출판
07. 영국화가 엘리자베스 키스의 올드 코리아 /
    저자 엘리자베스 키스, 엘스펫 키스 로버트슨 스콧 / 출판사 책과함께
08. 친일파 명문장 67선 / 저자 김흥식 / 출판사 그림씨
09. 일본작가들이 본 근대조선 / 저자 이한정, 미즈노 다쓰로 / 출판사 소명출판
10. 모던걸 모던보이의 근대공원 산책 / 저자 김해경 / 출판사 정은문고
11. 모단 에쎄이 / 저자 이상, 현진건 외 43명 / 출판사 책읽는섬
12. 대동여지도 / 저자 김정호 / 출판사 진선출판사
13. 대한제국 최후의 숨결 / 저자 에밀 부르다레 / 출판사 글항아리
14. 1900, 조선에 살다 / 저자 제이콥 로버트 무스 / 출판사 푸른역사
15. 조선, 1894년 여름 / 저자 에른스트 폰 헤세-바르텍 / 출판사 책과함께

16. 신여성 / 저자 문옥표 외 8명 / 출판사 청년사

17. 역사는 힘있는 자가 쓰는가 / 저자 아이리스 장 / 출판사 미다스북스

18. 아편전쟁에서 5.4운동까지 / 저자 호승 / 출판사 인간사랑

19. 개화기와 대한제국 / 저자 박도 / 출판사 눈빛

20. 일제 강점기 / 저자 박도 / 출판사 눈빛

21. 옛 서울지도 / 서울역사박물관 / 출판사 서울책방

22. 1904 입체사진으로 본 서울풍경 / 서울역사박물관 / 출판사 서울책방

23. 서울과 평양의 3.1운동 / 서울역사박물관 / 출판사 서울책방

24. 각정동직업별호구조서 / 서울역사박물관 / 출판사 서울책방

25. 서울의 전차 / 서울역사박물관 / 출판사 서울책방

26. 서울사진 / 서울역사박물관 / 출판사 서울책방

27. 조국으로 가는 길 / 서울역사박물관 / 출판사 서울책방

28. 그림으로 보는 경성과 부산 / 서울역사박물관 / 출판사 서울책방

29. 경성상점가 / 서울역사박물관 / 출판사 서울책방

30. S.Y또까레프의 독립운동가 초상 / 서울역사박물관 / 출판사 서울책방

31. 사랑은 죽음보다 더 강하다 / 저자 이반 세르게예비치 투르게네프 / 출판사 민음사

장편소설 〈서촌의 기억〉
장편소설 〈소년기〉
장편소설 〈흑해〉

안
채
윤

이것은 너와 나, 우리 모두의 이야기